杨雨 著

华年锦瑟谁与度

杨雨讲诗歌里的爱与情

中华书局

图书在版编目(CIP)数据

华年锦瑟谁与度:杨雨讲诗歌里的爱与情/杨雨著. —北京:
中华书局,2020.3
ISBN 978-7-101-14364-5

Ⅰ.华… Ⅱ.杨… Ⅲ.古典诗歌-爱情诗-诗歌欣赏-中国
Ⅳ.I207.2

中国版本图书馆 CIP 数据核字(2020)第 012412 号

书　　名	华年锦瑟谁与度:杨雨讲诗歌里的爱与情
著　者	杨　雨
责任编辑	陈　虎
出版发行	中华书局
	(北京市丰台区太平桥西里 38 号　100073)
	http://www.zhbc.com.cn
	E-mail:zhbc@zhbc.com.cn
印　　刷	北京瑞古冠中印刷厂
版　　次	2020 年 3 月北京第 1 版
	2020 年 3 月北京第 1 次印刷
规　　格	开本/710×1000 毫米　1/16
	印张 14　插页 3　字数 160 千字
印　　数	1-10000 册
国际书号	ISBN 978-7-101-14364-5
定　　价	36.00 元

目　录

　　我一直对"质感"与"光泽"这两个词情有独钟。应该承认，这主要来自于我长期阅读诗词的感受。闲来读诗是我的爱好，也是我的生活。但诗歌何止万千？当诗歌一首一首在我面前晃过，我的眼光在什么时候能停留下来，专注于一些独特的诗词呢？我的答案是：只有读到既具有质感又具有光泽的诗歌时，我才会沉潜其中，往复其思。这时候的我是幸福的，因为沐浴着诗歌的光辉，令我顿感眼前的天光云影，也共我徘徊。

　　什么叫诗歌的质感呢？我其实无法精准地为此下一定义，但我直觉那些内蕴深厚、饶有力量、韵味悠长的诗歌，就给我以"质感"的感觉；什么叫诗歌的光泽呢？凡是我读来声色兼美、语言优雅、自然精妙、别具魅力的诗歌，我即以之为诗歌的光泽。

　　我不知道我的这一标准是否合乎常规，但我一直义无反顾地坚守着。

　　因为对诗歌的这种感觉支配着我的所思所想，所以当我触及"爱情诗歌"这一话题时，我居然也把质感和光泽拿来作为衡量爱情的标准。我理解中的所谓爱情的质感和光泽，就是那种因为情感深沉而纯净、柔和而有力、持久而弥新带来的令人含玩不已、优雅愉悦、震撼人心的一种感觉。

　　如此，质感与光泽便成为我讲述"爱情诗歌"的不二标准。我不仅要淘汰掉不具质感和光泽的爱情，也同样要忽略没有质感和光泽的诗歌。这个标准好像有点苛刻，但在绵长的历史长河中，在悠久的诗歌源流中，要寻找这种将诗歌与爱情统一在质感和光泽上的例子，还是数不胜数的。我相信这样的爱情也许不一定圆满，这样的诗歌也不一定成为经典，但质感和光泽又何尝不是另外一层意义上的圆满和经典呢？

　　也许质感需要更多的知人论世之功，才能深度地体会到。而因为爱情温润而流露在诗歌上的光泽却往往是清晰可闻的。譬如那个一生"致君尧舜上，再使风俗淳"的杜甫长年奔波在外，但偶尔想起自己的妻子时，居然有"香雾云鬟湿，清辉玉臂寒"二句，寥寥十字，写出了视觉、嗅觉、触觉中的妻子，两人仿佛不是千里相思，而是温柔相对。此刻，杜甫眼中含着的柔情一定闪亮着迷人的光辉。一个被公认为"沉郁顿挫"的杜甫，笔调温婉如此，让人不能不感叹爱情的魔力总能让人忘记身后的一切。

　　苏轼因一梦而情难自已，在追思妻子王弗的那首《江城子》中留下了"小轩窗，正梳妆"这样的画面；而贺铸《鹧鸪天》追思赵夫人的"空床卧听南窗雨，谁复挑灯夜补衣"二句同样魅力独具。一写面窗梳妆，一写挑灯补衣，这是多么朴实、平凡而自然的生活场景！但当这种场景已然远去、徒成记忆的时候，我们才知道平凡原来如此珍贵，平凡居然可以包蕴着如此丰厚的意义。

　　因此种种，有些诗歌的光泽即便脱出现实背景，也能让人深刻地感受到过往爱情的沉醉情景。但我不能不说，真正能体现出爱情的深度、厚度和力度的诗歌，往往濡染着时代的风云变幻和彼此非同寻常的爱情经历。也就是说有了厚实的质感，才能拥有持久的光泽。

　　我要特别地举出白居易与湘灵的例子，这一对注定将漫漫相思放在无边等待中的恋人，诠释了有一种爱情就是：所有的等待原来都是在积蓄爱情的力量。他的《感情》一诗是这样写的：

　　　　中庭晒服玩，忽见故乡履。昔赠我者谁？东邻婵娟子。因思赠时语，特用结终始。永愿如履綦，双行复双止。自吾谪江郡，漂荡三千里。为感长情人，提携同到此。今朝一惆怅，反复看未已。人只履犹双，何曾得相似？可嗟复可惜，锦表绣为里。况经梅雨来，色黯花草死。

一次偶然的"晒霉"唤起了白居易如潮水般的爱的记忆，尤其是漂荡在距离长安三千里之外的江州，因为突然出现的这双鞋子，所有贬谪的苦楚便暂时被搁置在了一边。"为感长情人，提携同到此"，这是当初的深情；"今朝一惆怅，反复看未已"，这是今日的缠绵。这样一段刻骨铭心的恋情，虽然没有能修成正果，但不能成夫妻，却一点不妨碍彼此相爱一生。这种情感本身就极具质感，如果我们在了解了白居易因为被冤越职言事而被贬为江州司马的经历后，我们就知道，当白居易客寓他乡，被寂寞和冷漠所包围的时候，一双凝聚着爱情记忆的鞋子已经足慰平生，这就是爱情的力量。"今朝一惆怅，反复看未已"，如此光彩灼灼的诗句，沉淀着如此丰饶的现实内涵，可见由质感带出来的光泽，才更动人心魄。

书中所述爱情诗歌，从汉代到清代，时间跨度不可谓不大，但因为诸种条件的限制，我只是选了与十二对夫妻或恋人相关的诗歌，以见爱情尤其是诗人本身的爱情果然是诗歌永恒的主题。在这个世界上，爱情也许不能代表一切，但没有被爱情点染的世界，一定是苍白而无趣的。在人的一生中，若冷落了爱情，则其一生注定是悲凉的。虽然我们可以坦然面对有如"天涯何处无芳草"一般的分手，也可以接受有如"闻君有两意，故来相决绝"一般的果断，甚至更可以面对"伤心怕对闲花柳，泪洒东风不欲生"的生死之别；可以有如"曾经沧海难为水，除却巫山不是云"一般的眷恋；也可以有如"人生若只如初见，何事秋风悲画扇"一般的幽怨。茫茫人世，爱情的质感既有不同，当然会带来各自不同的情感体验，但没有质感的爱情一定是浅薄、脆弱的，也是没有生命力和光泽度的。

从这一意义上说，爱情是这个世界上最为珍贵、极度奢侈的东西，也是一种需要倾其一生、精心呵护的"易碎品"。而爱情诗歌也就自然成为诗歌史上最具审美魅惑力和情感穿透力的一种强势存在。

对这样一种存在，我们除了需要仰望，更需要的是一种体验。

杨雨

2019 年中秋佳节

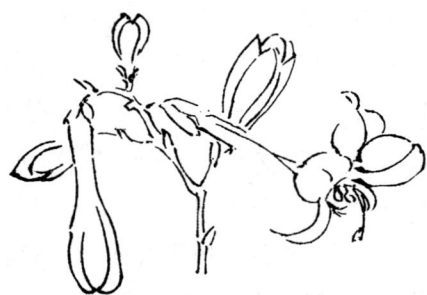

团扇兀自诉悲情

—— 班婕好与汉成帝

当代人在失恋或者与恋人分手的时候，如果要用古典诗句来表达或痛苦、或决绝、或洒脱、或幽怨的情绪，排在前列、引用率比较高的可能会是这样一些诗句：

　　表达洒脱：引用苏轼的"天涯何处无芳草"①。分手了没什么，不要老沉溺在过去的不舍和痛苦中，和"前任"潇洒地说再见，然后向前看，迎接真正属于你的爱情。

　　表达忠贞：引用元稹的"曾经沧海难为水，除却巫山不是云"②。爱过一次就是一生一世，此生除了你之外，再无第二人可以走进我心里，占据我全部的爱情世界。

　　表达决绝：引用托名卓文君的"闻君有两意，故来相决绝"③。这和汉乐府的《有所思》异曲同工，"从今以往，勿复相思。相思与君绝"④，

————————————————

　　① 苏轼《蝶恋花·春景》："花褪残红青杏小。燕子飞时，绿水人家绕。枝上柳绵吹又少。天涯何处无芳草？　　墙里秋千墙外道。墙外行人，墙里佳人笑。笑渐不闻声渐悄。多情却被无情恼。"

　　② 元稹《离思》："曾经沧海难为水，除却巫山不是云。取次花丛懒回顾，半缘修道半缘君。"

　　③ 托名卓文君《白头吟》："皑如山上雪，皎若云间月。闻君有两意，故来相决绝。今日斗酒会，明旦沟水头。躞蹀御沟上，沟水东西流。凄凄复凄凄，嫁娶不须啼。愿得一心人，白首不相离。竹竿何嫋嫋，鱼尾何簁簁。男儿重意气，何用钱刀为？"

　　④ 汉乐府《有所思》（《铙歌十八曲之一》）："有所思，乃在大海南。何用问遗君？双珠玳瑁簪，用玉绍缭之。闻君有他心，拉杂摧烧之。摧烧之，当风扬其灰。从今以往，勿复相思。相思与君绝！鸡鸣狗吠，兄嫂当知之。妃呼狶！秋风肃肃晨风飔，东方须臾高知之。"

听说你有了新欢，那我就主动来提出分手，我也不想再强迫自己相信你的谎言，我们从今以后一刀两断，省得你左右为难……

表达幽怨：引用纳兰性德的"人生若只如初见，何事秋风悲画扇"。要是相爱的人总是能保持像初见那样的温度与激情，那该多好呢？为什么一转眼间就从炎炎夏日的高温讲到了秋风瑟瑟的寒冷？我们的爱情为什么那么经不起考验呢？

……

看来，爱情中几乎所有的过程和所有类型的情绪，在古典诗词中总是能够找到契合的表达方式，古人的爱情和当代人的爱情，在情感的本质上还是相通的。只不过，在表达爱情失落的时候，古人最常用的一个意象或典故还是纳兰性德"人生若只如初见，何事秋风悲画扇"里的"画扇"。"画扇"有时也被称为"纨扇""团扇"或者"秋扇"，意思都是一样的。

一把普普通通的扇子，居然被赋予了如此美丽而又幽怨的情感，这个意象的"创始人"要追溯到汉代的一位著名才女——班婕妤（又作班倢伃）。正是因为她，普通的扇子从此具有了非比寻常的意义，因此这把特别的扇子又被称为"班姬扇"。它的出处就来自班婕妤所写的《怨歌行》：

新裂齐纨素，皎洁如霜雪。
裁为合欢扇，团团似明月。
出入君怀袖，动摇微风发。
常恐秋节至，凉风夺炎热。
弃捐箧笥中，恩情中道绝。

《文选》《玉台新咏》《乐府诗集》均收录此诗，且署名为班婕妤。班婕妤写的这首《怨歌行》还有一个名字就叫《团扇》（钟嵘《诗品》），吟咏的主题就是扇子。"团扇"就是圆圆的扇子，也叫宫扇，宋代以前称"扇子"一般都指的是团扇。

"新裂齐纨素，皎洁如霜雪"，写的就是团扇的材质与颜色。纨、素都是指丝绸、细绢，因为齐国出产的白色细绢特别有名，精致细腻，是丝织品中的奢侈品。刚刚从织机上裁下来的齐国出产的名贵细绢，那么洁白光润，如霜似雪，用它来做什么好呢？

"裁为合欢扇，团团似明月"，原来是做成了一把圆圆的扇子。"团团"就是圆圆的意思，这把白色的纨扇就像一轮明月，又光洁又透亮。合欢本是一种树，树叶类似槐叶，晚上叶片会合上，所以也写作合昏、合棔，俗称夜合花，夏季开花，颜色呈淡红色。古时候人们常以合欢赠人，寓意消怨合好。正如古人所云："合欢蠲忿，萱草忘忧。"（嵇康《养生论》）"合欢"在这里指的是一种对称的花纹，当女诗人用如此贵重的纨素，精心裁制"合欢扇"的时候，其实也是细细地织进了她对爱情合欢的隐秘渴望。

"合欢"在古典诗词中还常常与"鸳鸯"对举。例如"文彩双鸳鸯，裁为合欢被"（《古诗》），都是表达爱情圆满、和合甜蜜的愿望。

当夏季到来，这把美丽而又贴心的扇子成为了主人的"新宠"："出入君怀袖，动摇微风发。"感到炎热的时候，主人就取出扇子轻轻地摇动，习习微风送来缕缕凉意，顿时让人感到神清气爽；即便不用的时候，主人也会小心翼翼地将扇子置于怀袖之中。

如果团扇也有生命、有情感的话，它一定能感受到主人对它的依赖与眷恋。当它被握在主人手中、被放置在怀袖之中感受着主人幽香的体温时，它一定也会觉得自己是主人的最爱，也会全身心地愿意为主人奉献自己的体贴吧。

然而越是深爱，越是害怕失去爱："常恐秋节至，凉风夺炎热。"夏天总是那么短暂，当瑟瑟秋风卷走炎热的时候，属于扇子的季节就该结束了——这是"扇子"最大的恐惧：一旦秋天到来，主人不但

　　　　　　　　　　华年锦瑟谁与度——杨雨讲诗歌里的爱与情

不再需要用扇子来驱赶炎热，反而会觉得随身携带一把扇子是多么累赘，那还不如"弃捐箧笥中"呢！扇子就这样被扔在了竹箱子里，随着天气越来越冷，主人甚至再也想不起来曾经有过那么一把朝夕不离手的扇子了！

"弃捐箧笥中，恩情中道绝"！很傻很天真的"团扇"，原本以为有一种感情叫做天长地久，就像它和主人朝夕相处的那个炎夏，但没想到只是一场秋风，就让他们的恩爱中途断绝！

"团扇"没有料到，原本以为的天荒地老竟是这么不堪一击！团扇与主人的爱情，脆弱得连一场秋风都无法抵挡。

这就是团扇的命运。

那么，写下这首《怨歌行》的班婕妤，为何对团扇的命运有着如此深刻的同情与理解呢？

这就要说到这位才女诗人自己的人生经历了。

班婕妤出身名门，是典型的大家闺秀。汉朝颇有几个大家族，不仅血统高贵，而且常常"井喷"似地涌现出一大批人才，其中就包括了班家。

据说班氏出自楚国，与楚王同姓"芈"，是楚国国君若敖的后裔。相传若敖的孙子令尹子文是吃虎乳长大，虎的身上有斑纹，因此他的后代就以"斑"为姓氏。

斑和班通用，这就是班氏家族一脉的来历。

有汉一代，班家人可都是鼎鼎大名的文化界明星。比如写下《汉书》的历史学家、文学家班固，他和司马迁并称"班马"，《汉书》和《史记》并称"《史》《汉》"，奠定了中国正史撰写的标准范式；又比如班固的弟弟班超，"投笔从戎"镇守西域数十年，立下赫赫功勋；再比如班固、班超的妹妹班昭，也是一代才女，替哥哥班固最终完成了《汉书》的撰写。他们的父亲班彪也是著名的史学家和文学家。而班彪的姑姑就是班婕妤，其父班况在汉成帝时任越骑校尉。

汉成帝刘骜即位后不久，班姬就被选入后宫。刚开始只被封为"少使"，地位并不高。因为她的美貌与聪慧，进宫不久便赢得了汉成帝的关注，并且大获宠爱，进封为"婕妤"（又作健仔），居于增成舍。当时的后宫分为八个区，增成舍位于第三区，可见汉成帝对班婕妤的厚爱。班婕妤很快就生下了皇子，可惜的是，几个月后，孩子夭折。

班婕妤是一个明慧的女子，她不仅容颜靓丽，举止端庄，而且知书达理，无论是吟诗作赋，还是谈论史书，都能与汉成帝相谈默契，就像一朵温柔的解语花。汉成帝是一个耽于酒色的皇帝，他虽然坐拥后宫无数佳丽，可那时的汉成帝，却只将班婕妤当成手里的至宝，简直是恨不得一天二十四小时都和她黏在一起。

"出入君怀袖，动摇微风发"。班婕妤是幸运的，汉成帝对她的感情其实不仅仅只是一个帝王对妃嫔居高临下的宠幸和恩赐，或许更是一个男人对一个女人的爱慕与依恋。

也许这是每一个后宫女子都梦寐以求的爱情吧！历史上有多少后宫女子为了得到皇帝的一次青睐，甚至恨不得使尽浑身解数！

比如说后来西晋的的开国皇帝晋武帝司马炎，后宫佳丽上万，晋武帝常常不知道该去宠幸哪位妃嫔，于是就乘着羊拉的小车在后宫漫无目的地闲逛，羊车停在了哪里，就去哪位妃嫔的住所。于是妃嫔们纷纷在门口插上竹叶、地上洒上盐汁，希望能够吸引到皇帝的羊车……晋武帝的这一"创举"，还成就了一个很有意思的成语叫做"羊车望幸"。

邀宠献媚、羡慕妒忌、明争暗斗……这仿佛是后宫女子摆脱不了的魔咒。帝王的情爱那么淡薄，如花似玉的"情敌"层出不穷，有几个后宫女子能得到帝王长久的眷顾与迷恋？更何况，汉成帝从来就不是一个长情的皇帝，班婕妤有幸得到他的宠爱，难道不应该像其他女子一样千方百计笼络住这个男人的心吗？

班婕妤还真的与众不同。也许她比别的女子更为自信，她相信自己之所以宠冠后宫，并不仅仅是因为年轻美貌，也因为她那源自班氏家族的高贵血统与家学渊源，更源于汉成帝与她相伴时的心灵默契。这不是一个凭借妖娆的外表与精明的心计去博取帝王欢心的普通妃嫔，而是一个希望敞开心灵、全身心接受一分尊重与爱恋的高贵女性。就像杨绛翻译的那首诗说的一样："我和谁都不争，和谁争我都不屑。"

　　班婕妤是这么想的，她也这么做了。

　　有一次，汉成帝乘坐一辆豪华御辇，命班婕妤与他并坐辇上一同游览后宫。这可是莫大的荣耀！想想看，当皇帝御辇在后宫招摇而过的时候，将会吸引多少羡慕妒忌恨的眼光！那是多少后宫女子梦想的时刻！

　　其实汉成帝也是这么想的：他宠爱的女人，就要给她无上的荣耀。

　　因此，当汉成帝的手伸向班婕妤的时候，他的眼光里满是春风得意。

　　可是，令汉成帝万万没有想到的是，班婕妤不仅没有把手伸给他，反而是敛衽一拜，温和地奏到："臣妾平时翻阅古时候的那些图画，发现贤圣之君旁边坐着的都是名臣良将，而夏、商、周三代的亡国之君桀、纣、周幽王，旁边坐的都是他们宠爱的后宫女子。如果臣妾也坐在陛下的身边，难道臣妾也和那些女人一样，要当陛下的红颜祸水吗？"

　　这一番义正辞严的答复让汉成帝始料未及：在后宫，他早就习惯了女人们向他献媚，还从来没有被一位后宫妇人如此拒绝过。而且，班婕妤说的话句句在理，令他一时间脸一直红到了耳根，讪讪地坐回御辇之中，尴尬地说了一句："你说得在理，是朕考虑得不够周全。"

　　很快，皇太后也听说了这件事，非常高兴地说："古有樊姬，今有班婕妤，咱们的皇帝真是好福气啊！"

皇太后将班婕妤的贤德比作是古代楚国的一位著名女子樊姬，这已经是非常高的评价了。

樊姬是春秋时期楚庄王的夫人。楚庄王登上王位后，日夜耽于酒色享乐、打猎出游，不恤政事，还不准别人劝他，下诏说："谁敢劝我，杀无赦！"当文武百官噤口不言的时候，大概只有一个人敢劝阻他，那就是他的夫人樊姬。

可是劝归劝，楚庄王压根儿就当耳边风，照样喜欢打猎，常常一连数天不上朝、不发诏令。樊姬苦谏无效，只好断绝肉食，不吃任何禽兽的肉，来表明自己的心迹。楚庄王终于被樊姬感动，改过自新，开始勤奋地打理国家政事。

有一次，楚庄王下朝回来，樊姬迎上去问道："大王您怎么这么早就回来了？是因为肚子饿了还是觉得累了？"

楚庄王说："不是的，我和贤明的人在一起交谈，是不会觉得饥饿疲惫的。"樊姬说："那要恭喜大王了。只是不知大王说的是哪位贤人啊？"

楚庄王回答："就是虞丘子啊！"

樊姬一听，忍不住掩口一笑。楚庄王觉得奇怪："这有什么好笑的啊？"

樊姬这才收住笑容，认真地回答："虞丘子的确很贤明，可未必是个忠臣。"

楚庄王一听就不高兴了，说："你为什么这么说他？"

樊姬郑重地说："臣妾是大王的夫人，侍奉您已经十一年了。难道臣妾不想独自拥有大王全部的宠爱吗？但臣妾没有这么做，也不能这么做，而是派人到各地去寻访品貌双全的女子，现在大王的后宫中，比臣妾聪明贤惠的有两人，同列的也有七人。臣妾虽然很想大王只宠爱臣妾一人，但大王不是普通的平民男子，而是一国之君，因此臣妾不能以私蔽公，希望大王能够接触到更多贤能的人。同样的道理，虞丘子相楚也有十多年了，他向大王举荐的人都是他们家的子弟或者亲戚，他这样任人唯亲，而不是任人唯贤，岂不是在蒙蔽大王的视线、堵塞贤路吗？知贤不进，是不忠；不知其贤，是不智也。所以臣妾才忍不住发笑。"

楚庄王听了这番话，简直如醍醐灌顶，恍然大悟。第二天，楚庄王就把樊姬的话一五一十告诉了虞丘子，虞丘子听了，赶紧避席，羞愧得无言以对。不久，虞丘子就提出了辞职，并且举荐孙叔敖代替自己。楚庄王以孙叔敖为令尹（相当于楚国的丞相），在孙叔敖的辅佐下，楚庄王三年而称霸天下。因此楚国的史书赞曰："庄王之霸，樊姬之力也。"

这样看来，当皇太后称赞"古有樊姬，今有班婕妤"的时候，不仅是将班婕妤的智慧贤德与楚庄王的夫人樊姬相提并论，同时也包含了对汉成帝的期许：希望有了班婕妤这样的贤内助，皇帝也能够复兴国家，成为名垂青史的一代明君、一代雄主。

在旁人看来，班婕妤的做法体现的是她端方的品德。她对汉成帝邀请的婉言辞谢，也成为了一个著名词语和典故的来历——"辞辇"之德。

然而，换一个角度来看，班婕妤的"辞辇"又何尝不体现着她一贯的爱情理想呢？她深深知道，他们不是一对普通的平民夫妻，可以随心所欲地"秀恩爱""撒狗粮"，而不会对旁人带来任何不良影响。她与别的女人不一样，她爱的那个人是皇帝，是天下之主，他的一举一动都被世人瞩目，他的一言一行都将载入史册，他的每一个决定都有可能对国家的命运产生影响。班婕妤不愿意因为自己的特宠而骄，而让深爱的男人沾染上污点，成为被世人、被历史诟病的皇帝。

她以她的爱，包容着汉成帝的任性和不成熟。

作为一个女人，班婕妤也和别的女人一样，渴望一分一心一意的爱恋；可是作为皇帝的女人，班婕妤更明白，爱情不是用来显摆炫耀、招摇过市的。何况，在她之上，还有正位中宫的许皇后，她也必须顾及到皇后应有的尊严。

拿来炫耀的爱情，或许可以赢得一时的虚荣，却终究无法细水长流。

她爱他，就要成全他的人格、爱惜他的名誉，甚至保护他不受到任何伤害。

因此，班婕妤即便在盛宠之下，依然内敛低调，闲时诵读诗书，侍奉太后；即便面见皇上，也绝不逾越规矩。

"新裂齐纨素，皎洁如霜雪"，当班婕妤写下这样的诗句，她的心里也许满是爱情带来的温柔。对班婕妤而言，她完全有自信的资格：她的容貌，她的才华，她那高贵的血统和气质，就像齐地出产的名贵丝绸，洁白得没有半点瑕疵。这样的质地，这样的本色，难道不值得好好地珍惜吗？

"裁为合欢扇，团团似明月"，作为出身名门并且受到良好教养的女子，班婕妤也像所有的少女以及初嫁的新娘一样，将爱情带来的甜蜜与期盼，都细细地绣进了合欢的图案中。当她细细端详这把亲手裁制的团扇时，那圆润光滑的手感，那光彩照人的色泽，既像她的容颜一样明媚动人，也象征着爱情圆满带来的幸福感。她小心翼翼地维护着那颗如明月般晶莹的少女心，怀着最为美好、最为纯净的渴望，珍惜着她生命中"合欢"的爱情。

"出入君怀袖，动摇微风发"，当班婕妤被选入汉成帝的后宫，成为汉成帝的心头至爱，朝夕相处甚至形影不离，少女时代的浪漫梦想似乎在那一刻成为了美丽的现实。《文选》在选录班婕妤这首诗后，李善注曰："此谓蒙恩幸之时也。"可谓一语中的。

那是班婕妤爱情的夏天，充满着炽热沸腾的爱恋，也不乏轻摇团扇带来的习习凉风，沁人心脾，令人心醉。

也许有人会说，汉成帝这么宠爱班婕妤，和他同坐一辆车一起逛逛后宫又有什么了不起呢？班婕妤这么郑重其事地"辞辇"，是不是太一本正经了？

其实不然。作为一位博古通今的才女，班婕妤太了解帝王的情爱与后宫女子的心态了。从古到今，有哪位仗着皇帝一时宠幸而不知收敛的女子会有好下场呢？商纣王宠信妲己、周幽王宠爱褒姒，最后妲己被杀、褒姒被掳……虽然亡国的罪过不能完全归咎于这些深宫中的女子，但史书从来就没有宽容她们。因为她们的丈夫不是平民男子，而是肩负着家国使命的一代帝王。

即便就在汉代，也有不少前车之鉴：汉高祖刘邦宠爱戚夫人，甚至为了戚夫人，一度想废太子而改立戚夫人的儿子刘如意为太子。但刘邦死后，戚夫人即被吕后砍断手脚，做成"人彘"扔进厕所；汉武帝宠爱卫子夫，甚至为了她废掉陈皇后，改立卫子夫为皇后，立卫子夫的儿子刘据为太子。可是当色衰爱弛，太子刘据被废逃亡后自杀，卫子夫也被迫自杀……

这些辉煌一时却终究悲剧结局的后宫女子，有的成为政治斗争的牺牲品，有的成为后宫争斗的失败者，无论是哪一种结局，都只证明了一个规律：帝王的情爱永远不能成为一个女人坚实的依靠。

班婕妤太明白这个规律了！她当然希望长久维系与汉成帝的爱情，可是她不希望自己成为后宫女子的众矢之的，更不希望皇帝因为自己而成为一个耽溺于男欢女爱的昏君。

爱情的夏天来得太快，爱情的高温升得太迅速，班婕妤内心有了隐隐地担忧，"常恐秋节至，凉风夺炎热"，有没有永不消逝的夏天呢？

没有。

正如她忧虑的那样，班婕妤爱情的夏天很快就接近了尾声。

汉成帝很快就有了新宠——他竟然看上了班婕妤身边一个名叫李平的侍女。班婕妤只能将李平献给皇帝，李平得宠后也被封为婕妤——竟然和班姬平起平坐了。有人委婉地劝诫汉成帝："李平出身低微，封为婕妤是不是不太合适？"

汉成帝却"引经据典"地说："当年卫皇后不也只是一个普通歌女吗？她都能当皇后，现在只是封个婕妤算什么呢！"成帝干脆就赐李平姓卫，左右都呼为"卫婕妤"。

因为卫婕妤受宠的关系，虽然不至于从根本上威胁到班婕妤的地位，但显然班婕妤已经感到了爱情的降温——也许汉成帝的宠爱根本就算不上是真正的爱情吧！然而班婕妤仍然固守着她对爱情的那一丝执念，"出入君怀袖，动摇微风发"的那分亲昵与眷恋，毕竟不是每个后宫女人都能拥有的。她多么希望，汉成帝在偶尔的三心两意之后，仍然还会给她一分眷顾和一些陪伴。

直到另外两个女子先后入宫，才粉碎了班婕妤最后的一点幻想。

汉成帝在宫廷中寻欢作乐尚不满足，渐渐开始喜欢微服出行，去宫外寻求新鲜的刺激。一次，他来到阳阿公主家，阳阿公主命令家中的歌儿舞女悉数出来为皇帝演乐解闷。其中一位舞女身轻如燕，娇媚的眼神勾魂摄魄，汉成帝对她一见钟情，立时召入后宫，成为炙手可热的新宠——这就是历史上著名的美女赵飞燕。

为了巩固皇帝的宠爱，赵飞燕又向皇帝推荐了她的妹妹。妹妹和她一样国色天香，汉成帝喜上眉梢，将姐妹俩都封为婕妤，一时之间"贵倾后宫"。

皇帝的情爱果然凉薄，尤其是汉成帝。史载汉成帝"善修容仪"，是一位风度翩翩的美男子，气质颇具威严，且学识渊博，"博览古今"，也能够接受臣下的良言劝谏。但这位仪表堂堂的皇帝，最大的毛病就是耽于酒色，在美色的诱惑下往往丧失判断力。在班婕妤切切期盼着彼此尊重、彼此眷恋的爱情的时候，汉成帝却在左顾右盼、寻觅着新的"猎物"。

班婕妤虽然美貌，虽然才华横溢，可她的端庄自持让汉成帝丧失了足够的耐心。赵飞燕姐妹的妖娆风情，营造出了温柔富贵之乡，让汉成帝沉溺其中，无法自持。

"常恐秋节至，凉风夺炎热"，最让班婕妤恐惧的秋天，终于不可避免地到来了，西风吹走了炎热，她爱情的夏天也结束了——夏天时须臾不离主人手、出入怀袖贴身携带的团扇，终于不得不接受被冷落、被抛弃的结局："弃捐箧笥中，恩情中道绝。"

团扇被扔进了竹箱子里，当初缠绵亲昵的恩爱至此断绝，主人甚至都懒得再看它一眼。

团扇在秋天的命运，也就是班婕妤恐惧的结局，终于还是无法逃避。赵飞燕姐妹得宠后，许皇后与班婕妤相继失宠，甚至连见皇帝一面都成了一种奢望。

赵飞燕姐妹不是心无城府的普通美女，而是有着勃勃野心与精明心计的女子。姐妹俩联手，一方面巩固着汉成帝的宠幸，一方面对后宫开始大规模打击——她们下手的第一个目标，自然是后宫中地位最尊贵的许皇后，还有曾经恩宠一时、才貌双全的班婕妤。

汉成帝鸿嘉三年（前18），赵飞燕诬告许皇后和班婕妤"挟媚道，祝诅后宫，罿及主上"。也就是说许皇后和班婕妤在后宫用巫术诅咒后宫妃嫔，并且还咒骂皇上。

汉成帝一怒之下，废掉许皇后，并且拷问班婕妤。

班婕妤做梦都不曾想到，她与皇上曾经所有的恩爱与默契，竟然走到了这一刻的如同仇人相对。

此刻，她面前站着的这个男人，依然风姿俊朗。

这是天下至尊，也是那个曾经爱她、疼她、一刻都离不开她的夫君。

然而，在他眼中，再也读不出往日的柔情与依恋，而是满面怒容与愤恨，眼神里的那道凶光，让班婕妤本已苍凉的内心更添绝望与悲戚。

她沉默了半响，终于垂下眼帘，缓缓下拜，声音却依旧不卑不亢："陛下，臣妾听说过一句话：'死生有命，富贵在天。'如果一个修行正道、品德端方的人都不能得到上天庇佑蒙受福祉，那一个为非作歹的人还能有什么指望呢？假若鬼神真的有知，难道他们会听信邪魅之人的祷告吗？如果鬼神无知，那臣妾去诅咒、去祈祷又能起到什么作用呢！所以，臣妾不屑于做那种咒诅之事。"

班婕妤轻声却又沉稳的一番申诉，淡淡的语调中渗透出浓浓的凄凉，汉成帝尽管正在盛怒之中，然而他的内心还是忍不住微微一颤：面前这个女子，虽然憔悴瘦弱了许多，不再如以往那般明艳娇美，可她那柔弱的身体里，仍然传递着只属于她的智慧与倔强——毕竟，这是他曾经深深爱恋过的女人，尽管他分不清自己是爱她的貌、她的才、她的温柔，还是她的倔强。直到此刻，他已不再爱她，但她的柔弱和倔强，依然让他心动。

更令汉成帝动容的是，在这个决定她命运的一刻，班婕妤竟然没有一丝哀哀乞求饶恕的可怜之态。尽管她一直微微低着头，可是骨子里的高贵依然震撼人心。

汉成帝不得不承认，班婕妤的每一句话都那么入情在理，他的暴怒在她不卑不亢的声音里悄然化解为无形。

他"原谅"了她——虽然她从来没有做错过什么。

最终，汉成帝没有处罚班婕妤，反而赏赐她黄金百斤。

黄金百斤！再多的黄金又岂会放在她的眼中？班婕妤再施一礼，谢恩、退去。

也许就在她缓缓转身离去的一刹那，她那双明月般清澈的双眸瞬间溢满了泪水——她有一种预感，这也许便是她与汉成帝最后一次的"亲密"接触了。他们之间曾经拥有的一切恩爱与默契，就只剩下了这冰冷得没有一丝暖意的百斤黄金。

只是不知道，在她瘦弱的身体转身离去的时候，汉成帝的内心是否也闪过一丝愧疚与怀念。

永始元年（前16），赵飞燕被立为皇后，大赦天下。不久，赵飞燕的妹妹也被封为昭仪，位在婕妤之上。后宫成为赵氏姐妹的天下，她们不仅迫害后宫妃嫔，甚至还残杀皇子。

对赵氏姐妹的所作所为，汉成帝竟懵然不知。他让赵昭仪住在昭阳舍，宫殿美轮美奂，金碧辉煌，白玉为阶，黄金饰壁，至于蓝田璧玉、明珠、翠羽等豪华装饰更是司空见惯，奢华程度史无前例。

许皇后被废，班婕妤居然全身而退。宠冠后宫、大权独揽的赵飞燕姐妹岂能善罢甘休！在赵飞燕姐妹的步步紧逼下，班婕妤放弃了对汉成帝的最后那一点幻想——她是那样一个高贵的女子，她的爱情就如纨扇般"皎洁如霜雪""团团似明月"，她怎能容忍如此清澈的生命被践踏、被玷污！

班婕妤终于下定决心，上疏成帝，请求前往长信宫陪伴、奉养太后。

在赵飞燕姐妹一手遮天之时，班婕妤从未想过要和她们去争宠，她从此退处东宫，长伴太后，在凄凉与寂寞中度过她的后半生。

"我双手烤着／生命之火取暖；／火萎了，／我也准备走了"（杨绛译英国诗人兰德诗）。

当爱情理想幻灭之后，请给我保留一分最后的尊严。这就是班婕妤的选择。

"弃捐箧笥中，恩情中道绝"，这是团扇的命运，也是班婕妤爱情的结局。

而班婕妤后半生居住的长信宫，与赵昭仪居住的红极一时的昭阳殿往往对举，一冷一热，象征着两种截然不同的女性命运。

最具讽刺意味的是，赵飞燕姐妹专宠十多年，却都没有生育皇子，而其他皇子惨遭迫害之后，终于导致汉成帝没有亲生儿子可以继承皇位，只能在赵飞燕姐妹的运作之下，册封侄子刘欣为皇太子。

绥和二年（前7）三月，四十五岁正当盛年的汉成帝暴卒，据说当夜侍寝的正是赵昭仪。一时间朝野上下物议沸腾，皇太后下旨彻查，赵昭仪畏罪自杀。

王莽掌权之后，赵飞燕被废为庶人后自杀。

其实赵飞燕姐妹何尝真正爱过她们的丈夫？她们所做的一切，只是在争夺、挥霍一个皇帝的恩宠。换言之，她们在向一位皇帝无休无止地索取，也因此而付出了惨重的代价，成为史书中的罪人。

汉成帝崩逝后，葬于延陵，班婕妤请求前往守陵，她去世之后也葬在陵园之中。

相比赵飞燕姐妹的悲剧结局，班婕妤被"弃捐箧笥中"的命运虽然凄凉，却终于平安度过了一生。

那个男人，她爱了一生，也等了一生。尽管最后她等来的是他的背叛和薄情，但她却从来不想背叛自己心中坚守了一生的爱情理想。

退居长信宫以后，班婕妤还曾经写过一篇《自悼赋》，伤感韶华的流逝，哀叹爱情的终结。她不曾料到的是，她写下的那首《怨歌行》，从此创造了一个古典爱情诗歌最重要的意象之一——团扇，又称纨扇、秋扇、画扇、班姬扇。在那些悲情而凄美的爱情诗句里，我们从此常常可以看到类似这样的意象："团扇悲秋""团扇怨秋""纨扇题诗""汉姬纨扇"等等，用来表达女性在爱情中的失落。感情好的时候，女性就如"出入君怀袖"的"合欢扇"，与夫君如胶似漆，形影相随；可是一旦遭遇夫君的冷落，她的命运便如同秋天的扇子一般被"弃捐箧笥中，恩情中道绝"。

更让班婕妤没有料到的是，在南朝梁钟嵘《诗品》对五言诗的品评中，她凭借这首《怨歌行》被排在上品之列，与曹植、阮籍、左思、谢灵运等一流大诗人同一品第。眼光一向苛刻的钟嵘给出的评语是："汉婕好班姬，《团扇》短章，词旨清捷，怨深文绮，得匹妇之致。"

要知道，在钟嵘的品第中，连曹丕都只位列中品，曹操被排在了下品。

还有让班婕好没有想到的是，她赋予了"团扇"以爱情忠贞与纯粹的理想，而这个理想又恰恰契合了古代文人士大夫以男女爱情比拟君臣之情的创作思路。"团扇"或"秋扇"从弃妇形象的比拟，又进而延伸出了"逐臣"的象征意义，并且逐渐凝定成为抒发忠臣失意的重要意象。"团扇"意象和贬谪情结从此密切关联，被频频运用在古典诗歌之中。例如唐代大诗人刘禹锡在被贬朗州（今湖南常德）之后，就借用班婕好创造的团扇意象写下了著名的《团扇歌》，其中这几句几乎可以说就是对班婕好原诗的化用："团扇复团扇，奉君清暑殿。秋风入庭树，从此不相见。"①刘禹锡显然也是以团扇在秋天被弃捐的命运，来比拟自己被贬谪的心境。

一千多年后，另外一位著名的才女李清照，也曾引用这个典故"似泪洒、纨扇题诗"②，流露出词人对时光流逝强烈的不舍与不甘，以及对女子爱情与生命消失的不舍与不甘。

又是几百年之后，清代的著名词人纳兰性德，也以班婕好创造的秋扇意象，写下了那首著名的《木兰花令·拟古决绝词》：

人生若只如初见，何事秋风悲画扇？等闲变却故人心，却

---

① 刘禹锡《团扇歌》："团扇复团扇，奉君清暑殿。秋风入庭树，从此不相见。上有乘鸾女，苍苍网虫遍。明年入怀袖，别是机中练。"

② 李清照《多丽·咏白菊》："小楼寒，夜长帘幕低垂。恨萧萧、无情风雨，夜来揉损琼肌。也不似、贵妃醉脸，也不似、孙寿愁眉。韩令偷香，徐娘傅粉，莫将比拟未新奇。细看取、屈平陶令，风韵正相宜。微风起，清芬酝藉，不减酴醾。 渐秋阑，雪清玉瘦，向人无限依依。似愁凝、汉皋解佩，似泪洒、纨扇题诗。朗月清风，浓烟暗雨，天教憔悴瘦芳姿。纵爱惜、不知从此，留得几多时。人情好，何须更忆，泽畔东篱？"

道故心人易变^①。 骊山语罢清宵半，泪雨零铃终不怨。何如
薄幸锦衣郎，比翼连枝当日愿？

要是人生都能像初次相见那样纯洁、美丽，那该多好！可为什么总
有那么多秋风悲画扇的凄凉故事呢？人心真的就那么善变吗？汉成
帝与班婕妤的爱情结局是如此，唐玄宗与杨贵妃的爱情故事又何尝
不是另一种悲剧？当年的山盟海誓、比翼连枝的心愿，转瞬就成了
再也回不去的过往。

　　"裁为合欢扇，团团似明月"，那是一位深宫女子的爱情企盼；"人
生若只如初见，何事秋风悲画扇"？那是一位多情公子的悲伤感慨。

　　两千多年过去了，"团扇"经历的炎夏与凉秋，成了多少女子一
生爱情命运的写照，承载了多少女子一生对爱情的渴求与失落，也
寄托了多少逐臣失意的心灵告白。

　　汉成帝没有许给班婕妤她想要的爱情，文学史却给了她意想不
到的荣耀。

　　然而，尽管文学史赋予了班婕妤那么多耀眼的光环，却都不是
她曾经的祈求。那时，她一心所渴望的，只不过是"出入君怀袖，
动摇微风发"的温柔陪伴，只不过是"裁为合欢扇，团团似明月"的
长相厮守，只不过是"新裂齐纨素，皎洁如霜雪"的纯美爱情。

　　虽然，在她寂寞的后半生中，她没能留住她曾深爱过的男人，
但至少，她留住了爱情的尊严与纯净。

---

　　① 此句化用谢朓《同王主簿怨情》："平生一顾重，夙昔千金贱。故人心尚永，故
心人不见。"

相濡以沫苦作乐

—— 杜甫和杨夫人

在大多数人的印象中，杜甫是一个忧国忧民的爱国诗人，他的诗似乎不是在叹息黎民百姓的苦难生活，就是在忧虑国家的前途命运。可是很多人可能没有特别注意过，杜甫其实还是一个情根深种的多情才子，而且他的多情和唐代其他诗人都不一样。唐代的诗人无论贫富，大多都是风流潇洒，甚至处处留情，一生当中或多或少总会经历一些风流韵事。杜甫却是个例外，他是唐代极罕见的真正一生只专情一人的诗人。而他一生专情的那个人，就是他的妻子杨夫人。

在其他著名诗人的诗集中，我们很难看到写给妻子的情诗，偶尔有，也只是寥寥几首。许多感人肺腑的写给妻子的诗词，往往都是在妻子去世之后写的悼亡之作。好像古代的诗人都特别不习惯直接对妻子表白感情，反而是在妻子去世之后，诗人们才敢大胆表露心声。

杜甫却偏偏和其他诗人都不一样，如果仅仅从在诗中出现的频率来看，杜甫无疑是写到妻子次数最多的诗人，至少也是其中之一。

在唐玄宗天宝十五载（756）秋冬之际，杜甫写下了诗集中最香艳、也最动人的一首情诗《月夜》：

今夜鄜州月，闺中只独看。
遥怜小儿女，未解忆长安。

香雾云鬟湿，清辉玉臂寒。

何时倚虚幌，双照泪痕干？

这首诗当中提到了两个重要的地名，一个是鄜（fū）州（今陕西富县），一个是长安（今属西安）。鄜州，是杜甫的妻子杨夫人当时所在的地方，而长安则是杜甫羁留的地方，杜甫正是在长安写下了这首《月夜》。

读这首《月夜》，有三个方面特别值得我们留意。

其一，杜甫别开生面地运用了"对面描写"的写作手法。

其二，在杜甫所有写到妻子的诗篇中，这是唯一一首含蓄描绘妻子美貌的作品。换言之，这是杜甫集中堪称最"香艳"的诗篇之一，可谓"语丽情悲"。

其三，用"小儿女"的不谙世事来衬托夫妻牵挂的深情，可谓匠心独运。

先来看第一个特点——"对面描写"。

"今夜鄜州月，闺中只独看"，原本是杜甫流落在长安，牵挂着远在鄜州的妻子，明明是杜甫孤零零地在长安睹月思人，可杜甫偏偏不从自己下笔，而是从头至尾都在写对方：从第一句开始，就将镜头定格在妻子身上——"鄜州""闺中"，这两个关键词当然就是特指妻子了。他说："今夜月色这么明亮，可惜我却不能陪在妻子身边，她只能独自在鄜州欣赏着这轮孤月了。"

"'闺中只独看'，写出闺中无限忆公之情"（顾宸，引自《杜诗集评》）。明明是漂泊在外的杜甫"独自"赏月、"独自"思念妻子，却偏偏说妻子一定是在"独自"赏月、"独自"思念远行的丈夫。这是一种什么样的体验？

这就是所谓的将心比心、感同身受，这才是夫妻同心才有的心灵感应。"换我心，为你心，始知相忆深"，所以这首诗，其实没有一个字在写杜甫自己，而是句句都指向杜甫思念着的妻子。

那妻子真的只是一个人独自在鄜州赏月吗？

并不是。儿女们其实都守在妻子身边，但儿女绕膝并不能丝毫减轻母亲的孤独与担忧，"遥怜小儿女，未解忆长安"。因为儿女们还太小，小到根本无法理解大人的情感世界。虽然母亲对儿女们一遍又一遍地唠叨过："你们知道吗？你们的父亲现在一个人在外漂泊呢，不知道他现在怎么样了……"

可是儿女们又怎么能体会母亲的担忧呢？他们又怎么能理解母亲对父亲的思念呢？小孩子们实在不懂为什么这么冷的天，他们都冻得缩在被子里不敢出来，母亲却一直站在门外看月亮，到了深夜还不进屋去睡。母亲明明忙了一天了啊，为什么不肯睡觉呢？天天都能看到的月亮到底有什么好看的呢？

这种不理解，一定更进一步加深了妻子的孤独感——世界上最深的孤独，就是身边明明有人，却偏偏不能懂你。

儿女不懂母亲的苦，那不能怪儿女，因为他们还太小；杜甫深深明白妻子的苦，可他又离家太远太远，无法时时陪伴和抚慰妻子，这才是最深的孤独感。所以前人评价说："意本思家，而偏想家人之思我，已进一层。至念及儿女之不能思，又进一层。"（王嗣奭《杜臆》）思念之情就是这样越转越深。

按照这样的思路，我们一定会想着，接下来的诗句感情应该更深、更丰富了吧？

然而，老杜写诗总是那么出人意料。"香雾云鬟湿，清辉玉臂寒"，接下来的这两句看上去并不是继续抒发思念之情和孤独之情，老杜居然开始写起妻子动人的美貌来！而且这几乎可以说是杜甫唯一一首直接描绘妻子美貌的作品。"云鬟"形容妻子鬟发乌黑如云，"玉臂"形容妻子肌肤光泽，杜甫甚至似乎还能闻到妻子身上散发出来的幽幽体香。"香雾"，雾怎么可能是香的呢？那只有一种可能，就是妻子的头发散发出来的香味儿，仿佛让身边环绕的雾气都变得幽香醉人了。

因为在夜色中站得太久太久，妻子的头发被雾气渐渐浸湿了，夜色越深，天气越冷，单薄的衣裳抵挡不住深夜浸入骨髓的寒意，在月亮清辉的照耀下，她的一双玉臂是否在寒气中微微颤抖呢？"香雾云鬟湿，清辉玉臂寒"，是两句用词极美、极香艳的诗，但诗句越美，我们越是感到情绪的悲凉，越能够体会杜甫此刻对妻子最深切的担忧。

香雾清辉，云鬟湿，玉臂寒，妻子自己还浑然不觉，她已经完全陷在忘我的思念当中，可一想到妻子这种感人的情意，杜甫的心已经疼得要碎了。

"香雾云鬟湿，清辉玉臂寒"这样的句子，才真正称得上是"语丽情悲"吧！

"何时倚虚幌，双照泪痕干"，尾联两句仍然是杜甫在用妻子的口吻发问：什么时候我们才能不再这样异地相思，而是相依相伴、双双倚在薄薄的帷幕边？只有到了那个时候，思念的泪水才会被月亮的清辉照干吧！

尾联的"双照"再一次呼应了首联的"独看"，这是妻子此刻的期待，也是杜甫此时的渴望。什么时候他们才能够夫妻团圆，再一起欣赏鄜州的月色，让担心、思念的泪水不再肆意流淌呢？

对面描写、香艳清丽、以小儿女的无知来衬托夫妻之间的有情，是这首《月夜》诗在艺术手法和情感抒发上的三大特点。但这还不是《月夜》这首诗所有的特别之处。那么，这首情诗还有什么特别的地方呢？

当然有，那就是这首诗的创作背景。

杜甫身陷长安，而妻子羁留鄜州的时间，正是天宝十五载（756）。熟悉唐代历史的人，可能会马上联想到这个年份的特别，因为就在前一年，也就是唐玄宗天宝十四载十一月初九，即755年12月16日，安禄山在范阳（今属北京）起兵叛乱，发动了持续长达七年多的安史之乱。第二年五月，潼关失陷，长安危在旦夕，唐玄宗携杨贵妃仓皇逃出长安。

就在安禄山叛军逼近潼关之际，杜甫也急忙接了妻儿，加入逃难的大潮中，一家人从此开始了颠沛流离、担惊受怕的逃难生涯。杜甫一家一直逃到鄜州，才在城北的羌村找到了一个勉强容身之所。

七月，太子李亨在灵武（今属宁夏银川）即皇帝位，遥尊唐玄宗为太上皇，这就是历史上的唐肃宗，改元至德，所以756年既是天宝十五载，改元之后又成了至德元载。

逃亡中的杜甫，一听说这个消息，仿佛是在浓厚的黑暗中见到了一线曙光，他把振兴国家的希望寄托在了这位新皇帝身上。于是，他把妻儿留在鄜州，自己则于八月间再一次告别家人，日夜兼程赶往灵武去投奔唐肃宗，一心想为多灾多难的国家效力。

不幸的是，叛军势力已然逼近鄜州，杜甫在半路上被叛军俘虏，押解到了已沦陷的长安。

叛军进入长安后，进行了几乎是血洗般的破坏，没有来得及跟随唐玄宗逃跑的王侯将相、王子王孙、公主王妃们被诛杀殆尽，连襁褓中的婴儿也难逃被屠杀的厄运。那些紧闭的宫门、荒凉的小径，残留的烟尘，到处都弥漫着血腥的气味。

被困在长安城的杜甫，亲眼目睹了长安城的残破荒凉、百姓的妻离子散、朝廷的混乱恐惧，这一切让他的内心感到无比尖锐的刺痛。而此刻，最让他忧心的，还是留在鄜州的妻子。在这兵荒马乱的时候，她独自一人拖着一群幼小的儿女，她还能撑得住吗？叛军有没有骚扰到鄜州？她和儿女们都还平安吗？

被扣押在长安的杜甫，在一个凄清的月夜，写下了他对妻子最深切的牵挂——"今夜鄜州月，闺中只独看。遥怜小儿女，未解忆长安。香雾云鬟湿，清辉玉臂寒。何时倚虚幌，双照泪痕干？"

原来，这不是普通夫妻的异地相思，而是在国家残破、兵荒马乱时候的生死思恋。"此公陷贼中，本写长安之月，却偏陡写鄜州之月。本写自己独看，却偏写闺中独看，已得遥揣神情。三、四又脱开一笔，以儿女不解忆，衬出闺中之独忆，故'云鬟湿''玉臂寒'而不知也。沉郁顿挫，写尽闺中深情苦境"（吴瞻泰《杜诗提要》）。所谓"闺中深情苦境"，这种"深情"，是妻子记挂丈夫生死安危的担忧之情，也是丈夫惦念妻子生死安危的担忧之情；这种"苦境"，是战乱带来的夫妻离散之苦，是亲人不能团圆、甚至连亲人的生死都无法确定的飘零之苦。

杜甫还有一首特别有名的《春望》诗，也是被困长安时写下来的经典诗篇，其中的千古名句"烽火连三月，家书抵万金"，正是这种"深情苦境"的真实写照。

即便是在太平盛世、家族兴旺的时候，一封报平安的家书也是人们翘首期盼的，又何况是在"烽火连三月"的战乱当中？又何况是在敌军的严密监视之下？自从战乱爆发之后，狼烟遍地，生灵涂炭，战争一直在持续当中，沦陷在长安的杜甫与亲人完全失去了联系，他没办法写封家书告知妻子他的处境，更不可能得到妻子的音讯。他比以往任何时候都更盼望能够收到妻子写来的家书，哪怕是只言片语、只是短短的一句：

我们都还活着。

那就足够了，那才真的是千金不换的喜报啊！

了解了《月夜》的创作背景和杜甫当时的处境，我们才能更深切地体会到"何时倚虚幌，双照泪痕干"的深刻意蕴，原来这不仅是杜甫和妻子杨夫人这一对夫妻的相思两地书，更是那个战乱年代里千千万万个家庭悲剧的缩影啊！

唐肃宗至德二载（757）四月，杜甫终于找到机会逃出了长安，冒着随时可能再次被抓的生命危险，一路逃到唐肃宗驻跸的凤翔（今陕西凤翔）。八月，他才终于能够回到鄜州的羌村探望妻儿。

"妻孥怪我在，惊定还拭泪"（《羌村三首》其一）。兵荒马乱的时代，长达近一年的杳无音讯，妻儿都以为杜甫活着的希望微乎其微。可是一年之后，当杜甫突然出现在妻儿面前，她们真是又惊又喜，止不住地泪流满面。

重逢的那天深夜，当孩子们都已睡去，前来探望安慰的邻居陆续离去，只剩下杜甫和杨夫人夫妻相对的时候，他们才终于可以尽情倾诉漫长的离别之苦和牵挂之忧，"夜阑更秉烛，相对如梦寐"（《羌村三首》其一）：夜已经很深很深了，他们却都舍不得睡觉，夫妻俩在烛光下细细地端详着对方，倾诉着别后的种种，他们很害怕这样的重逢不会只是一场空欢喜的梦吧？丈夫是真的活着回来了吗？妻子真的没有被贼兵骚扰吗？一场乱离，他们居然还能平安再见，这真的是不幸中的万幸啊！

"香雾云鬟湿，清辉玉臂寒"，是杜甫独自思念妻子时候的清词丽句；"夜阑更秉烛，相对如梦寐"，是夫妻死里逃生之后的深沉叹息。这样动人心魄的诗句，反映的不仅仅是杜甫个人经历的悲剧，更是那个时代万千黎民的苦痛。

虽然杜甫的心中始终装着家国，不过在杜甫和妻子杨夫人之间，确实有着与众不同的夫妻深情。翻开杜甫的诗集，像"妻""老妻""山妻"这样的称呼触目可见，几乎在所有重要的历史时刻，或者是在杜甫所有重要的人生经历中，我们都可以看到他妻子的身影。而且在他的身边，或者在他的相思之中，自始至终，只有杨夫人这个唯一的女人。

有一个常用的成语，虽然在形容夫妻关系的时候这个成语有点被用滥了，但我觉得，这个成语用来形容杜甫和杨夫人的夫妻感情，才是最合适不过的，这个成语就是"相濡以沫"。

还有一个成语，也常常被用来形容夫妻关系，那就是"同甘共苦"。对杜甫和杨夫人来说，我觉得用另外一个词语形容他们的婚姻生活更加准确，那就是"苦中作乐"。

　　相濡以沫，苦中作乐，这两个词可以说是杜甫和杨夫人近三十年爱情生活的写照。那么，为什么说他们的爱情最能配得上"相濡以沫""苦中作乐"这两个词呢？他们的婚姻又到底经历了怎样的跌宕起伏呢？

　　我们先来看看"相濡以沫"。所谓相濡以沫，原意是在极度干渴中用唾沫互相湿润对方，比喻在患难当中用微小的力量彼此给对方最大的安慰和最及时的帮助。而杜甫和杨夫人自从结缡之后，一生几乎都是在忧患乱离当中度过的。

　　大约在唐玄宗开元二十九年（741），三十岁的杜甫才与杨夫人结为夫妻。杨夫人出身弘农杨氏，弘农杨氏是一个非常高贵的姓氏，在南北朝到隋唐时期，这个姓氏中盛产皇帝、皇后。比如说隋朝的两个皇帝杨坚、杨广就是出自弘农杨氏，杨贵妃也是出身于弘农杨氏。当然杜甫的妻子杨夫人这一支未必有那么显赫，但她的父亲是司农少卿杨怡，她也算是官宦人家的大小姐。在天宝十三载（754）冬天的时候，因为在长安的日子穷得实在过不下去了，杜甫曾经把妻室儿女送到奉先（今属陕西蒲城），暂时寄居在县署公舍里，当时的奉先县杨县令应该就是杨夫人的本家①。

　　这说明，杜甫在万不得已的时候，曾经投靠妻子的娘家。虽然杜甫的远祖也曾经显赫过，但从当时的家族境况来看，杨夫人娘家的情况显然要比杜甫好得多。

　　然而，就是这位出身较为优越的千金小姐嫁给杜甫之后，却几乎没有过过一天舒坦的日子。

---

　　① 　参见闻一多《少陵先生年谱会笺》"天宝十四载乙未"条。

古人说三十而立，可是三十岁的新郎杜甫一没有考取功名，二没有一官半职，没有稳定的经济收入，家里的经济条件本来就十分困顿。结婚以后，杜甫的事业前途也依然没有半点儿光明的迹象：天宝五载（746），三十五岁的杜甫再次来到长安。第二年，唐玄宗下诏征集天下读书人中凡有一技之长的，都到京师来参加选拔人才的考试。可是，当杜甫信心满满报名考试以后，权相李林甫唯恐这些来自全国各地的士子，在唐玄宗面前揭露他的各种奸恶不法之事，就在考试过程中暗暗做了手脚，还对唐玄宗谎称"野无遗贤"，这样的鬼话，唐玄宗居然还真信了。这一轮应试的考生竟没有一个被录取！

李林甫的一手遮天，导致杜甫再次与功名擦肩而过，他依然在贫困线上苦苦挣扎。杨夫人在嫁过来以后的十五年间，至少生了九个儿女，连续增加的家庭人口，更让这个贫穷的家庭雪上加霜，没有半点喘息的机会。

唐人冯贽的《云仙杂记》记载了这么一个故事："杜甫每朋友至，引见妻子。韦侍御见而退，使其妇送夜飞蝉以助妆饰。"这个故事说明了两个问题：第一，杜甫非常尊重杨夫人，因此每每结交了新朋友或者老朋友来拜访，都一定会引见妻子；第二，杜甫一家真得很穷，穷到杨夫人连一件像样的见客的首饰都没有，连朋友都看不下去了，遂派家中女眷给杨夫人送来首饰。

当然，没有奢华的衣裳、首饰那倒还不算什么，因为时运的关系，杜甫一家常常是吃了上顿没下顿，巧妇难为无米之炊啊！一家人连吃顿饱饭都成问题。

天宝十三载（754），长安秋雨霖霖，大片大片的农田被淹没，饥荒遍野，而唐玄宗依然在杨国忠等人的蒙蔽之下，以为国泰民安、百姓安居乐业，压根就没有人想着要去救灾抗灾。杜甫无比清醒又无比痛心地看到，权臣当道，小人横行，民生疾苦无人理会，大唐国势已经风雨飘摇、岌岌可危。

杜甫自己穷得没办法养活一家大小，只能把妻儿送到奉先（今陕西蒲城）暂住。天宝十四载（755）冬，在长安奔波近十年的杜甫，终于谋到了朝廷的一纸任命——他被授予"右卫率府兵曹参军"之职。这只是一个从八品下的小官，也就是负责看管一下兵器、马、驴、钥匙之类，其实是个没啥重要任务的闲职。奔走十年，才得到这么一个无关紧要的小官，而且薪水也微薄得根本无法支撑一家人的生计。每每想到这里，杜甫总是黯然神伤，对妻子怀着深深的愧疚之情。

　　结婚十五年，四十四岁的杜甫，奔波半生，好不容易才终于得了一个官职。俸禄虽然微不足道，毕竟对于他而言算是有了一份稳定的收入，于是他决定回奉先探望一下妻儿。

　　从长安到奉先，骊山是必经之地。骊山是唐玄宗和杨贵妃游乐的行宫。夜色中匆匆赶路的杜甫，仿佛听到骊山上传来阵阵歌舞音乐声，仿佛看到灯火辉煌的宫殿里觥筹交错、衣香鬓影，仿佛看到唐玄宗和杨贵妃尽情享乐时慵懒而满足的模样……可是，与这种奢华行乐形成鲜明对比的是，大唐帝国内忧外患已接踵而至。

　　杜甫一边为大唐国运叹息，一边并未减慢他回家的脚步。一想到很快就能见到温柔贤惠的妻子、抱着聪明可爱的孩子，一想到那个虽然穷困潦倒却总能给他带来温暖的家，忧心忡忡的他，心里就感到一丝安慰。

　　经过日夜兼程的赶路，杜甫终于远远地看到了家里亮着的微弱灯光。他加快了脚步，想象着妻子见到他时那种惊喜的表情，想象着儿女们欢笑着扑过来的模样，他那疲惫的脸上甚至有了一丝笑容。

　　家门虚掩着，三步并作两步赶到门口的杜甫突然停下了脚步，他的内心突然掠过一阵惶恐，甚至心口抑制不住地砰砰乱跳：家里并没有传来孩儿的嬉笑声，却传来一阵阵嚎啕大哭的声音。

　　杜甫颤抖着手推门进去，第一眼便看见杨夫人伏在床边痛哭不止，几个孩子也围着母亲惶惶然啼哭着。杜甫心中一惊，忙扶起妻子问："夫人，怎么了？家里出了什么事？"

杨夫人看到他更是泣不成声。还是大一点的孩子抽泣着回答："父……父亲，弟弟……弟弟……他……"杜甫心一沉：原来是他最小的孩子活活饿死了！孩子那瘦成皮包骨头的小小身体躺在破败的床上，仿佛一阵风都能吹得起来。杜甫一把抱着孩子那瘦弱的身体禁不住泪雨滂沱。作为一个父亲，在痛彻心扉之时，他也感到深深的惭愧：他常年辛苦奔波却仍然无力养家糊口，只落得个幼子饿死、一家人居无定所、忍饥受冻的凄惨境地。尤其是杨夫人，一个人支撑着这个庞大而脆弱的家庭，一个人照顾着八九个尚未成年的孩子，每一天光是柴米油盐就足够让她心力交瘁，何况那还是一个战乱频繁、连生命都朝不保夕的特殊岁月！杨夫人的容貌身形，衰老得早已远远超过她的实际年龄。那分瘦弱憔悴，更是让杜甫心痛不已。

几乎就在同一时期，也就是天宝十四载十一月初九，安禄山起兵叛乱。杜甫深深担忧的最坏结果终于还是来了。随着"渔阳鼙鼓动地来"，安史之乱以最为惨痛的方式宣告了盛唐"春天"的终结。杜甫也不得不携带妻室儿女，跟随着潮水般的难民再次开始了颠沛流离的逃难生活。

国运濒危，家道艰难，这就是杜甫和杨夫人共同面对的惨淡现实，这就是他们必须共同经营的家庭生活。然而，无论世道有多么艰难，无论丈夫做出什么样的选择，杨夫人却从无怨言，更从未想过要离开患难中的丈夫和孩子，他们的婚姻在风雨飘摇的时代依然坚不可摧。从杜甫诗中多次出现的妻子，我们更能感受到这分相濡以沫的夫妻深情，带给杜甫的巨大精神力量。

在一家人漂泊逃难的日子里，杜甫感慨"何日兵戈尽，飘飘愧老妻"（《自阆州领妻子却赴蜀山行三首》），很惭愧自己从未给妻子一天无忧无虑的安稳生活；在远离妻子、独自流浪的时候，杜甫说"老妻书数纸，应悉未归情"（《客夜》），妻子亲笔写来的家书满怀关切，让凄凉的旅途多了几缕被爱情抚慰的温暖；当杜甫疾病缠身、痛苦不堪的时候，是杨夫人衣不解带地照顾着他，带着孩子在病床前嘘寒问暖，逗丈夫开心。"老妻忧坐痹，幼女问头风"（《遣闷奉呈严郑公二十韵》），妻子为他的下身麻痹症感到忧心忡忡，幼小的女儿也学着母亲的样子关心着父亲的头痛病。杜甫是个诗人，一不善于挣钱养家，二不善于经营家务，这个贫困而庞大的家庭全仰仗杨夫人勉力操持，才不至于妻离子散，"世乱怜渠小，家贫仰母慈"（《遣兴》）；成群的儿女，全靠杨夫人的慈爱操劳，才能够抚养成人……

"相濡以沫"，这个成语的确是杜甫和杨夫人婚姻生活的真实写照。患难之日多，顺心之日少，任劳任怨又无怨无悔的杨夫人，是杜甫在患难一生中最温暖的依靠。

"相濡以沫"这个词出自《庄子·大宗师》，原文是这样的："泉涸，鱼相与处于陆，相呴以湿，相濡以沫，不如相忘于江湖。"庄子的原意是说因为泉水干涸，鱼被抛在了陆地上，只能呼着气、用唾沫彼此给对方一点水分，勉强为对方延续一点微弱的生命力。但庄子的重点其实更是在后面一句："不如相忘于江湖。"在困境中相濡以沫固然能够体现恩深情重，可是在浩瀚的江湖中遨游，彼此两忘、彼此都不再是对方的羁绊、彼此都能做到逍遥自在，那才是更为自由的境界。

然而，对于情深义重的人来说，真要做到恩断情绝、"相忘于江湖"，是何等困难！"相濡以沫"，才是在人世间彼此搀扶、彼此支撑下去的精神力量。

当然，仅仅是"相濡以沫"还只能体现杜甫和杨夫人爱情生活的忠诚与坚定，"苦中作乐"却是他们爱情的更高境界。患难既然是生活的常态，那么与其在患难中自怨自艾或者怨天尤人，那只会将漫长的日子过得黯淡无光，能够苦中作乐、在患难中为彼此创造快乐、点亮希望，那才是更高一层的智慧与爱。

唐肃宗乾元二年（759）的春天，杜甫因对昏暗政局感到深深的失望，当年秋天他就辞去了朝廷的官职，带着一家老小开始了又一轮奔波流徙的日子，并在这一年年底来到了成都。第二年春天，也就是唐肃宗上元元年（760）春季，杜甫一家在亲朋好友的资助下，于成都的浣花溪畔修建了一处简陋的草堂，流亡多年的杜甫一家终于有了一个可以躲避风雨的安身之所。在成都草堂居住期间，除了短暂的外出，杜甫一家在这里度过了相对安宁的五年时光。

成都草堂时期，杜甫的贫穷并没有得到根本的改善，著名的诗篇《茅屋为秋风所破歌》就写于这一时期。在诗中，杜甫描写了他们一家生活的窘状：怒吼着的秋风卷走了屋顶上的茅草，顽皮的"熊孩子"们还趁着大风将卷走的茅草抱到竹林里去，杜甫的喉咙喊得又干又燥，可"熊孩子"们只顾自己玩得开心，哪里顾得上这个老人的无奈？杜甫只能挂着拐杖，眼睁睁看着茅草被风卷走、被淘气的孩子们抱走。

杜甫草堂的茅草屋本来就修得比较简陋，经历了这场大风，屋顶的茅草被卷走了一大半。可是屋漏偏逢连夜雨，晚上倾盆大雨下个不停，屋子里到处都在漏水，用了多年的被子早已硬邦邦地像铁一样冰冷，再加上孩子睡觉不老实，两脚一蹬，被子又被蹬出好几个破洞。这样又硬又破的被褥，根本不能抵挡深秋冰冷的寒意……①

可是，即便是在这样穷困的日子里，杜甫和杨夫人也总能寻觅

---

① 《茅屋为秋风所破歌》："八月秋高风怒号，卷我屋上三重茅。茅飞渡江洒江郊，高者挂罥长林梢，下者飘转沉塘坳。南村群童欺我老无力，忍能对面为盗贼。公然抱茅入竹去，唇焦口燥呼不得，归来倚仗自叹息。俄顷风定云墨色，秋天漠漠向昏黑。布衾多年冷似铁，娇儿恶卧踏里裂。床头屋漏无干处，雨脚如麻未断绝。自经丧乱少睡眠，长夜沾湿何由彻？安得广厦千万间，大庇天下寒士俱欢颜，风雨不动安如山？呜呼！何时眼前突兀见此屋？吾庐独破受冻死亦足。"

到生活的点滴乐趣。杜甫在成都时期写过《江村》一诗："清江一曲抱村流，长夏江村事事幽。自去自来梁上燕，相亲相近水中鸥。老妻画纸为棋局，稚子敲针作钓钩。多病所须惟药物，微躯此外更何求？"

成都的夏天清幽宁静，闲来无事，杜甫忽然来了下棋的兴致，可是长期的颠沛流离中，棋盘、棋子儿都不知道丢到什么地方去了。不过这也难不倒妙手灵心的杨夫人，她趴在桌上，很快在纸上画了一张棋盘，然后和丈夫画棋子儿来下棋，他们的小儿子则在一旁自己敲针做钓钩准备去钓鱼玩儿，这是一幅多么有情趣的家居生活图！老夫老妻相对弈棋，孩子们在身边自由自在地嬉戏，一切都是那么宁静而优美。

除了老夫老妻画纸为棋，杜甫体力好的时候，也会和杨夫人一起划船出游："南京久客耕南亩，北望伤神坐北窗。昼引老妻乘小艇，晴看稚子浴清江。俱飞蛱蝶元相逐，并蒂芙蓉本自双。茗饮蔗浆携所有，瓷罂无谢玉为缸。"（《进艇》）"昼引老妻乘小艇，晴看稚子浴清江"，这又是一副兴味盎然的家庭"自驾游"图景。杜甫还用"蛱蝶相逐""并蒂芙蓉"来形容他们夫妻的成双成对，在杜甫眼里，夫妻相守本来就应该是爱情和婚姻的常态。虽然穷，他们没有美酒佳肴当做出游的干粮，但是普通的茶水或者甘蔗汁已经是无上的美味；没有华贵精致的玉缸，粗糙的陶瓶子也别有一番朴拙的风味嘛！

杨夫人还会带着一家大小开荒种地、栽花植树、养鸡养鸭，甚至还种药卖药贴补家用，将朴素的日子过得有滋有味。有时候客人来访，杨夫人总是能将简单的山野小菜做得美味可口，和邻居的相处更是融洽和睦得如同一家人……

杜甫的晚年，大多数时间困于疾病和奔波，但杨夫人一直追随在他的身边，直到唐代宗大历五年（770），五十九岁的杜甫在流浪中走到了他人生的终点。而就在这一年，他还写下《逃难》诗，回顾、总结他一生的经历。在诗中，他充满愧疚又充满感激地提到了妻子、儿女始终如一的陪伴："妻孥复随我，回首共悲叹。"①

也许，于人生最后时刻，在杜甫眼里，与他相伴一生的老妻，依然是当年"香雾云鬟湿，清辉玉臂寒"的美丽模样。

生命终究会老去，美丽的记忆却从来不会改变。

苦难一起分担，快乐一起创造，杨夫人的智慧与勤劳，杜甫的忠诚与担当，为他们在动荡的时代撑起了一方可供避乱、可供取暖的精神家园。

相濡以沫，苦中作乐，历经考验的爱情，才拥有温暖人生的巨大力量。

---

① 《逃难》："五十头白翁，南北逃世难。疏布缠枯骨，奔走苦不暖。已衰病方入，四海一涂炭。乾坤万里内，莫见容身畔。妻孥复随我，回首共悲叹。故国莽丘墟，邻里各分散。归路从此迷，涕尽湘江岸。"

潜离暗别无后期

—— 白居易和湘灵

唐宪宗元和十年（815）六月三日凌晨，一件震惊朝野的事情发生了—— 当朝宰相武元衡正准备去上早朝，刚刚走出他住的靖安坊东门，这个时候天还没有完全亮，忽然暗中一支利箭射来，直刺武元衡的肩膀，接着贼人又从黑暗中冲过来，挥刀砍上他的大腿。武元衡的随从与贼人一番格斗之后，根本就不是贼人的对手，一个个吓得只顾自己逃命。武元衡被杀害，首级也被贼人割走。

　　同一天，御史中丞裴度从通化里住所出来时也被贼人袭击，一箭刺中脑袋，跌下马来。万幸的是，当天裴度头戴一顶毡帽，为他挡了一箭，因此没有伤到致命的地方。他的贴身仆人王义舍命抱住贼人不放，大呼救命，贼人只好一刀砍下王义的胳膊脱身而逃。

　　"刺客"不但刺杀了堂堂宰相，还随后寄出"公开信"扬言："毋急捕我，我先杀汝。"气焰嚣张至极。

　　原来，因为唐宪宗支持宰相武元衡主持武力削藩，引起藩镇的巨大恐慌，刺客便是由平卢淄青节度使李师道派出，意图以此阻止朝廷的削藩行动。

　　来势汹汹的贼人让朝野上下人心惶惶，震怖不安，朝臣们战战兢兢不敢上朝，连卫士们都不敢大张旗鼓地搜捕。这时，时任太子左赞善大夫的白居易第一个站出来上书唐宪宗，强烈要求搜捕贼人，一血国耻。唐宪宗虽然反应及时，果断下诏展开大规模搜捕，但当时的执政者却认为白居易作为一名东宫属官，在宰相、谏官、御史等都还没有上书的情况下，越职言事，干涉朝政，管了不归他管的事，简直是狗拿耗子，应该予以惩罚。紧接着，朝堂上又有素来对白居易不满的人，以"不孝"罪名落井下石，说白居易"言既浮华，行不可用"（《唐才子传》），贬为江州司马。这是白居易仕途上遭遇的第一次重创。忧国忧民、锐意进取的白居易，情绪一度跌入绝望的谷底，他甚至有了"心化为灰"（《自诲》）的哀叹。

元和十年初冬，白居易抵达江州（今江西九江）贬所。令他颇感意外和欣慰的是，他的顶头上司江州刺史崔能竟然亲自率领属吏出郭郊迎，可见白居易尽管在朝廷遭受了不白之冤，然而他的诗名与贤名早已遍传天下，连地方长官也对他倍加尊重。

公道自在人心，本来万念俱灰地来到江州的白居易，在地方官的厚待下，在江州秀美山水和淳朴的风土人情的抚慰下，他在江州的贬谪生涯其实并不那么难过。因为远离了朝政中心，他也得以怀着从容的心态整理自己历年的诗作，并且也迎来了他诗歌创作的又一个高潮。著名的长篇叙事诗《琵琶行》就创作于贬谪江州期间，与他早年所作的《长恨歌》并列，堪称白居易诗集中熠熠生辉的"双璧"。

不过，与《琵琶行》获得的巨大声誉相比，同样在江州时期创作的《感情》诗，似乎要默默无闻得多。《琵琶行》的灵感来源于一次意外的偶遇，《感情》却是隐藏在白居易心中多年，是那种从来不需要刻意想起、却永远也不会忘记的刻骨深情。

当然，既然是隐藏多年的深情，那么这种深情的爆发当然也需要一次意外的触动——这次触动发生在元和十二年（817）夏季的一天。

江南漫长的梅雨季节刚刚结束——江南梅子成熟变黄的时节，常常阴雨连绵，称为"梅雨"，也称"黄梅雨"，大多发生在六七月间。梅雨季节，气温往往比较高，空气中湿度很大，衣物、棉被等纺织品容易受潮发霉,因此梅雨又称"霉雨"。长江流域的居民,都有霉雨之后在太阳下晾晒衣物、通风防霉的习惯。旧时风俗,七月七日便是家家户户晾晒衣物、书籍的日子,也有的地方将六月六日定为"晒霉日",据说这样可以防虫蛀、防受潮。

这是白居易被贬江州的第三年。江州司马是一个闲职,并没有太多实际工作要做,白居易的日常生活多是读书、写作和旅游。因此这年的梅雨季节,白居易也有足够的空闲亲自在院子里翻晒衣物和书籍。本来这是一件再平常不过的事情,但白居易偏偏在一大堆衣物故旧中,赫然发现了一样令他百感交集的东西——一双旧鞋子。

鞋子虽然已经很旧了,鞋面的颜色早已黯淡发黄,但透过暗黄的颜色,还是可以看出鞋子的质地非常讲究:鞋面是用精致细腻的锦缎缝制而成,连鞋里都绣上了精美的花纹,即便年代久远,透过细密的针脚,仍然不难看出缝制者的精心与手艺的精巧。

原本怀着闲暇心情翻晒衣物的白居易,当他的目光停留在这双旧鞋子时,心情突然变得如同翻滚的波涛,再也不能平复下来。这双旧鞋子仿佛有一种巨大的魔力,牢牢地锁住了他的目光,以至于他不由得怔怔地捧着这双鞋子,好半天都没有回过神来。

正在白居易发呆的时候,他的夫人杨氏又抱着一堆衣物出来,一眼看到丈夫失魂落魄的样子,觉得很奇怪。杨夫人只好唤了几声:"夫君,你怎么了?好好地发什么呆啊?"

白居易这才反应过来,连忙条件反射似地把手上的鞋子放下,接过夫人手中的衣物,继续"装模作样"地翻晒起来。夫人狐疑地看看他,又看看那双貌似没什么特别的旧鞋子,并没有刨根究底追问下去,只是交代了一句:"今天阳光这么好,我去把阿罗也抱出来透透气吧。"说着又走回里屋去抱阿罗了——阿罗是白居易和杨夫人的女儿,一年前刚刚出生,四十六岁的白居易膝下唯此一女,自然是被夫妻俩视为掌上明珠。

白居易心不在焉地答应了一声，他的心思早已飞得很远很远——此时此刻，那双旧鞋子引起的"翻江倒海"并未平息，深藏心底的一种特别情愫正在汹涌泛起——那是他隐藏心中多年的刻骨深情。没想到，一次普普通通的"晒霉"，却意外地触动了白居易内心深情的爆发，一首情真意切的《感情》诗在他的脑海里酝酿发酵：

> 中庭晒服玩，忽见故乡履。
> 昔赠我者谁？东邻婵娟子。
> 因思赠时语，特用结终始。
> 永愿如履綦，双行复双止。
> 自吾谪江郡，漂荡三千里。
> 为感长情人，提携同到此。
> 今朝一惆怅，反复看未已。
> 人只履犹双，何曾得相似？
> 可嗟复可惜，锦表绣为里。
> 况经梅雨来，色黯花草死。

在院子里"晒霉"的诗人，忽然看到了他从故乡带来的一双旧鞋子。鞋子本来没有什么特别之处，特别的是，送这双鞋子给白居易的那个人。"昔赠我者谁？东邻婵娟子"，这才是让白居易失魂落魄的关键：原来鞋子是过去的邻居送的。这可不是一般的邻居，不是邻家大婶、邻家大妈、邻家大叔、邻家大爷，而是"东邻婵娟子"——是一位亭亭玉立的美少女呢。

那么，这位美少女是谁呢？

这就是白居易一辈子念念不忘的初恋情人——湘灵。湘灵是否是这位少女的真名不得而知，但白居易诗中提到她的时候，就是以"湘灵"称呼她的。

"湘灵"本是一个有着美好寓意的名字，原意是湘水之神，早在屈原的《远游》中就写到过这样的句子："使湘灵鼓瑟兮，令海若舞冯夷。"湘灵鼓瑟由此成为一个美好的意象，白居易用这个美丽的名字来代指他心目中难忘的初恋情人，而特意隐去恋人的真名也是完全有可能的。

　　"自吾谪江郡，漂荡三千里"，白居易从长安被贬谪到江州，漫漫长路，风雨飘摇，多少贵重的东西可能都无法随身携带，偏偏这双极不起眼的旧鞋子，却一直被他带在身边。再远的路，再颠沛流离的生活，他都舍不得丢弃，"为感长情人，提携同到此"。他之所以对这双旧鞋子情有独钟，只是因为他与送鞋子的人，经历过一分深挚与绵长的情意，他舍不得丢掉的并不是一双不值钱的旧鞋子，而是他与湘灵守望一生的爱情。

　　"况经梅雨来，色黯花草死"，两句诗可谓一语双关，既是写实，又有暗喻：梅雨季节过后，花草凋零殆尽，是一种自然景观的实写，更是暗指鞋面上绣花图案的变化：当年鞋面的颜色那么清新明亮，花草的图案那么鲜艳逼真，经过漫长岁月的磨洗，色泽黯淡了，就好像盛开的鲜花被梅雨摧折凋零了一样，一个"死"字下笔如此之重，可见诗人内心的伤感无以复加。

　　"今朝一惆怅，反复看未已"，梅雨季节翻晒衣物鞋子，再一次勾起了诗人深藏在心底的思念：当他捧着鞋子反复抚摸、长久凝视的时候，惆怅伤感之情再也无法掩饰。这是湘灵送给他的定情信物啊，一时间，爱如潮水。这首蕴含着无限感慨的《感情》诗，简直就是他此刻心情的真实再现。

　　诗中说湘灵是白居易故乡的邻居，其实白居易的郡望是山西太原，祖籍是同州韩城，后来移居下邽（今属陕西渭南），他自己则出生在河南新郑。十一岁那年（唐德宗建中三年，782），他与家人迁往父亲白季庚的任所徐州符离埇桥，后来因为父亲官职调动等原因，白居易也屡有迁移。二十岁时（唐德宗贞元七年，791），父亲再度调动，白居易则回到符离的居所，并且在这里度过了三年的青春。贞元九年，他离开符离到父亲的襄州别驾任所，第二年白季庚去世，料理完父亲的身后事，白居易又回到符离守孝三年。

可以说，新郑是他的第一故乡，而他在符离度过了青少年的一段重要岁月，在他的心目中，是将符离视为第二故乡的。

湘灵姑娘正是白居易在符离居住期间结识的邻家女孩。所谓"东邻婵娟子"，也未必是说湘灵姑娘一定住在白居易的东边。

"东邻"也是源于一个有趣的典故，战国时期大才子宋玉写过一篇著名的《登徒子好色赋》，其中写到："天下之佳人莫若楚国，楚国之丽者莫若臣里，臣里之美者莫若臣东家之子。"大意是宋玉对楚王说："天下的美女没有能比得上楚国的，楚国最美的美女都出在我的老家，而我老家最美的美女就是我东边邻居的女孩儿。"所谓"宋玉盛称邻之女，以为美色"，这个东邻的美丽女孩暗恋了宋玉三年。

宋玉虽然是假托这个故事来说明自己不为美色所动，而后来的诗文在化用这一典故时，往往就用"东家之子"或者"东邻""邻女"暗含绝美佳人与恋情的寓意。

虽然在白居易十一岁的时候，他们一家就开始定居符离，但据他自己回忆初识湘灵时，湘灵十五岁，那么按常理推测，他和湘灵真正谈恋爱，最有可能是白居易第二次寓居符离以后，也就是他二十岁以后。

二十出头的白居易，虽然还只是一介白衣，但他出生于官宦人家、书香门第，早就以神童闻名于世。据他自己说，他还在襁褓之中只有六七个月的时候，乳母抱着他指着"无""之"等字给他看，读给他听，他虽然还发不出这些字的字音，却已经牢记心中，后来凡是问他这些字的人，他都能准确无误地指出来，到五六岁的时候已经能够写诗了。最有名的故事当是他十五六岁的时候就写出了流传千古的名篇:"离离原上草,一岁一枯荣。野火烧不尽,春风吹又生。"①

这样一位才情并茂的翩翩佳公子,又正当二十来岁的青春年华,不经意间就拨动了一位少女的心弦——这就是邻家的湘灵姑娘。他们初识的时候,湘灵十五岁,正是青春妙龄、情窦初开。

十五岁的少女湘灵,与二十出头的青年诗人白居易,就这样一头栽进了深深的爱河。

白居易为湘灵写过很多诗篇,这些诗歌虽然不像《长恨歌》那样,描写了具体而完整的故事情节,但它们就像散落在白居易诗集中的"珍珠",当我们将这些珍珠再一颗颗串起来的时候,我们甚至可以发现,白居易在不同时期写下的那么多有关湘灵的爱情诗,几乎可以勾勒出他们从相识、相恋、相伴到长相思的全部经历。

湘灵只是一个普通的平民女孩,她没有像杨贵妃那样举世瞩目的身份和可歌可泣的传奇经历,但白居易却毫不吝啬地用他的诗笔,完整地记录了与湘灵的情感历史,为心爱的姑娘留下了一条相对清晰的爱情轨迹。

白居易有一首《邻女》诗,有可能就是追忆当年初识湘灵时的美妙感受:"娉婷十五胜天仙,白日姮娥旱地莲。何处闲教鹦鹉语?碧纱窗下绣床前。"十五岁的娉婷少女,貌似天仙,就好像阳光下的嫦娥,又好比陆地上盛开的莲花。而且湘灵不仅人长得清秀美丽,歌也唱得好,当她闲时哼唱起当地的民谣小调,那么悦耳动听,白居易常常沉醉在湘灵美妙的歌声中,那是他最留恋、最无忧无虑的初恋时光。

从贞元七年(791)到贞元十四年(798),除去短暂的离开,白居易前前后后在符离住了大约六年,从二十岁到二十七岁的青春华年。

---

① 白居易《赋得古原草送别》:"离离原上草,一岁一枯荣。野火烧不尽,春风吹又生。远芳侵古道,晴翠接荒城。又送王孙去,萋萋满别情。"

华年锦瑟谁与度——杨雨讲诗歌里的爱与情

符离时期的白居易除了闭门苦读，最幸福的时光很可能都是在湘灵姑娘的温柔陪伴中度过的。

贞元十四年，因为长兄白幼文赴任饶州浮梁县主簿，二十七岁的白居易离开符离，先到浮梁，再移家洛阳，正式告别了他的第二故乡符离。沉浸在热恋中的湘灵姑娘与年轻诗人白居易，也许直到这时还并没有预料到这次离别对于他们的爱情来说意味着什么。

贞元十五年，是白居易命运面临转折的一年。二十八岁的他赶赴宣州（安徽宣城）应乡试，取得"乡贡"资格，被举荐到长安应进士试。第二年春天，白居易以第四名的好成绩一举及第。二十九岁的他是同榜进士中最年轻的，正所谓"慈恩塔下题名处，十七人中最少年"（《唐摭言》）。

即便是在紧张的应试期间，白居易也常常沉浸在对湘灵的绵绵相思中。贞元十六年（800），也就是在白居易进士及第的这一年，他还写下了情真意切的《寄湘灵》：

> 泪眼凌寒冻不流，每经高处即回头。
> 遥知别后西楼上，应凭栏干独自愁。

这首诗的前两句是说白居易自己：自从他告别湘灵之后，奔波在追求功名的道路上，对湘灵的思念却如影随形。每当他独处的时候，思念的泪水不由得潸然而下，在严寒的空气中瞬间冻结为冰；奔波在旅途中的他，每次经过地势稍微高一点的地方，就忍不住回头眺望，好像能够看到远在符离痴痴等着他的湘灵。

后两句则是白居易想象中的湘灵：此刻我的爱人又在做什么呢？她肯定也和我一样，自从离别之后，日日夜夜独自倚在西楼的栏杆上，任凭思念的愁绪将她紧紧包围吧？

也许正是因为这样执着的恋情与浓烈的相思，白居易并没有因为一举及第而得意忘形。在一系列必要的庆祝活动告一段落后，他当然是首先赶回洛阳去向母亲报喜，然后再到浮梁去看望长兄白幼文。而他心心念念最想回去的地方，还是他须臾不曾忘怀的符离，因为在那里，有日夜等待他归来的湘灵姑娘。

这年秋天，白居易终于再次回到阔别两年的符离。

两年也许并不算太久，但他和两年前已有了天壤之别。两年前，他还只是寒窗苦读的青年学子，再度归来时却已是荣耀加身的新科进士。也许在此之前，湘灵还不能意识到一次普通的离别会给他们的爱情带来怎样的变化，而当白居易风尘仆仆，再次站到她面前时，即使湘灵再单纯也不能不怀疑：面前的男子，早已不是当初她倾心热恋、"普通"的邻家大男孩儿，他是光芒四射的"天之骄子"新科进士，他的前途注定无可限量，他的人生注定不可能只属于符离这个远离世事的小地方——这样的恋人能真正属于自己吗？

但湘灵也非常确定，她爱这个邻家男孩，爱得义无反顾，无论他的身份怎么变，他是她曾经交付一切、也心甘情愿永远交付一切——全部身心的唯一爱人。

白居易如此聪慧，怎么可能读不懂湘灵犹疑和深爱交织在一起的眼神？也许正是湘灵这分夹杂着哀愁和眷恋的爱情，让白居易停下了奔忙的脚步——他抛下了考中进士后要做的种种琐事杂事，只是想尽一切办法尽可能多地陪在湘灵身边，这一次，他在符离逗留了将近一年左右。这分缠绵的爱情，也催生了白居易诸多表达男女极尽绸缪之情的诗篇。

如果白居易是在二十岁居于符离时就结识了湘灵，那么当他二十九岁高中进士时，十个年头过去了，十五岁的湘灵已经是二十好几的大龄女青年了。

古代女子十五及笄，就到了可以出嫁的年龄。我们看唐宋时代，即便是那些大家族的闺秀，往往在十八岁左右就已婚配——例如白居易的好友元稹娶妻时，妻子韦丛虚岁二十一，就已经算是晚婚的年龄了；宋代苏轼的原配妻子王弗，出嫁的时候才十六岁。

在那样的年代，二十四五岁的姑娘还待字闺中，已经是彻头彻尾的"大龄剩女"，乡亲们背后指指点点、交头接耳的议论纷纷甚至是说三道四恐怕都是难免的。况且，湘灵与白居易长达十年的恋情，应该早已不能瞒人耳目。不难想象，一个未婚姑娘，无论是她本人、还是她的家庭，在一个相对封闭的地方，到底要承受多大的压力！

也许很多人要替湘灵的爱情命运暗暗捏一把汗，这样傻傻、痴痴地等着白居易，真的会有一个好结果吗？要知道，门不当、户不对是那个时候自由恋爱的致命伤，男方出身官宦人家，又是金贵的新科进士，按理他合适的婚姻对象至少也应是大家闺秀，可现在女方却只是一个普普通通的平民姑娘，既无显赫家世又无万贯家财，也没有任何迹象表明湘灵是一名受到过良好文化教育的知识女性，她凭什么拴住白居易的心呢？

这样的担忧是极有道理的。唐代的士人，往往谋求通过缔结婚姻来作为仕宦晋升的捷径，陈寅恪先生对此有过很精辟的论断："唐代社会承南北朝之旧俗，通以二事评量人品之高下。此二事，一曰婚；二曰宦。凡婚而不娶名家女，与仕而不由清望官，俱为社会所不齿。""清望官"在唐朝一般是指三品以上的高官。走仕途如果当不到三品以上的官，娶妻娶不到名门闺秀，那都是要被人看不起的！白居易的好朋友元稹就是通过与高门大族联姻，迈出了实现人生理想极为关键的一步。而且元稹在婚前还写过一篇非常著名的传奇小说《莺莺传》，这就是《西厢记》的原型。小说中塑造了张生与崔莺莺情意缠绵的自由恋爱，但后来张生赴京应试，担心这段恋情成为自己事业道路上的障碍，于是狠心与崔莺莺一刀两断。

以我们现在的眼光来看，张生这样的行为无疑就是始乱终弃，本质上和"陈世美"没什么两样。但当时元稹塑造这个人物形象的时候，是带着赞美的眼光和语气的：张生能够克制感情，从男女情爱的沉溺中最终解脱出来，抗拒"红颜祸水"的诱惑，实在是及时地悬崖勒马，值得大大地表扬和提倡，也可以作为对世人沉溺于情爱的一种警示。

陈寅恪先生认为《莺莺传》是元稹自传性的小说，是描写他自己婚前的一段恋爱经历。但也有学者认为，这只是小说的虚构而已。当然，无论是元稹的自传还是虚构的小说情节，至少可以说明，张生的始乱终弃，在元稹看来反倒是"改邪归正"。元稹的这种态度，应该代表了唐代士人普遍而"正常"的婚姻观念，因此他写下《莺莺传》，并借此宣扬为道德、为事业而牺牲爱情的价值观。

就连大家闺秀、能文能诗的莺莺，都在门第出身的角逐中被淘汰，又何况最多只能算是小家碧玉的湘灵呢？

可是，白居易和元稹偏偏不一样。虽然他和湘灵门不当户不对，虽然他已经鲤鱼跃龙门一跃成为新科进士，大好前程正在向他招手，但此刻的他，非但没有想过始乱终弃，反而开始将他们的婚姻正式提上了议事日程。

白居易曾在《长相思》中这样回忆他们的爱情誓言："人言人有愿，愿至天必成。愿作远方兽，步步比肩行。愿作深山木，枝枝连理生。"[①]他当然知道他和湘灵之间天差地别的差距，但他仍然借女孩儿的口吻许下生死相随的诺言：听说只要许愿的心诚，老天就一定会满足你的心愿。那么白居易和湘灵的心愿是什么呢？他们只愿像"远方兽"那样，比肩而行；只愿像"深山木"一样，连理而生，生生世世，永不分离。所谓"远方兽"和"深山木"，指的大概就是远

---

① 白居易《长相思》："九月西风兴，月冷霜华凝。思君秋夜长，一夜魂九升。二月东风来，草坼花心坼。思君春日迟，一日肠九回。妾住洛桥北，君住洛桥南。十五即相识，今年二十三。有如女萝草，生在松之侧。蔓短枝苦高，萦回上不得。人言人有愿，愿至天必成。愿作远方兽，步步比肩行。愿作深山木，枝枝连理生。"

离尘世纷扰的生活状态吧！只有远离了万丈红尘，他们的爱情才不会被世俗的眼光与唾沫所吞噬，他们才能享受到爱情带来的细水长流与从容不迫。

白居易正是以这样的诺言安抚着忧郁的湘灵，也给予自己顽强的信心。

男人的诺言可不可信？这个问题我回答不了。但我知道，至少白居易的诺言是可信的。

贞元十七年（801），白居易告别符离，告别他依依不舍的恋人，回到洛阳，正式向他的母亲提出了娶湘灵为妻的请求。

然而，正像我们隐隐担忧的那样，白居易的母亲陈氏夫人门阀观念根深蒂固，无论白居易如何再三恳求，陈夫人始终严词拒绝。而且对白居易而言，他面临的障碍比常人更难逾越：有可靠证据证明，陈氏夫人患有精神方面的疾病，也就是所谓的"心疾"，常常不能控制自己的情绪，她曾经在情绪强烈波动时有过"忧愤发狂，以苇刀自刭"的举动。可以想象，如果陈夫人以死相威胁，素来孝顺的白居易是不可能硬碰硬、强行违拗母亲意愿的。何况，就普遍的世俗观念而言，不能说陈夫人的坚持就一定是错的，她维护的是白氏家族的利益，是白居易的前途，因此她只能牺牲湘灵姑娘的爱情。

与母亲的商量无果，白居易并没有放弃抗争。贞元十八年（802），白居易来到长安参加吏部铨试，并于第二年（803）春天以书判拔萃科登第，被授予秘书省校书郎的清要官职。这一命运的重要转折，意味着定居长安将成为他必然的选择。

就在这一年，与白居易一同登第的元稹迎娶了太子宾客、检校工部尚书韦夏卿的女儿韦丛，真是"春风得意马蹄疾，一朝看尽长安花"。可是，刚刚在校书郎这个位置上安顿下来的白居易，并没有对好朋友明智的选择流露出多少羡慕妒忌，他的心里仍然牵挂着千里之外的湘灵。也就在这一年秋冬之际，他再一次请假回到了符离[1]。

而这一次，白居易和湘灵的重逢与以往的任何一次都不同：从此以后，他的人生轨迹再难与符离有所交集，而当母亲严令他与湘灵断绝往来甚至可能以死相逼之后，他与湘灵的爱情终将走向尽头……

这次回符离，原本白居易是打着"搬家"的旗号的，可是与湘灵的缠绵缱绻，却让他在符离一直住到了第二年春天。

如果别离只是早晚的事，那么相聚的时间越久，别离的苦痛会愈加强烈。贞元二十年（804）春，白居易举家搬离符离埇桥，前往长安。他笔下的《潜别离》诗，再现了他和湘灵难分难舍、肝肠寸断的那一刻：

> 不得哭，潜别离。
> 不得语，暗相思。
> 两心之外无人知。
> 深笼夜锁独栖鸟，利剑春断连理枝。
> 河水虽浊有清日，乌头虽黑有白时。
> 唯有潜离与暗别，彼此甘心无后期。

这不是寻常夫妻之间光明正大的别离，白居易和湘灵多年的恋情从来就没有得到过家庭和世俗的承认，他们的相爱只能是悄悄地，他们的别离也只能是"潜别离"，只能是瞒人耳目的悄悄别离。除了他们彼此，没有任何第三人能够理解他俩此时此刻悲伤、绝望的心情。这样硬生生地被迫分离，就好比是寂静的黑夜里深锁在笼中的一只鸟儿，再也不能同它恩爱的伴侣比翼双飞；又好比是一把锋利的宝

---

① 参阅蹇长春著《白居易评传》，南京大学出版社 2011 年版，第 69 页。

　华年锦瑟谁与度——杨雨讲诗歌里的爱与情

剑，生生斩断了春天并蒂而生的"连理枝"。

可是，即便是浑浊的河水，也能等到变清的那一天；乌头虽然黑，也总能等到它变白的时候；白居易和心爱的恋人湘灵，却是"唯有潜离与暗别，彼此甘心无后期"。这里的"甘心"可不是心甘情愿的意思，而是倾慕、向慕的意思。因此"彼此甘心无后期"的意思其实是说，他和湘灵虽然被迫分离，很可能从此永无再聚之期，但彼此牵念、相爱的真情，却永远不会随着时间流逝而消亡。

相恋十多年的恋人，一朝生离，是何等的伤心欲绝！爱情在面对伦理道德的巨大压力时，又是何等的脆弱与苍白！如果不是对爱情有过全身心地投入与付出，白居易又怎能写出如此悲怆动人的诗句！

这一年，白居易已经三十三岁。若不是因为与湘灵这段长达十多年的爱情长跑，作为一个官宦人家的子弟，才名卓著，气度不凡，又怎么可能到三十三岁的"高龄"仍然尚未婚娶、孑然一身？！

唯一可能的解释，就是他与湘灵早已"私定终身"，持续十多年的恋情，他们之间早已是你中有我、我中有你，绝不是那种少年一时冲动的激情，也不是《莺莺传》里张生对莺莺那样的始乱终弃。湘灵早已将自己的全部身心都交付给白居易，而白居易，也心甘情愿要将自己的一生托付给湘灵。为了兑现自己对湘灵的承诺，也为了对自己十多年的爱情有所交代，白居易一直与家庭的压力进行着抗争，这也是白居易三十多岁仍拖延着不肯按照家族意愿结婚的主要原因。

贞元二十年（804），三十三岁的白居易终于告别了挚爱的初恋情人湘灵，从此踏上了一条爱情的不归路。就在这一年冬至，白居易出差经过河北邯郸，写下了语短情深的《冬至夜怀湘灵》：

艳质无由见，寒衾不可亲。
何堪最长夜，俱作独眠人。

与湘灵分别不到一年，可是白居易已深深知道，也许他和湘灵此生已无缘再见，湘灵那清秀明媚的容颜，从此只能被他锁在记忆的深处。他独自在旅馆中感受着冬至的凛凛寒意，薄薄的棉被又冷又硬，岂能挡得住铺天盖地席卷而来的寒冷与孤独？

"何堪最长夜，俱作独眠人"，这真是最悲怆的感慨！冬至是一年之中黑夜最长的一天，可是在这寒冷的漫漫长夜，他和湘灵相隔千里，再也不能相拥在一起、彼此温暖着对方。

从此之后，他们都是那可怜的"独眠人"。

贞元二十年，白居易与湘灵一别，从此似乎再也没能相见。直到唐宪宗元和三年（808），三十七岁的白居易才在朋友的撮合和家人的逼促下与杨氏成婚，他虽然与杨夫人相敬如宾，但在内心深处，他没有一刻忘记过深藏在心底的湘灵。

元和十二年（817），当他远谪江州司马的时候，不知是有意还是无意，在他随身携带的行李中，还静静地安放着湘灵赠给他的那双旧鞋子。当他再次手捧恋人亲手缝制着的绣鞋时，他仿佛又看到了十五岁初见时的湘灵，纯净透明的大眼睛里，满含着对青年大诗人的崇拜；他仿佛又看到了二十三岁时的湘灵，清澈明净的大眼睛里，满含着对恋人的浓情蜜意；他仿佛又看到了生生离别时的湘灵，依然明亮的一双大眼睛里，满含着诉不尽的忧伤和泪水……

他仿佛又听到了湘灵温柔的声音，在他耳边轻轻说："永愿如履綦，双行复双止。"当你穿上这双鞋子的时候，一定要记得我对你的感情，就像鞋子一样，一定要双行双止，永不分离……

言犹在耳，可自从贞元二十年一别之后，又是十年过去了，白居易已经四十六岁，经历了"漂荡三千里"的坎坷奔波，有太多的身外之物早已被他抛下，唯独湘灵送的这双旧鞋子却始终陪伴在他身边，不离不弃。

或许在那样的年代，在那样的社会风气中，像白居易这样的"长情人"真的是"稀有品种"吧？当他再次捧着这双旧鞋子，"反复看未已"，久久舍不得放下，内心一直勉强压抑着的那分惆怅与感伤再次泛起。"人只履犹双，何曾得相似"？这样的感慨看似"无理"，因为明明妻子杨氏陪伴在侧，又怎能说是"人只履犹双"呢？

　　也许在白居易的内心，他和杨氏只是夫妻间的伦理亲情，可他热烈如火的爱情，却早已全部燃烧给了湘灵。

　　鞋子依然成双成对，可他的内心却是形单影只。

　　又或者，白居易是再次想到了千里之外的湘灵，她当年亲手将天长地久的爱情愿望缝制在这双精致的绣鞋中。可当时的她又怎能想到，终有一天要面对形单影只的落寞余生？

　　又过了一个江南漫长的梅雨季节，当年鞋面上鲜艳的花纹早已黯淡无光，仿佛春天盛开的鲜花在风雨的摧残下凋零殆尽。但长达十多年的恋情，长达二十多年的相思，早已深深地烙印在他们的生命之中，永远挥之不去。

　　据说，湘灵自与白居易分别之后再未结婚，独自度过了寂寞的后半生。

　　据说，直到唐穆宗长庆四年（824），五十三岁的白居易离开杭州刺史任，除太子左庶子分司东都洛阳，离开杭州北上的时候，他再次来到了曾经的故乡符离，还特意去访寻过湘灵的踪迹。然而当年熟悉的地方、熟悉的人，都早已"改移新径路，变换旧村邻"（《埇桥旧业》），湘灵更是芳踪杳杳，不知去向。目睹与恋人曾经相依相偎的旧地，诗人不禁泪满衣襟、满怀怆然。

　　还有人说，白居易之所以能够创造出千古流传的经典爱情名篇《长恨歌》，就是因为他与众不同的"深于诗、多于情"的气质。或者"多情"也是至交好友对白居易的深刻理解吧？在那个大多数人都在痛斥唐玄宗、杨贵妃沉溺于情爱以至于昏庸误国的时代，白居易的

《长恨歌》却吟咏出了"在天愿作比翼鸟,在地愿为连理枝。天长地久有时尽,此恨绵绵无绝期"的爱情绝唱。焉知不是他与湘灵的爱情经历,让他对唐玄宗、杨贵妃的爱情悲剧产生了感同身受的理解与同情呢?

或许排山倒海而来的爱情烈火就是这样"不讲道理"的吧!除了在《长恨歌》中对唐玄宗与杨贵妃的爱情寄予深切同情,白居易还在咏叹汉武帝和李夫人的爱情时,情不自禁唱出了"人非木石皆有情,不如不遇倾城色"(《李夫人》)的心声。

既曾相见,又为何不让我们相恋?

既曾相恋,又为何不让我们相伴?

既曾相伴,又为何不让我们相守?

既曾相守,又为何让我们注定相欠?

或许,世上有一种爱情,就叫做白居易和湘灵的爱情:

你许我一生等待,我还你一世相思。

情成追忆已惘然

——李商隐与王夫人

唐宣宗大中二年（848）七八月间，晚唐著名诗人李商隐①正在三峡一带游历。当然，他的这一次游历，并非悠闲的休假观光旅游，而是又一次被迫奔波迁徙。

　　这一年，李商隐三十七岁。

　　原本这只不过是李商隐一生奔波辗转中一次普通的旅程，但这次本来很普通的旅程，恰恰催生了李商隐一首极为有名和奇特的诗歌，并且还引发了诗歌批评历史上的众多争议。这首"奇诗"便是《夜雨寄北》：

　　　　君问归期未有期，巴山夜雨涨秋池。
　　　　何当共剪西窗烛，却话巴山夜雨时。

说这首诗有名应该毫无疑问，它不仅脍炙人口，而且还为中国文学史贡献了两个常用的意象和成语：巴山夜雨、剪烛西窗。

　　那么，这首诗奇特在什么地方呢？

　　说这首诗"奇特"，主要有两方面的原因。

　　第一，诗中的"君"到底是谁众说纷纭。这首诗题名为《夜雨

---

　　①　李商隐，约出生于唐宪宗元和七年（812），卒于唐宣宗大中十二年（858），字义山，号玉谿生，又号樊南生。原籍怀州河内（今河南沁阳），从祖父起徙居郑州。父亲李嗣曾任获嘉县令，故商隐出生于怀州获嘉县（今河南新乡获嘉县）。

寄北》，也就是遭遇了巴山夜雨之后，因为旅途受阻而寄给诗人思念的北方之人。这个"北"，有人认为应该是北方的朋友，有人则以为是居于北方长安家中的妻子。而这首诗有的版本，题目直接就写为《夜雨寄内》，说明这首诗写作的对象，最有可能是李商隐的妻子。如果是这样的话，那么诗中的"君"，当然就是指他的妻子王氏了[①]。在古典诗词中，"西窗""西楼""西厢"等意象，往往和爱情发生密切关联。从古代的家居习惯来看，一般长辈居于正屋，也就是坐北朝南的位置。例如诗词中往往以"北堂"代指母亲。东厢房一般是儿子居住，女儿则居于西厢房。即使是皇宫，居所的分配也大致如此。例如东宫太子；西宫则往往是太后、妃嫔或公主等女眷居住。于是，在古典诗词中，西窗、西楼、西厢便因其与女性的渊源，而延伸出旖旎爱情的浪漫怀想，成为独具风情的爱情或相思意象。在李商隐的寄内诗中，"西窗"可能也承担了这样的爱情指向。"西窗剪烛"甚至成为重要的典故，频频出现在后来的古典诗词中，代指对远方妻子的思念，也泛指亲人、朋友的相聚。正如冯浩所注，这首诗"语浅情浓，是寄内也"[②]。

第二，这首诗明明是李商隐在行至巴山时的相思之作，可是奇就奇在他不直接写自己对"君"的思念，而偏偏从对方的角度落笔，一句"君问归期未有期"，凸显的恰恰是"君"对自己的迫切思念。这样奇妙的开篇，一开始就给读者营造了一个特别的氛围。原本只是诗人一个人孤独的旅程和单方面的思念，却突然似乎变成了电影蒙太奇一样的手法：处于不同空间的两个人被"剪辑"到了同一幅画面中，好像他们俩隔着时空在"打电话"，一个在柔声地追问："你

---

① 也有学者认为，此诗写于李商隐梓幕生涯中（东川节度使府所在地梓州），诗中出现的"巴山"泛指东川一带的山，此时王氏已去世，因此《夜雨寄北》可能是写给北方的一位朋友。参阅刘学锴《李商隐传论》，安徽大学出版社 2002 年版，第 427—428 页。

② 参阅冯浩笺注、蒋凡校点《玉谿生诗集笺注》，上海古籍出版社 1998 年。

什么时候才能到家啊？"另一个则握着"话筒"沉默不语，而背景声音，则是淅淅沥沥的巴山夜雨……

这是一幅何等凄美的画面！

要了解这首诗何以呈现出如此动人的画面，除了要为李商隐高明的诗歌技巧"点赞"之外，还必须了解这首诗创作的背景以及李商隐和妻子之间的夫妻感情。

就在一年前，也就是唐宣宗大中元年（847）三月，李商隐被聘为桂管观察使郑亚的观察支使兼掌书记，主要职责是为幕主撰写公务文书等，相当于秘书、助理这类工作。当时，李商隐已在长安安家，妻子王氏与前一年刚出生的儿子衮师只能留在长安。柔弱的妻子、幼小的儿子，都是李商隐割舍不下的牵挂，可是因为家道艰难，出于养家糊口的需要，李商隐又不得不再次充当幕僚，远赴他乡。

第二年，也就是大中二年二月中旬，郑亚被再贬为循州（今属广东惠州）刺史，他的幕僚们随之被遣散，其中就包括李商隐。

尽管仕途又一次坎坷，让李商隐颇有心力交瘁的感觉，但一想到离开长安时，体弱多病的妻子那忧伤而不舍的眼神，和刚刚出生才一年的娇儿衮师咿呀学舌之声，他那北归的心情就尤为迫切。事实上，在桂林幕府虽然只有一年左右的时间，对妻儿的强烈思念却一直如影随形，他与妻子也开启了千里寄相思的爱情模式——夫妻之间的书信频频往返两地，可以想象妻子书信的内容除了倾诉相思、"汇报"儿子衮师成长的点点滴滴之外，最常见就是询问丈夫的归期了。因此李商隐《夜雨寄北》诗第一句就是"君问归期未有期"，一个"问"字，既是询问，更是饱含期待的催促。在罢幕北归的漫长路途上，归家的渴望成为支撑他克服一路艰辛的最大动力，一路上写下了不少思念妻子的诗篇，而这首最著名的《夜雨寄北》诗，很有可能就写在此次旅途之中。

唐代的交通可不像今天这么发达，现在从桂林到长安（西安），

　　　　　　　华年锦瑟谁与度——杨雨讲诗歌里的爱与情

如果坐飞机的话不到两个小时，普通快车也只需要一天时间。可是李商隐约于大中二年春离开桂林动身北返，一直到这年九月中旬才到达长安，路途之漫长、旅程之艰辛、心情之低落，是可想而知的。

因此，当"君问归期"的时候，诗人只能无奈地回答"未有期"：爱人啊爱人，你问我什么时候回去，可是天气这么恶劣、路途这么遥远坎坷，我也不知道什么时候才能到家啊！

李商隐接到妻子询问归期的信，大约是在他行进到夔州（今重庆奉节）附近的时候，这时已是农历的七八月间。这一年天冷得特别早，仲秋时节，风雨萧瑟的夜晚，诗人被连绵不止的秋雨所阻，归心似箭却不得不滞留在异地他乡，独自品尝着旅途的孤独和凄凉，妻子来信嘘寒问暖带给他温馨的安慰，然而妻子询问归期，也让他更加迫切地思念着远方的家。"巴山夜雨涨秋池"，他聆听着秋风秋雨敲打着窗户的声音，仿佛看到连绵不断的秋雨涨满秋池，就像他的思念和辛酸一样弥漫于天地之间。

"何当共剪西窗烛"，"剪烛"更是一个特别美好、温暖的场景。古时没有电灯，常用烛火照明，因此需要不时剪去烬余的烛芯，让烛光更加明亮。时时剪烛，意味着西窗下的人促膝低语，有那么多说不完的话，有那么多诉不完的相思，直到深夜却仍然毫无睡意，那是一种怎样心灵相通的情意！

窗前秉烛夜谈，吟诗作对，相依相偎，共同度过一个又一个温暖的夜晚，这应该是李商隐和妻子共同生活的常态，可是一旦两地分居，"共剪西窗烛"就成了一个奢侈的愿望。什么时候才能回到你的身边，重温西窗剪烛的美好时光呢？等到那个时候，"却话巴山夜雨时"，我一定要把现在旅途中经历过的种种辛酸、孤独好好向你倾诉。也正是因为期待着和你一起西窗剪烛的快乐和幸福，我才能够忍受现在"巴山夜雨"的孤苦啊！

写下此诗的李商隐，这个时候仍然在漫长而艰难的归途中，"西窗剪烛"还只能是他对相聚场景的想象——尽管这种想象是基于他们夫妻以往相处时的常态，但对于此刻而言，毕竟"西窗剪烛"，还只是他迫切期待的未来。于是"西窗剪烛"与"巴山夜雨"这两种截然不同的场景，形成了鲜明的对照："巴山夜雨"是现实体验着的孤独，是萧瑟，是寒冷，是绵绵无尽的相思；"西窗剪烛"则是想象中未来的相聚，是温暖，是依恋，是相依相伴的幸福。

不过，诗人的高明之处在于，明明是现实与想象的对比——"西窗剪烛"是想象中的场景，"巴山夜雨"是当下的场景。可是在李商隐写来，却好像"西窗剪烛"是实写，是当下的场景——"巴山夜雨"反而变成了虚写，仿佛是回忆中的场景。因为，相聚的夫妻在明亮的烛光下絮絮低语，尤其是远行归来的丈夫，有那么多分别以后的所见所闻要和妻子分享。例如"巴山夜雨"，就是旅途中感受特别深刻的一幕，他迫不及待地要告诉妻子：

要不是巴山夜雨阻挡了我的行程，我早就飞奔回来看你了！不过，只要能够看到你和儿子，巴山夜雨的那点辛苦也算不了什么了！我和你说啊，其实巴山的风景还挺美的，一个人在驿馆中睡不着想你的时候，听着深夜的雨声，还挺诗意的。要不是因为惦念着你和儿子，我还真想好好欣赏欣赏巴山的风景呢。以后如果有机会，等你养好了身体，我还要带着你和衮师一起走走巴山的路、听听巴山的雨……

旅途中曾经历的种种辛酸，在相聚以后的回忆和描述中，却平添了许多美好的回忆，这可能就是我们常说的"选择性过滤"吧。那是因为，与妻子相聚的暖意，早已抚平了旅途中的痛苦，当心情变得舒展愉悦的时候，本来准备好想要向妻子倾诉的满肚子苦水，在摇曳的烛光下，却都变成了甜蜜的絮语。

这样看来，"巴山夜雨"究竟是阻挡归程的焦虑，还是美丽风景的再现呢？

也许有人会说，语句的重复本来是诗歌的大忌，尤其是像这样的七言绝句，原本就只有极为简练的二十八个字，却连续出现了两次"巴山夜雨"，难道就不嫌累赘吗？

不嫌！

因为第一次出现的"巴山夜雨"是实写，是阻挡归程的焦虑；后一次出现的"巴山夜雨"，却成了美丽风景的再现，是虚写。因为诗人的处境变了，心情变了，同样的风景，便被赋予了完全不同的情绪。

"君问归期未有期，巴山夜雨涨秋池。何当共剪西窗烛，却话巴山夜雨时"，短短四句诗，明白得就像和妻子在唠家常，看似通俗简单，却蕴含着诗人无限深厚的感慨和虚实不断转化的巧妙。对人生坎坷经历的沉痛，对旅途漫长艰辛的感叹，对妻子情意绵绵的思念，对相聚快乐的殷切盼望，甚至相聚以后畅谈的内容，全都蕴含在短短二十八个字中。其中既有对眼前"巴山夜雨"的写实，又有对未来相聚"西窗剪烛"的想象和渴望。当"西窗剪烛"即将成为现实时，"巴山夜雨"又变成了珍贵的回忆……虚实相间，现实与想象交融，真是含蓄深婉、曲折往还，令人回味无穷。

其实在这次结束桂幕工作回长安的旅途中，李商隐写下的寄内诗并非只有《夜雨寄北》这一首。在羁留夔州的时候，他还写过《摇落》诗①，历代评论家均认为这是一首典型的寄内诗。其中有两句这样写道："结爱曾伤晚，端忧复至今。"这两句分别化用了王筠《和吴主簿六首·春日二首》（之一）"同衾远游说，结爱久生离"，和秦嘉《赠妇诗》"欢会常苦晚"。李商隐感慨婚前对妻子虽然倾慕已久，可是结婚却太迟太迟，而且结缡之后迫于生计，他不得不辗转于遥

---

① 《摇落》："摇落伤年日，羁留念远心。水亭吟断续，月幌梦飞沉。古木含风久，疏萤怯露深。人闲始遥夜，地迥更清砧。结爱曾伤晚，端忧复至今。未谙沧海路，何处玉山岑？滩激黄牛暮，云屯白帝阴。遥知沾洒意，不减欲分襟。"

远的幕府之中，官职低微，事务冗杂，家境窘迫，与妻子聚少离多，这让他的内心愁苦忧虑，不能释怀，"端忧至今"，因而也才会出现"君问归期未有期"这样两地相思的深情之作。

既然李商隐感叹与妻子"结爱曾伤晚"，那么，李商隐与王氏的婚姻究竟经历了怎样的波折呢？

在李商隐结识王氏之前，他曾有过一段极其短暂的婚姻和几段无疾而终的恋爱经历。只是因为文献阙如，故而无法确知他的原配妻子姓甚名谁、婚姻维持多久以及妻子何时去世。从李商隐初婚丧偶到王氏允婚，相隔时间应该比较长。在此期间，他或许也邂逅过几段美丽的恋情，只是同样因为资料缺乏，对于他的恋爱对象、恋爱过程及结果，历来众说纷纭，难有定论。但可以确定的是，李商隐曾经为此写下过许多非常动人的诗篇。例如著名的《燕台诗四首》①，就描绘了他与一位歌女的朦胧恋情，诗通过春、夏、秋、冬四季的描写，回忆了他与恋人从相识、相知、相恋、相别及相忆的过

---

① 《燕台诗四首·春》："风光冉冉东西陌，几日娇魂寻不得。蜜房羽客类芳心，冶叶倡条遍相识。暖蔼辉迟桃树西，高鬟立共桃鬟齐。雄龙雌凤杳何许？絮乱丝繁天亦迷。醉起微阳若初曙，映帘梦断闻残语。愁将铁网罥珊瑚，海阔天翻迷处所。衣带无情有宽窄，春烟自碧秋霜白。研丹擘石天不知，愿得天牢锁冤魄。夹罗委箧单绡起，香肌冷衬琤琤佩。今日东风自不胜，化作幽光入西海。"

《燕台诗四首·夏》："前阁雨帘愁不卷，后堂芳树阴阴见。石城景物类黄泉，夜半行郎空柘弹。绫扇唤风阊阖天，轻帷翠幕波渊旋。蜀魂寂寞有伴未？几夜瘴花开木棉。桂宫留影光难取，嫣薰兰破轻轻语。直教银汉堕怀中，未遣星妃镇来去。浊水清波何异源？济河水清黄河浑。安得薄雾起缃裙，手接云轺呼太君？"

《燕台诗四首·秋》："月浪衡天天宇湿，凉蟾落尽疏星入。云屏不动掩孤嚬，西楼一夜风筝急。欲织相思花寄远，终日相思却相怨。但闻北斗声回环，不见长河水清浅。金鱼锁断红桂春，古时尘满鸳鸯茵。堪悲小苑作长道，玉树未怜亡国人。瑶琴愔愔藏楚弄，越罗冷薄金泥重。帘钩鹦鹉夜惊霜，唤起南云绕云梦。双珰丁丁联尺素，内记湘川相识处。歌唇一世衔雨看，可惜馨香手中故。"

《燕台诗四首·冬》："天东日出天西下，雌凤孤飞女龙寡。青溪白石不相望，堂中远甚苍梧野。冻壁霜华交隐起，芳根中断香心死。浪乘画舸忆蟾蜍，月娥未必婵娟子。楚管蛮弦愁一概，空城舞罢腰支在。当时欢向掌中销，桃叶桃根双姊妹。破鬟矮堕凌朝寒，白玉燕钗黄金蝉。风车雨马不持去，蜡烛啼红怨天曙。"

程。因为诗中有"内记湘川相识处",说明他与恋人是在湘川这个地方相遇的。"湘川"就是湖南长沙（时为潭州）一带,也有人说是湖南衡阳一带。我们姑且将这位女子称为李商隐的"湘川恋人"。

《燕台诗》实在太过美丽,以至于李商隐因此而俘获了无数女性崇拜者,并且还引发了他的另一段爱情故事。在他众多的疯狂"粉丝"中,其中有一位洛阳的漂亮女孩儿,名叫柳枝。柳枝年方十七,音乐天赋极高,能够吹奏出"天海风涛之曲,幽忆怨断之音"。柳枝恰巧跟李商隐的堂兄李让山住得很近,有一天,李让山偶然吟诵起李商隐的《燕台诗四首》,正好被柳枝姑娘听到了,柳枝就很惊讶地问他堂兄:"谁人有此?谁人为是?"

这连续的两个问题,实在是问得传神!柳枝姑娘从诗句中敏锐地感受到了绵邈的深情和哀怨的情思,竟至于心神摇荡、不能自已。那一刹那,她完全忘记了少女的矜持和羞涩,只是急切地连连追问:谁人有此情?谁人为此诗?是什么样的人才会拥有如此美丽的爱情经历呢?是什么样的人才能把这么美丽的爱情写成如此动人的诗句呢?

于是,李让山回答她:"这就是我堂弟写的啊!"柳枝一听,立即主动托他带信给李商隐,并手断长带以为信物,希望李商隐能为她写一首诗。

第二天,柳枝早早地等候在李商隐的必经之路上,等李商隐经过的时候,对他说:您就是李先生吧?三天后我借去河边浆洗衣裙的机会见您一面,到时候一定焚博山香以待。

博山香和博山炉本是爱情的象征,出自《乐府诗集·杨叛儿》:"暂出自门前,杨柳可藏乌。欢作沉水香,侬作博山炉。"沉香与博山炉被用作男女相爱、永不分离的比喻。

一个未婚少女主动说要"以博山香相待,与郎俱过",这是何等炽热的情感!同样处于青春年华的李商隐,又怎会不怦然心动呢?

于是,李商隐答应了柳枝姑娘。

可是到了约会的前一天，李商隐的朋友跟他开玩笑——他们本来约好一起去长安，朋友却把他的行李偷偷拿走，先行赶往京城去了，李商隐只好忙着去追赶朋友，最终没去见柳枝姑娘。

不久，堂兄李让山来告诉他："柳枝姑娘已经被东边的一位节度使强行娶走了！"李商隐觉得非常痛心，为此写下了《柳枝五首》诗和序言来记录这件事的详细经过。

如果说《燕台诗四首》确实隐藏着李商隐与"湘川恋人"一段美丽而哀怨的爱情故事，那么严格说来《柳枝五首》所记录的故事并非他与柳枝姑娘的相恋，因为他甚至都没能与柳枝正式约会过，这更像是一位女性崇拜者对"偶像男神"的痴迷与单恋。因此与其说《柳枝五首》是爱情诗，不如说是李商隐表达对柳枝姑娘悲剧命运的同情与遗憾①。

命运的转机出现在唐文宗开成二年（837），在经历过四次科考失败之后，李商隐终于在这一年考中进士。这一年，他二十六岁。与他同年进士的，还有日后成为他连襟的韩瞻。

礼部进士及第之后，李商隐又通过了吏部的资格考试"关试"。第二年，也就是开成三年（838），他还参加了博学宏辞科考试，录

---

① 《柳枝五首·有序》："柳枝，洛中里娘也。父饶好贾，风波死湖上。其母不念他儿子，独念柳枝。生十七年，涂妆绾髻，未尝竟，已复起去。吹叶嚼蕊，调丝擫管，作天海风涛之曲、幽忆怨断之音。居其旁，与其家接故往来者，闻十里尚相与，疑其醉眠梦物断不娉。余从昆让山，比柳枝居为近。他日春曾阴，让山下马柳枝南柳下，咏余《燕台诗》，柳枝惊问：'谁人有此？谁人为是？'让山谓曰：'此吾里中少年叔耳。'柳枝手断长带，结让山为赠叔乞诗。明日，余比马出其巷，柳枝丫鬟毕妆，抱立扇下，风鄣一袖，指曰：'若叔是？后三日，邻当去溅裙水上，以博山香待，与郎俱过。'余诺之。会所友偕当诣京师者，戏盗余卧装以先，不果留。雪中让山至，且曰：'为东诸侯取去矣。'明年，让山复东，相背于戏上，因寓诗以墨其故处云。"其一："花房与蜜脾，蜂雄蛱蝶雌。同时不同类，那复更相思？"其二："本是丁香树，春条结始生。玉作弹棋局，中心亦不平。"其三："嘉瓜引蔓长，碧玉冰寒浆。东陵虽五色，不忍值牙香。"其四："柳枝井上蟠，莲叶浦中干。锦鳞与绣羽，水陆有伤残。"其五："画屏绣步障，物物自成双。如何湖上望，只是见鸳鸯？"

取后本来已拟授官职，不料却意外地被中书驳下①。经历了多年挫折，离释褐为官仅一步之遥的时候，李商隐突然遭此挫折，更让他伤痕累累的心情雪上加霜。

爱情无果，仕途受挫，极度失意的李商隐不得不于开成三年暮春，应泾原节度使王茂元的邀请，再次告别长安，来到泾州（今甘肃平凉泾川）幕府。也许，在黯然中离开长安的他，还不能预料，泾州正是李商隐一生爱情婚姻的最终归宿。因为在这里，他遇到了一生所爱——王茂云的小女儿王氏。

古代的婚姻往往是父母之命、媒妁之言，很多新婚夫妻在结婚之前连面都没有见过，更不要说经历刻骨铭心的恋爱了。可是李商隐的婚姻却与众不同，因为工作的关系，李商隐受到王茂元的赏识，在频繁的接触交往中，他又认识了王茂元最小的女儿，才貌双全的王氏很快赢得了李商隐的钟情。而他的同年韩瞻已经迎娶王茂元第六女，这让李商隐真是既羡慕又失落，他给韩瞻写过《寄恼韩同年二首时韩住萧洞》诗②，诗题中的"萧洞"用的就是秦穆公将女儿弄玉嫁给萧史的典故：传说秦穆公时有一个特别善于吹箫的才子叫萧史，因为秦穆公很喜欢听他吹箫，便把自己的女儿弄玉嫁给了他。弄玉跟着萧史学吹箫，能够将凤凰鸣叫的声音学得惟妙惟肖。后来两人吹箫引来了真的凤凰，夫妻俩跟着凤凰一起飞上天成了神仙。弄玉和萧史的故事，是夫妻间琴瑟和鸣的一段佳话。

因此，诗题中的"萧洞"说明韩瞻此时住在岳父王茂元家，"洞"有神仙洞府的意思，暗喻像弄玉、萧史那样的神仙眷侣。韩瞻与李

---

① 参阅刘学锴《李商隐传论》，第 141—142 页。但《玉谿生年谱会笺》（张采田著，上海古籍出版社 1983 年版）认为李商隐应博学宏辞科考试之前已赴泾原幕并与王氏成婚，落选后返泾原幕。

② 《寄恼韩同年二首时韩住萧洞》："帘外辛夷定已开，开时莫放艳阳回。年华若到经风雨，便是胡僧话劫灰。龙山晴雪凤楼霞，洞里迷人有几家？我为伤春心自醉，不劳君劝石榴花。"

商隐同年进士，可是在婚姻上，韩瞻却捷足先登。李商隐丧偶已久，子然一身，漂泊流离，至今没有一个安稳的家。来到泾原幕府之后，王茂云的器重令他倍感温情，然而上司的赏识毕竟不能代替爱情的滋润，何况多次接触之后，李商隐早已得知上司的小女儿擅长弹瑟，能吟诗作赋，美貌贤淑，娇羞可爱，韩瞻新婚的幸福甜蜜更让他艳羡不已。于是，在经历了几番纠结之后，李商隐终于鼓足了勇气，向领导提出了求婚。

王茂元一直很赏识李商隐的才华和修养，并没有提出多少苛刻的考察条件，欣然应允了这门郎才女貌的婚事。漂泊多年的诗人直到此时，才终于拥有了一个温馨的家，一分足以慰藉他一生的爱情。

李商隐曾经将王氏比作是汉乐府《陌上桑》中的美女秦罗敷，又将妻子的美貌与沉鱼落雁的古代美女西施相比，还曾将妻子的才华比作东晋的著名才女谢道韫。拥有这样一位完美的妻子，李商隐内心充盈着无比的幸福与幸运感。

婚后第二年，也就是开成四年（839）春，李商隐再次入京参加吏部举行的书判拔萃科考试。通过考试后，终于被授予秘书省校书郎的职务，直到此时，他才算是真正释褐为官。然而上任不足四个月，李商隐又被出调为弘农尉，从正九品上阶降为从九品上阶，一下子降了两级，而且从清要的朝职降为繁琐的俗吏。此时的李商隐，真有满腔说不出的无奈与愤懑。

开成五年正月，唐文宗驾崩，武宗继位，王茂元从泾原调回长安。这年十月，李商隐也把家搬到长安城南的樊南，与杜牧家的樊川别业相距甚近。

然而李商隐的仕途并没有出现什么转机，刚刚在长安安下家，王茂元又被任命为陈许节度使，李商隐再度赴陈许幕府，继续追随岳父。从此之后，困于朝廷激烈党争中身不由己的李商隐，在仕途上一直没有大的发展，不得不辗转于各地幕府，尝尽奔波别离之苦。

大量的寄内诗，承载着李商隐对妻子王氏缠绵不绝的思念。

　　如果要做一个数据统计比较的话，也许可以这么说：李商隐应该算是为妻子写诗最多的古代诗人之一。"君问归期未有期"这样的夫妻问答和书信往来，其实就是李商隐和妻子两地相思的生活常态；而"何当共剪西窗烛"，则是夫妻对于相聚共同的向往与珍惜。

　　唐武宗会昌三年（843）九月中旬，时任河阳节度使的王茂元在讨伐藩镇的平叛战争中卒于军中。王茂元不仅是李商隐的岳父，也是赏识他、提拔他的恩人，因此王茂元的去世令他伤感万分。而此刻，泽潞节度使刘从谏的侄子刘稹发动的叛乱尚未平息，李商隐一方面为岳父的去世感到痛心，一方面也忧心着战事的进程，心绪未免纷乱不平。

　　会昌四年三月，尚在病中的李商隐不得不举家迁出长安，搬到蒲州永乐（今山西芮城）。也许是因为长安的物价实在太高，生计太过艰难；而且会昌二年（842）时母亲去世，李商隐开始了三年的服丧期，生活更为困窘。各种因素交织在一起，既穷且病还处于忧伤之中的李商隐在离开长安的时候，心情之低沉是可以想见的。

　　岳父的去世，让李商隐从此丧失了仕途上最值得依赖的人，妻子王氏成了他人生旅途中唯一的港湾：离开的时候，他时时刻刻都想回到妻子的身边；与妻子相依相守的时候，总是他感到最安心、最踏实的岁月。"西窗剪烛"，共话"巴山夜雨"，那是他一生守望的家，是最美的人生画面。而大量情深款款的寄内诗，都成为流传至今的爱情经典。

　　唐宣宗大中元年（847）至大中二年（848），当李商隐追随郑亚在桂林幕府之时，他也曾写过不少怀念妻子的诗篇，如《端居》《夜意》《寓目》《念远》《凤》《题鹅》等等。且看这首《夜意》：

　　　　帘垂幕半卷，枕冷被仍香。

如何为相忆，魂梦过潇湘。

所谓日有所思、夜有所梦，因为日日思念，当夜幕降临、孤枕独眠之时，诗人又梦到了远在千里之外的妻子，仿佛姗姗而来，在梦中抚慰着他难熬的孤独与相思。可是当他从梦中惊醒，却只看到帘幕低垂，枕头仍是寒意森森，只有被子仿佛还残留着妻子身上特有的味道。这缕若有若无的幽香，让诗人感到刹那间的恍惚："刚才的这一幕，到底是真的还是做梦呢？妻子真的来过吗？……"

尤其值得一提的是，妻子王氏是能写诗，并且可以与李商隐唱和往来的才女。李商隐《摇落》诗中的"水亭吟断续"一句，就勾勒出妻子水亭吟诗的画面。在《过招国李家南园二首》[①]其一中，"春风犹自疑联句，雪絮相和飞不休"，则为我们描绘了一幅春日和风中，李商隐与妻子对诗联句的浪漫场景。李商隐才高八斗，王氏才思敏捷，即便与东晋的咏絮才女谢道韫相比也毫不逊色。"雪絮相和飞不休"，两人唱和不止，常常是李商隐刚吟出一妙句，王氏啧啧称叹过后，又迅即对出更精彩的一联，令李商隐击节叹赏。

多才多艺的王氏，不仅能写诗，还善弹瑟。李商隐《寓目》诗中"新知他日好，锦瑟傍朱栊"的句子，就是在回忆的当年他和王氏新婚的时候。那时新婚夫妻花前月下，是多么的恩爱缠绵。妻子如桃花般娇羞的脸颊上仿佛挂着甜蜜的笑靥，她坐在朱红色的窗下弹奏着优美的锦瑟，丈夫则手捧诗卷，他的目光飘过手上的书本，一直飘向窗前的妻子，定定地凝视着妻子娇美的容颜，感受着琴声传递过来的缕缕爱意……

那样联句吟诗、窗前鼓瑟的时刻，是李商隐这一辈子最眷恋、

---

① 《过招国李家南园二首》其一："潘岳无妻客为愁，新人来坐旧妆楼。春风犹自疑联句，雪絮相和飞不休。"其二："长亭岁尽雪如波，此去秦关路几多？惟有梦中相近分，卧来无睡欲如何！"

也最期待的时刻。那分牵系着彼此的夫妻深情，是李商隐这一辈子深入骨髓的唯一挚爱。

然而，虽然王氏温柔美丽，精通音律，能文善诗，却偏偏体弱多病。也许正因为体质虚弱，李商隐和王氏成婚多年无子，直到会昌六年（846），儿子衮师才姗姗来迟。产后虚弱的王氏还没有来得及恢复身体，李商隐就不得不抛下妻儿远赴桂林，可想而知，柔弱的王氏不得不独自承担起抚育幼子的重担，对远方丈夫的牵挂也时时缠绕在她内心深处。而李商隐官职低微，俸禄微薄，全靠贤惠的妻子勉力操持家务，在这种艰难的处境中，她的身体状况也是每况愈下。

大中五年（851），李商隐正在汴州宣武军节度使卢弘止幕府中。这年春天，卢弘止病逝于汴州，又一个对李商隐有知遇之恩的幕主去世，李商隐不得不再一次罢幕，这对他的仕途来说无疑又是一次沉重打击。然而此时的他尚不知道，这一生中最大的打击已向他迫近——等他赶回长安，却永远都无法再见到妻子窗前鼓瑟、亭中吟诗的浪漫画面了；他再也等不到"西窗剪烛"、共话"巴山夜雨"的温暖场景了；他再也不能在不眠的深夜，静静聆听妻子唧唧复唧唧的织布声了；此后的漂泊流浪中，他再也收不到妻子亲笔写下的家书，殷殷询问丈夫的归期了……

大中五年暮春时节，王氏撒手人寰，留下一双幼小的儿女，也抛下丈夫一个人孤独地在人世间，继续面临种种苦难。

从此，李商隐的感情世界成了一片空白。

从此，李商隐所有的奔波流浪仿佛都丧失了目的——以前，无论他离家多远、离家多久，他都知道自己脚步最终的方向就是妻子所在的地方。妻子在哪儿，哪儿就是他心灵安顿的家。可是自妻子去世以后，他的流浪就真的成了漫无目的的流浪。

世界那么大，从此没有了他的家。

妻子去世不到半年，李商隐再一次漂泊西南，前往梓州（今属四川绵阳）东川节度使柳仲郢的幕府。

漫长的天涯羁旅中，李商隐遭遇了漫天大雪，写下了情深意切的悼亡诗《悼伤后赴东蜀辟至散关遇雪》：

> 剑外从军远，无家与寄衣。
> 散关三尺雪，回梦旧鸳机。

剑阁之外，千里从军，朔风来袭，雪花飞卷，寒意彻骨，可是再也没有远方寄来的冬衣了——往年的这个时候，漂泊天涯的李商隐总能及时收到妻子亲手为他缝制的冬衣，又厚实又保暖。可现在，在大散关冰天雪地的冬夜，李商隐只能紧裹着单薄的被子，在梦里再一次飞回到妻子的"旧鸳机"旁。他仿佛又看到妻子在昏黄的烛光下，在织机旁，连夜为他赶制冬衣。

现实中的彻骨寒冷，梦境中的宁静温暖，形成了巨大的反差。短短的一首五言绝句，仿佛没有任何一句强烈的抒情，却让人感到心痛得无法呼吸。

来到梓州后，幕主柳仲郢同情李商隐的处境，亲自做媒，精心挑选了一个女孩准备给他做妾，以便照顾他的生活。

这个女孩名叫张懿仙，色艺双全，是当时挺有名气的一名歌妓。按常理推测，谁要是碰上这样的好事，应该是求之不得，古代的文人墨客、士大夫官员，哪个不是三妻四妾呢？可是让柳仲郢万万没有想到的是，李商隐竟然谢绝了领导的一番好心，他还专门为此写了一封回信《上河东公启》给柳仲郢，其中说道："至于南国妖姬，丛台妙妓，虽有涉于篇什，实不接于风流。"意思是说：他虽然写过不少爱情诗歌，笔下也不乏香艳的女性形象，可那只是文学创作，并非实际的恋爱对象，其实自己只是一个不解风情的人，从来不会沉迷声色，宁可一个人孤独地度过余生。

李商隐还写过《李夫人三首》诗，用汉武帝和李夫人的爱情故事，表达对亡妻永恒的思念。其中有两句是这样写的："惭愧白茅人，月没教星替。""月"代指妻子王氏，"星"指的就是张懿仙，"白茅人"代指媒人——在古代，天子将封诸侯之时，各取方土苴以白茅为社。唐代的藩镇节度使，类似于古代的封建诸侯，因此诗中的"白茅人"就是代指做媒的东川节度使柳仲郢了。

显然，李商隐用"月没"代表原配夫人王氏的去世，上司欲以张氏代替王氏，而李商隐借此诗表达他的意愿，并向好心的上司表达歉意：今生今世，他不愿让任何其他女子替代妻子王氏在他心中的地位。

在他心目中，王氏就是此生唯一的爱。

大中五年，妻子去世的时候，李商隐虚岁才不过四十岁，正当壮年的他，续娶本是情理之中的事情。他拒绝续娶，除了表示对亡妻的怀念，其实也是表明了一个很坚决的态度：他已经决定用自己下半辈子的孤独，来守望心灵深处永恒的爱情了。"何当共剪西窗烛，却话巴山夜雨时"，定格成了他一生爱情最美、最刻骨铭心的记忆。

在那样的时代，李商隐这样的爱情宣言真可谓惊天地、泣鬼神。古往今来，又有几位诗人，能够像李商隐这样纯情、痴情、专情？

从大中五年开始，无论李商隐的脚步停留在何处，对妻子的思念、写给妻子的悼亡诗，从来就没有停止过。直到七年之后，也就是大中十二年（858），四十七岁的李商隐从盐铁推官任上辞官回到郑州后不久病逝。在他生命之烛燃烧将尽的日子里，他仍留下了千古传诵的名篇《锦瑟》：

锦瑟无端五十弦，一弦一柱思华年。

庄生晓梦迷蝴蝶，望帝春心托杜鹃。

沧海月明珠有泪，蓝田日暖玉生烟。

此情可待成追忆，只是当时已惘然。

"锦瑟"，是绘有锦绣般美丽图案的一种弦乐器。据说瑟本来有五十根弦，后来因为黄帝受不了声调的悲凉凄苦，将它改为二十五弦。"无端"就是无缘无故的意思。琴瑟本是无情无生命之物，可是连琴瑟都能发出如此悲苦的声音，何况情根深种的诗人呢？每一弦、每一柱仿佛拨动的都是诗人自己的心音，如梦如幻，如泣如诉，唤起诗人内心对逝去华年的深深怀念。

在古典诗词中，琴瑟本来就常常用来比喻夫妻之情，琴一般主阳，指丈夫，瑟主阴，指妻子。断弦常喻指妻子去世，那么五十弦之瑟断为二十五弦，李商隐是否在其中也暗含了对妻子的无限伤逝呢？

"庄生晓梦迷蝴蝶，望帝春心托杜鹃"，人生是不是真的像庄周梦蝶一样空幻？据说庄子曾经梦见自己变成了蝴蝶，在天地间自在地飞翔，他醒后却迷惑了：到底是我变成了蝴蝶，还是蝴蝶变成了我呢？也许人生的一切真如梦幻般空灵，难以琢磨也难以挽留。而梦幻般的人生，本来就是一场悲剧吧？

还有注家认为，李商隐此处提到庄子，还极其隐晦地暗示了庄子妻子去世，惠子前往吊唁，庄子则鼓盆而歌的故事。庄子化蝶，也取义"物化"，意为生死的转化，这里当然是指妻子的去世了①。

"望帝"是古蜀国的君主，名叫杜宇。后来国家灭亡，杜宇死后魂魄化为杜鹃鸟，终日在故国周遭盘旋悲鸣，直至啼血染红了漫山遍野的杜鹃花……诗人悼亡伤逝的情怀，就像啼血的杜鹃一样，在

---

① 参阅黄世中《锦瑟笺释述评及悼亡说新笺》，载中华书局《文史》第三十辑，以及黄世中《锦瑟笺后重又新解》一文。

华年锦瑟谁与度——杨雨讲诗歌里的爱与情

人生的尽头，用无尽的哀鸣为自己唱响一曲生命的挽歌。

"沧海月明珠有泪，蓝田日暖玉生烟"，颈联显然不是诗人的眼前实景，而是他的想象之辞。古人认为海蚌会于月夜的时候在海滩上敞开蚌壳，用月色来颐养珍珠，而蚌珠也会随着月亮的盈亏而有圆缺的变化。古代还传说珍珠是由神话中人鱼（鲛人）的眼泪变成。

蓝田（今陕西蓝田）曾盛产蓝田玉，玉在日光照射下弥漫的烟晕，虽然美丽绝伦，却终究如海市蜃楼般虚无缥缈，可望而不可即[①]。

有人说：其实"沧海月明珠有泪"是形容妻子明亮的双眸，"蓝田日暖玉生烟"则是形容妻子温润如玉的肌肤容色，唐人经常在诗词中用"珠玉"代指妻妾，那么这两句就更是对妻子王氏的深情追忆了[②]。

"此情可待成追忆，只是当时已惘然"，如今一切都已成为过去，当诗人在生命的终点，忍不住去回想、去追念的时候，当年经历过的那分美好、以及美好消逝后留下的那分悲痛、那分惆怅，仍然会排山倒海般涌上心头，沉淀在记忆深处的往事与情怀，成了诗人生命最后时刻不能承受的伤痛。

最后一句"惘然"，也是呼应第一句的"无端"。天意让诗人"无端"得此佳偶，可妻子的美丽姿容、他们相处的美好点滴，在他的回忆中已如梦如迷，让诗人倍感凄凉惘然。难道是天妒红颜，所以要早早地从他身边夺走相爱一生的伴侣吗[③]？

"一篇《锦瑟》解人难"（王士禛《戏效元遗山论诗绝句三十六首》），这首诗既是李商隐一生辗转经历的总结，又是他制造的众多

---

① 中唐诗人戴叔伦："诗家之景如蓝天日暖、良玉生烟，可望而不可置于眉睫之前也。"

② 参阅冯浩笺注《玉谿生诗集笺注》，第494页。

③ 参阅冯浩笺注《玉谿生诗集笺注》，第494页。

"诗谜"中最难猜解的一篇。甚至诗的主题究竟是咏瑟，还是悼亡？是政治理想的幻灭，还是爱情飘零的叹息？是对生命即将灰飞烟灭的惋悼，还是对生命中未了情怀的追思？除了李商隐自己，也许再也没有人能参透其中奥秘。可是诗中的"思华年"隐约告诉我们，"追忆"仍是这首诗的主旨，至于在这似水的流年中，诗人最放不下的到底是什么？他并没有明确说出来，也导致了后人解读时的众说纷纭。但在众多的评论之中，"悼亡说"无疑是其中分量最重的一种解释。

我也倾向于赞同这首《锦瑟》是李商隐对妻子王氏的悼亡，正如冯浩所云："此悼亡诗定论也。"另外一个重要证据就是在李商隐许多写给妻子的诗中，"锦瑟"是常见的一个重要意象。除了《寓目》诗中"新知他日好，锦瑟傍朱栊"之外，还有王氏去世之后不久李商隐所写的悼亡诗《房中曲》也提到了："归来已不见，锦瑟长于人。"

妻子病逝，空留锦瑟，物是人非，怎不令人痛彻心扉！

在李商隐对妻子的漫长相思及追忆中，曾经常伴妻子身边的"锦瑟"，便成了诗人笔下最重要的意象之一。

有人说，李商隐扑朔迷离的爱情诗，大多寄寓了深远的政治感慨和身世感慨。也许，李商隐的爱情生命与他的政治生命一样，的确有许多难以言传的苦衷，他只能用如此幽约隐晦的诗句来曲折地表达。但我以为，朦胧的意旨、奇幻的想象、秾丽的色彩、华美的文辞，体现的主要是李商隐独特的艺术追求和艺术成就。李商隐其实也写过很多主旨显豁、笔锋犀利的咏史咏事诗，这说明政治斗争虽然严酷，却还不足以让诗人隐约其辞来换得自身的平安，在这方面，李商隐未尝不是一个勇敢的人。

然而，那些只属于他个人的情感波澜，却是如人饮水冷暖自知，他并不希求他人的理解，他只愿意自己一个人深藏。

"君问归期未有期，巴山夜雨涨秋池。何当共剪西窗烛，却话巴山夜雨时"。那时，当李商隐浪迹天涯，妻子王氏则是那个为他守着一个家、守着一分温暖、守着一分爱情，并且与他鸿雁传书、常寄冬衣的知心爱人。"此情可待成追忆，只是当时已惘然"，当王氏逝去，李商隐的世界里只留下一片惘然的哀思，无尽的追忆，伴随着他直到生命的终点。

也许，世界上有一种情感，知音永远只有一个人。

也许再也没有人能真正读懂李商隐诗中的"谜"，前赴后继的猜谜者如此之多，谜底如此五花八门，可是那对李商隐又有什么意义呢？他只要有一个人能读懂就够了。他只为她"追忆"，只为她"惘然"，只为她痴迷，只为她坚守这一分情感直到生命的尽头。他的朦胧，他的幽邃，他的痴情，他的哀感顽艳，只要她懂，也只有她能懂。

相对于同时代的人来说，李商隐对于爱情的执着和纯洁，已经足够证明他是一个难得一见的纯情诗人。李商隐的爱情诗，显然更关注和爱人心灵的沟通。在他的爱情诗里，我们看到了"春蚕到死丝方尽，蜡炬成灰泪始干"这样执着一生的专一之爱；看到了"此情可待成追忆，只是当时已惘然"这样超越肉体的纯情之爱；更看到了"何当共剪西窗烛，却话巴山夜雨时"这样"心有灵犀"的精神之爱。

千金易得爱难求

—— 鱼玄机与李亿

二十世纪八十年代的时候，香港邵氏兄弟公司制作了一部电影名叫《唐朝豪放女》，影片的摄影效果很唯美，颇有点大唐诗情画意的感觉，情节坎坷动人，甚至影片中关于大唐文化的很多设计也比较符合历史事实，例如蹴鞠、铸剑、昆仑奴、波斯歌女等等。而且，这部片子的女主角是以唐朝真实的历史人物为原型的。在我们的印象中，唐朝本来就是一个相对更为"豪放"的时代，尤其是生活在这个朝代的女性，称得上是"豪放女"的女性似乎比其他朝代多得多啊！像武则天、上官婉儿、太平公主等等，都是有权有势、有地位有才华的著名女性。那么，最令人好奇的便是，在《唐朝豪放女》这部电影中，到底是哪位女子一举摘到了"唐朝豪放女"这顶"桂冠"呢？

　　要揭晓这个问题的答案，只要稍微了解一下《唐朝豪放女》这部片子的结尾就明白了。女主角"唐朝豪放女"因为误杀了婢女绿翘，获罪下狱，被处以死刑。在铡刀即将落下的那一刹那，她离别多年的恋人突然出现在法场，他为了自己深爱的女人而企图抢劫法场，于是电影最后一段出现了这样的对话：

　　　　男主角：玄机，你为什么不走？
　　　　女主角：我走过了很多女人不敢走的路，没心情再走。博侯，你为什么不流浪？

男主角：救了你一起流浪，救不了你，还流浪什么？我陪你一起死。

这类电影情节当然是虚构的，只是为了迎合观众对英雄救美的心理期待，完全不能当真，甚至男主角的名字"博侯"在历史文献中也找不到任何依据。但男主角深情呼唤的"玄机"，却是大唐历史中真实的存在，她就是晚唐著名女诗人鱼玄机。

传说鱼玄机最有名的一首爱情诗，就是写于她与深爱的丈夫分手之后，其中的两句还成为了流传千古的经典爱情名句——"易求无价宝，难得有心郎。"这应该是很多古代女性对爱情的一种基本看法：千金易得，真正的爱情却是稀世珍宝。而在古代，这样的诗句还反映出了特定的社会意义：当时的婚姻制度与伦理观念赋予了男人在婚姻爱情中的特权和主导地位，女性作为弱势群体对爱情的追求变得尤为艰难。因此"易求无价宝，难得有心郎"的潜台词其实应该是：在视爱情为生命的女性眼中，只要能够遇到一位"有心郎"，那么她愿意付出一切代价，金钱财富又算得了什么！

这样掷地有声的爱情宣言，正是出自鱼玄机的一首五律：

羞日遮罗袖，愁春懒起妆。
易求无价宝，难得有心郎。
枕上潜垂泪，花间暗断肠。
自能窥宋玉，何必恨王昌？

这首诗的诗名是《寄李亿员外》①，这说明鱼玄机此生真正交付过全身心爱情的那个人，和电影中虚构的男主角不同，而应该是诗题中的

① 五代后蜀韦縠《才调集》卷 10。

"李亿员外"，这才是鱼玄机爱情生命中唯一的男主角。

鱼玄机，初名鱼幼微，字蕙兰。唐代著名的女诗人之一，留传到今天的诗作还有五十余首。古代女诗人作品的传播和保存都极为不易，宋代女词人李清照的词作留传到今天可靠的也不过五六十首而已，因此五十首已经是很了不得的数字了。如果在网上搜索一下会发现，鱼玄机被誉为唐代四大女诗人之一：薛涛、李冶、鱼玄机、刘采春。其实在这四个人中，刘采春只有几首疑似的作品传世，前三位才能称得上真正的女诗人。而鱼玄机与薛涛、李冶这三位著名女诗人还拥有一个共同的身份——女道士，因此又并称为唐代女冠三杰。明代文学家钟惺在《名媛诗归》中，甚至评价鱼玄机"盖才媛中之诗圣也"。

那么，接下来的问题是，鱼玄机真的像电影所塑造的那样，是一位放纵不羁、爱自由的大唐豪放女吗？诗题中出现的这位"李亿员外"，和鱼玄机究竟发生了一段怎样的爱情故事？她又怎么会成为一名女道士的呢？

要回答这些问题，我们还是先从这首《寄李亿员外》说起。

从诗意来看，这应该是鱼玄机在表达爱情失落时的幽怨之情。首联一个"羞"字、一个"懒"字，就透露出强烈的失意情绪：这是一个晴朗的春日，日上三竿，可是女诗人依然没情没绪地躺在床上，懒得起床去梳妆打扮。阳光明媚，她却没有丝毫欣赏的情绪，反而嫌光线太刺眼，而且衬托得自己更加黯淡慵懒，她觉得很是羞愧，于是干脆用衣袖遮住了眼睛，故意不去看阳光——她为什么变得如此懒怠呢？

因为"愁"，因为心情不好。而且心情不好的原因不是通常的伤春愁绪，接下来的颔联就揭示了诗人愁绪的原因："易求无价宝，难得有心郎。"

原来是失恋让她丧失了生活的激情和快乐。在这样一个晴好的春天，她本来应该和深爱的"有心郎"一起去踏春、赏花，或者一起品茶、饮酒、吟诗作对，享受幸福的恋爱时光。可是事实怎么样呢？"有心郎"早就不在身边，只剩下她一个人苦苦煎熬着时光，即便起床梳妆了，打扮得美美的又能给谁看呢？她只能是"枕上潜垂泪，花间暗断肠"。在一个又一个漫长的深夜里，偷偷躲在被子里哭，泪水一次又一次浸湿了枕头；她只能在一个又一个寂寞的白天里，独自在盛开的花丛里顾影自怜、愁肠寸断。

前三联流露出来的孤独、幽怨情绪都很容易理解，倒是尾联连用了两个典故，让人感觉有点捉摸不透诗人想要表达的意思了："自能窥宋玉，何必恨王昌？"

宋玉和王昌是古代两位著名的美男子。宋玉是战国末期楚国人，他写过一篇著名的《登徒子好色赋》，其中说到他的邻居家住的是楚国第一美女，这个邻家美女暗恋了他三年，还常常躲在墙头偷偷看他。王昌也是传说中的美男子，不知俘虏过多少少女的芳心。唐代诗人崔颢就写过"十五嫁王昌，盈盈出画堂"的诗句，表达的正是少女嫁给如意郎君的满满幸福感。

鱼玄机诗中最后两句"自能窥宋玉，何必恨王昌"，按字面上的意思来理解，似乎应该是自从有了"宋玉"之后，以前与"王昌"的恩恩怨怨就可以一笔勾销了；虽然从前被"王昌"薄情抛弃，已经分手就不必再心存恨意，还是好好珍惜眼前与"宋玉"的美好恋情吧！

鱼玄机当然是用历史上的典故来影射自身的恋爱遭遇。既然这首诗是她失恋以后写给"前任"李亿的，那么已经分手的负心人"王昌"对应的可能就是现实中的"李亿员外"，而"宋玉"则可能是她现在正在交往的男性。更或者，很可能现实中压根儿就没有一个确定的"宋玉"，他只是诗人为了向前任证明自己的坚强，证明自己"不在乎"，而故意捏造出来的一个现任男友而已。

既然这首诗基本可以确定是鱼玄机写给前任李亿员外的一首怨

情诗，那么鱼玄机和李亿员外之间究竟发生过什么呢？

由于文献极其匮乏，我们很难具体还原鱼玄机和李亿之间的爱情经历，但根据一些零星的笔记和鱼玄机自己的诗作记载，推测并大致勾勒出他们交往的轨迹还是有可能的。

李亿，字子安，唐宣宗大中十二年（858）高中状元。奇怪的是，这样一个堂堂的状元，却几乎没有留下任何生平资料。如果不是依靠鱼玄机留下的不少直接标明写给他的诗，历史上就几乎看不到关于李亿的任何踪迹。假如在网上搜索"李亿"这个名字，他的身份标签就只能是"唐代女诗人鱼玄机的丈夫"。这说明，李亿这个人在政治上、文学上都没有任何特别的建树，以至于无论是正史还是野史，都没有对他表现出较大的兴趣。如果没有鱼玄机为他写了那么多诗：《寄李亿员外》《情书寄李子安》《春情寄子安》《隔汉江寄子安》《江陵愁望寄子安》《寄子安》……李亿也就完全成了被历史遗忘的一个默默无闻之辈。

但按常理推测，作为唐朝科举制度下产生的状元，李亿的家族绝不应该是默默无闻的，因为唐朝科举还没有采取糊名制度，如果没有强大的社会关系网或家族名望，要在考试中独占鳌头的可能性微乎其微。因此理论上说，李亿应该也是出自名门望族，家世非同寻常。

与李亿出身豪门不同的是，鱼玄机虽然是长安人，自小在长安长大，但她的出身却只是极为普通的家庭。然而，恰恰是这个出身卑微的小女子，却偏偏"色既倾国，思乃入神"（皇甫枚《三水小牍》），容貌倾城倾国，才情敏捷，文采飞扬。

鱼玄机对自己的才情也颇为自信，她曾经写过这样的诗句："自恨罗衣掩诗句，举头空羡榜中名。"①这是有一次她看到进士放榜时的有感而发：如果她不是身着"罗衣"的一介女子，那么她就不用羡慕

---

① 《游崇真观南楼睹新及第题名处》："云峰满目放春晴，历历银钩指下生。自恨罗衣掩诗句，举头空羡榜中名。"

榜上题名的那些新科进士了——因为她要是男人的话，榜上题名的一定有她。《唐才子传》在评价鱼玄机的时候也说："使为一男子，必有用之才。"

繁华的长安城向来不会埋没才子才女，鱼玄机的才名和艳名也就不胫而走。如果李亿并非长安人，那么鱼玄机与李亿的初识很有可能就是在李亿赴长安应考的时候。尤其是唐代的进士们向来以风流自许，他们聚在一起谈论起长安的名人，鱼玄机自然是被提及频率最高的名字之一。

鱼玄机就这样走进了李亿的世界。

李亿是状元，才华自不用说；他还一定很帅，因为鱼玄机的诗中说到宋玉、王昌这样的美男子，其实就是将李亿的才貌与他们相提并论。新科状元的才情与风度，让小女子鱼玄机一见倾心；而鱼玄机的美貌与颖慧，也让新科状元李亿怦然心动。

这一年，鱼玄机很可能才刚刚十五岁，正是及笄之年，如花的岁月。

才子与佳人，一见钟情，两心相许，爱情来得很突然，却也似乎是一种必然，炙热的温度迅速上升到了沸点。

然而，这样的爱情从一开始就蕴含着一些不对等的因素。对于鱼玄机而言，李亿从此就是她生命的全部；对李亿来说，他的人生却才刚刚开始，鱼玄机只是他世界的一个角落。

此时的李亿，至少面临人生的两大关卡：其一为婚姻，其二为仕途。

先来看婚姻。唐朝的进士尤其是状元，大多出身名门，一朝蟾宫折桂，往往会成为名门贵族选婿的重要对象。按照门当户对的原则，李亿婚娶的对象必然也是名门闺秀。堂堂的状元夫人，绝对不可能是像鱼玄机这样出身寒微的小户女子。

在情感上，李亿沉浸在鱼玄机的柔情似水之中不能自拔；可是在理智上，李亿又清楚地知道，他不可能为了爱情而舍弃自己的锦绣前程。更何况，此时的李亿，很可能在其家乡已有家室。

在排山倒海的爱情面前，一切困难都可以被忽视。"易求无价宝，难得有心郎"，名分并不是最重要的，鱼玄机甘愿以侍妾身份陪伴在李亿左右，前提是，李亿就是她生命中的那个"有心郎"。

"十五嫁王昌，盈盈出画堂"，唐人的诗句或许正能说明此时鱼玄机的心情，嫁得"王昌"这样才貌双全的如意郎君，会不会是她一生最幸运的选择呢？

再来看仕途。按照唐朝的制度，新科进士通常并不会被马上授予官职，还需要通过吏部等部门的选拔考试。对于读书人而言，考中进士还只是成为官场的候选人员，要真正进入仕途，还需要过五关斩六将。李亿也是如此，根据当代学者的推测，李亿高中状元后并未直接释褐为官，而是先辗转入幕府任职，这也是唐代进士的重要求职渠道之一。例如，澳门大学教授贾晋华就认为，李亿很可能在中状元之后不久，即离开长安进入了鄂岳观察使幕府，来到了湖北的鄂州，踏上了仕途的第一步。

生在长安、长在长安的鱼玄机，才刚刚品尝到爱情的甜蜜，就又面临了分离。"水柔逐器知难定，云出无心肯再归。惆怅春风楚江暮，鸳鸯一只失群飞"。鱼玄机的这首《送别》诗，有可能便是在长安送别李亿所作，"楚江"一词暗示李亿所去之地为湖北。诗中她将爱人的行踪不定，比喻为流水和浮云，谁能知道浮云和流水最终会停留在什么地方呢？爱人离去之后，原本双飞双栖的鸳鸯，从此只能孤独地飘零流浪。那是她相许一生的丈夫，可漂泊不定的丈夫能否像她一样一生钟情？

如果说刚刚陷入热恋中的少女鱼玄机，骨子里真有那么一些豪放不羁元素的话，那么接下来她做出的选择，才真正是初步显露了她"豪放"的潜质——与其徒劳地沉溺于相思的焦虑，还不如抛下一切、追随情郎而去。

以爱的名义，鱼玄机做出了一个极为大胆的决定：追到湖北去，无论如何，也要与丈夫相守在一起。

一个十多岁的弱女子，就这样毅然离开了她熟悉的家乡，跋山涉水去追赶她深爱的人。

鱼玄机一路追随李亿到了鄂州，为了爱，她穿过了千山万水的阻隔。而现在，丈夫就在汉江对岸，她却仍然不能与他朝朝暮暮地厮守。

越是矛盾的爱情，越是容易让人深陷其中。此刻，鱼玄机和李亿面临的最大矛盾便是，在鄂州任上，李亿的正室夫人很可能随行，这有可能是鱼玄机和李亿不能朝夕相守的主要原因。

不能因此断言李亿的夫人就一定是一个悍妒的妇人，但至少可以肯定，鱼玄机自始至终都没有被夫人接纳。因此，即便与李亿工作的地方仅仅一条汉江之隔，鱼玄机也并不能常常见到她的丈夫。大多数时候，她都只能徘徊在汉江岸边，遥望丈夫所在的方向。"江南江北愁望，相思相忆空吟。鸳鸯暖卧沙浦，鸂鶒闲飞橘林。烟里歌声隐隐，渡头月色沉沉。含情咫尺千里，况听家家远砧"，这是鱼玄机在汉江边写下的相思诗篇《隔汉江寄子安》。

虽然鱼玄机的身份只是李亿的一个侍妾，身份低微，但在鱼玄机的心中，李亿却是她唯一深爱的丈夫。夫妻如今近在咫尺，却仍然只能隔着一条汉江，江南江北地彼此遥望。她无比怀念在长安时候的旖旎时光，两人一起吟诗、一起相拥，如今却只能看着成双成对的鸳鸯、鸂鶒在水边栖息嬉戏、在林子里自在双飞。她整日整日地在江边流连，聆听着隐隐传来的歌声，直到渡口的月色沉沉——她守望了整整一天的渡口，又没有出现她苦苦等待的那个身影。她只能在月色的陪伴下失望地回去，远远的捣衣声更增添了她内心的孤独与忧伤。

李亿当然偶尔也能渡江来看望她，但欢聚的时光总是太短暂，相思却是一种常态，"忆君心似西江水，日夜东流无歇时"①。在湖北有时聚、有时分的日子，最是他们的爱情甜蜜与痛苦交织的时光，江南江北，咫尺千里，这样的日子一熬就是几年。

大约在863年，也就是唐懿宗咸通四年，李亿辗转到山西太原入河东节度使刘潼幕府任职，而苦苦煎熬了几年的鱼玄机终于盼到了云开月明的时候——这一次，李亿带着鱼玄机来到了太原，而李亿的夫人似乎并未随行。

从咸通四年到咸通七年（863—866），这是鱼玄机一生之中最快乐的时光，她做梦都盼望着的"鸳鸯暖卧沙浦"终于成为了现实。她终于可以日日守着他的夫君，为他读诗，为他缝衣，为他留一盏烛光等着他夜归。这样相依相伴的岁月，成为了鱼玄机一生最难忘的美好回忆；甚至山西的山山水水、风土人情，在她眼里也变得尤其活泼可爱了。

"汾川三月雨，晋水百花春"（《寄刘尚书》），太原的春天百花盛开，雨过水涨，满目春光，正是最美好的季节。李亿大概也很得上司的赏识，待遇较为优厚，他们在山西的日子过得很惬意。而鱼玄机作为李亿的随行女眷，甚至还有机会接触到丈夫的上司——河东节度使刘潼。她热烈赞美刘潼的政绩，在他的治理下，山西正处于最太平繁荣的时期。

更重要的是，在刘潼幕府期间，李亿才真正给了鱼玄机她一直翘首期待的一个身份——她终于能以妻子的身份陪伴在丈夫的身边。这对很多大家闺秀而言是最正常的希望，对鱼玄机而言，却是最难得到的奢侈，所以她无比珍惜这样的时光。

在山西的时候，李亿甚至还能常常带着鱼玄机出席许多宴会、

---

① 《江陵愁望寄子安》："枫叶千枝复万枝，江桥掩映暮帆迟。忆君心似西江水，日夜东流无歇时。"

或者其他的朋友聚会、活动，他们一起吟诗、一起打球、一起骑马郊游、一起爬山览胜……王屋山、壶关等山西名胜都留下了他们双行双止的足迹，留下了他们的欢笑声与读书声，那将是鱼玄机铭记一生的回忆。

咸通七年（866），刘潼调离太原，李亿也结束了在河东节度使幕府的工作，携鱼玄机回到长安。

李亿回到长安之后任"补阙"，这很可能是他在朝廷正式任职的开始。这一年，离他当年高中状元的858年，已经过去了八年。五代人孙光宪的《北梦琐言》记载鱼玄机"为李亿补阙执箕帚"，簸箕、扫帚都是日常打扫卫生的工具，意指干粗活，暗示了鱼玄机的身份是李亿的侍妾。元代人辛文房《唐才子传》也说鱼玄机"为李亿补阙侍宠"。补阙的原意是匡补君王的缺失，作为唐代的官名，主要职能即是讽谏君王过失，属于言官，品级为从七品上，官阶虽然不算太高，但已经是一个比较清要的职位了。

李亿与鱼玄机的夫妻关系是不容置疑的，但不同文献对鱼玄机嫁给李亿的时间却颇有些矛盾的地方，难有定论。根据鱼玄机的诗篇推测，有可能直到咸通七年，李亿结束长达八年的幕府生涯回朝任官之后，他与鱼玄机的婚姻关系才被正式公开，因此也有人认为直到此时鱼玄机才嫁与李亿为侍妾。

漂泊数年，终于能够回到故乡，按理说，结束了寄人篱下的异乡生活，鱼玄机和李亿的爱情应该是苦尽甘来了。没想到的是，长安既是她邂逅爱情的幸福场，也将是她诀别爱情的伤心地。

李亿定居长安之后不久，鱼玄机就不得不离开深爱的丈夫。至于他们"离婚"的原因，《唐才子传》说是"夫人妒，不能容"，《北梦琐言》则直言是李亿对鱼玄机"后爱衰"。

我想，也许这两种原因兼而有之。因为既然李亿回朝任职，他的正室夫人理应随之迁到了长安，这可能直接导致了李亿与鱼玄机不可能再像山西幕府时期一样双宿双飞、形影不离。

夫人的直接干涉，初涉朝廷官场的种种变化，让李亿的爱情再也不能专注于那个对他一往情深的女子。鱼玄机的爱情该何去何从？长安固然是她的家乡，但看来鱼玄机在长安并没有任何值得依靠的亲戚，除了丈夫李亿，在长安，她没有亲人，也无处可去。

就在这样的左右为难中，寄托了她所有爱情、所有希望和所有依靠的丈夫李亿，做出了一个决定——将鱼玄机送入长安城外的咸宜观，从此她的身份从李亿的侍妾，变成了一名女道士。

这到底是李亿单方面的决定，还是李亿与鱼玄机商量的结果，我们已很难判断。但无论如何，这样的决定一定伤透了鱼玄机的心，然而她没有半点抗争的能力——在唐宋时期，侍妾的身份，注定了她们的命运只能任人主宰，可以随意被买卖、赠送、驱逐……既然侍妾的地位注定卑贱，当然绝不可能与妻子一样等同对待。唐代的法律甚至明文规定严禁将侍妾扶正为妻子，若违禁要被处以严厉的刑罚。而妻子作为主管家庭内务的一家之主，对侍妾也有处分的权利。总而言之，侍妾没有独立的人格，她的命运从来都不掌握在自己的手里。

这样看来，李亿将"爱衰"之后的鱼玄机遣送进道观，相比那些被殴打虐待、被随意买卖的侍妾来说，似乎还算是一个比较"善良"的决定。因为至少，他还给了鱼玄机一个相对自由的身份——咸宜观本是唐玄宗与武惠妃的爱女咸宜公主曾经出家的地方，后来长安城皇亲国戚的一些女眷也常常在这里出家，因此咸宜观在长安的地位并不低。

不过，对于鱼玄机来说，咸宜观是不是一个地位"高贵"的道观，这并不重要。残酷的事实是：在那些年情深似海、相思相忆的恩爱缠绵过后，她最终成了李亿的弃妾，从此李亿不再是她唯一的夫君。

从此，长安城中再也看不到那个柔情似水的小女子，李亿的身边再也看不到那个小鸟依人般美丽的女诗人。鱼玄机用自己全部的爱情生命，换来的却只是最终被抛弃。

痛定思痛之后的鱼玄机，一袭道袍，一顶黄冠，最绝望的黑暗过后，长安人看到了一个完全不同以往的鱼玄机——她突然变身成为了长安最有名气的女冠诗人，"风月赏玩之佳句，往往播于士林"，"风流之士争修饰以求狎，或载酒诣之者，必鸣琴赋诗，间以谑浪"（皇甫枚《三水小牍》）。她那些柔情万种、灵动飘逸的诗句，不再只有李亿一个读者，无数名士才子为她倾国倾城的才貌所倾倒，争相与她酬唱往来，她笔下的名句更是被频频刷爆了长安城名士的"朋友圈"。一个真正的"唐朝豪放女"，似乎直到这个时候才突然出现在世人眼前，惊艳了长安城，惊艳了整个大唐诗坛。

长安城依然繁华热闹，咸宜观依然冠带车马往来不绝，鱼玄机似乎完成了从一个卑贱的侍妾到诗坛明星的华丽转型，"时京师诸宫宇女郎，皆清俊济楚，簪星曳月，惟以吟咏自遣，玄机杰出，多见酬酢云"（《唐才子传》）。在长安城人才济济的名媛圈子里，鱼玄机是最为出类拔萃的那一位。这很有点类似于欧洲中世纪以名媛为核心的文化沙龙，在那些文化沙龙中，往往聚集了当代最一流的文学艺术名家，通过彼此之间的切磋交流，推动着文学艺术发展的历史进程。

但，无论鱼玄机看上去有多么风光、多么受欢迎，毕竟女道士的生活并非她心甘情愿的追求，这只是她被弃之后为了生存的无奈选择。可能只有她自己才知道，所有外表的风光无限，都只是为了掩饰内心的深深绝望与悲凉，无数个冰冷而漫长的黑夜里，她只能是独自"枕上潜垂泪"；无数个春暖花开的日子里，她也只能流连花间、暗自断肠。她赢得了整个长安城"风流之士"的争相亲近又如何？"自能窥宋玉，何必恨王昌"，这看上去貌似豪放豁达的句子，实则蕴含着多么深刻的悲哀；"何必恨"的背后，实则是永远不能释怀的爱。

十五岁的时候，她嫁与了倾心相许的"王昌"；被抛弃之后，尽管还有像"宋玉"那样的英俊才子在她的身边来来去去，但她真正想要的，只不过是一个"有心郎"而已。

输了一个你，就算赢了全世界又如何？

这首《寄李亿员外》据说就是鱼玄机被李亿抛弃之后写的怨情诗，"有怨李诗云：'易求无价宝，难得有心郎。'"（《唐才子传》）这是"多么痛的领悟"！

《寄李亿员外》，还有一些版本的诗题作《赠邻女》。可能，在被弃于咸宜观之后，鱼玄机也曾将这首诗赠与过邻家的女孩，以自己惨痛的爱情经历，来宽解、警醒饱受爱情折磨的邻家"闺蜜"。

值得注意的是，鱼玄机写给李亿的诸多诗篇，都是称呼李亿为"子安"，以字称呼夫君，亲昵中还饱含着敬爱之情，那是他们数年夫妻深情的体现。然而这首分手之后的怨诗，诗题却以"员外"这样的官名来称呼以前的丈夫。李亿后来有没有升到过"员外郎"这样的官阶不得而知，但员外亦可泛指有钱有势的人，以官职称呼对方，看似尊敬，实则是多么悲凉的疏远。

如果这首诗真是分手后鱼玄机寄给李亿的怨诗，那么"自能窥宋玉，何必恨王昌"翻译成白话文，表达的大约是这样的意思：虽然你抛弃了我，我也不必记恨你，因为我还可以去追求新的爱情，我还可以拥有新的生活。

然而，这样的句子读来读去，我总觉得那是鱼玄机在"前夫"面前故作洒脱之词，目的只是为了掩饰自己的痛苦。也许，鱼玄机本质上还是一个倔强而自尊的女子，始终不愿在人前流露出她的脆弱和无助，尤其，那个人还是她曾经唯一的所爱。

其实，在"易求无价宝，难得有心郎"这样的诗句里，在鱼玄机内心深处，对李亿终究是怨多过了爱吧？

　　作为一名地位卑微、没有人身自由的侍妾，鱼玄机的被弃是那个时代同类女性不幸命运的缩影。但鱼玄机的与众不同之处，在于她将个人命运的不幸上升到了对爱情共同理想的一种反思——"易求无价宝，难得有心郎。"在她的爱情观里，物质金钱这些外在条件不是她的追求，她最看重的始终是一心一意的真爱。

　　以她个人的力量，她无法对抗当时强大的社会伦理习俗，但她以自己掷地有声的诗句，透露出在那个时代女性为了寻求突破、寻求人格独立和自由的顽强意识。正因为鱼玄机们为此付出过不懈的努力和沉重的代价，她们的诗篇才能产生超越时空的巨大力量，让今天的我们依旧为之动容，并且深刻反思女性命运历史性进步的历程：其实我们的每一步都走得很艰难，每一步都值得我们珍惜。

　　"易求无价宝，难得有心郎"，或许，鱼玄机想通过这样的句子告诉我们：爱情，可以被放弃，却不会被忘记。

　　将绝望的背影留给自己，将爱情的领悟留给这个世界。

　　千金易得，真爱难求——如果爱，请深爱①！

---

　　①　参考论文：贾晋华《重读鱼玄机》，《华文文学》2016 年 1 月，第 31—41 页；梁超然《鱼玄机考略》，《西北大学学报》（哲学社会科学版）1997 年第 3 期，第 18—25 页；苏者聪《论唐代女诗人鱼玄机》，《武汉大学学报》（社会科学版）1989 年第 5 期，第 56—62 页。

千里孤坟话凄凉

—— 苏 轼 与 王 弗

北宋神宗熙宁八年（1075）正月二十日，密州（今山东诸城）的清晨寒意彻骨，北风料峭。这一年，苏轼正在密州知州任上。一大早，苏轼忽然从睡梦中惊醒，他怔怔地坐在床沿，坐了很久很久，直到两行清冷的泪水无声地从他脸颊上滑落，他竟然好像全无察觉。他的心神似乎还停留在梦中，茫然盯着窗外的视线好像是一个大大的问号：我这是在哪里？是在四川眉山的家里吗？怎么一下子觉得那么冷？刚刚不还是热辣辣的夏天嘛？王弗刚才不是还在窗前梳妆、还在冲我温柔地微笑吗？怎么一眨眼的工夫就不见了？……

　　正在困惑中的苏轼还没有缓过神来，妻子王闰之走了进来，她一眼就看到了丈夫有些反常的神态，微微有些诧异："夫君，你醒了？今天身体感觉可好些了？"听到妻子柔声的问话，苏轼仿佛才猛然惊觉：这不是在故乡四川的眉山，而是在山东的密州啊！眼前的妻子也不是王弗，而是王闰之啊！那么，刚才听到的夏日蝉鸣、看到的窗前梳妆的王弗都是在做梦了？

　　原来，王弗是苏轼的结发妻子，去世已经整整十年了。而面前的王闰之呢，是苏轼的续弦，也是王弗的堂妹。这时，王闰之看到丈夫依然愣在那里，也不再追问，只是吩咐侍女进来，和她一起伺候丈夫起床梳洗。吃完早餐，苏轼又把自己关进书房，还叮嘱妻子王闰之不要让任何人进来打扰他。善解人意的王闰之点点头，却将对丈夫情绪的忧虑默默压在了心底。

　　　　　　　　　　华年锦瑟谁与度——杨雨讲诗歌里的爱与情

独自呆坐在书房里的苏轼，此刻才算静下心来仔细回想昨夜梦中所见所闻的一切细节。那真是一个让人无比留恋的梦：他梦见自己在故乡眉山的家中，稍显狭窄却无比温馨的卧室里，王弗正坐在窗前梳妆。清晨的第一缕霞光透过窗棂柔和地洒落在房间，妻子的一头乌发闪烁着动人的光泽，脸上泛着娇羞的红润，一双清澈的眸子好像会说话，妻子是那么美、那么温柔、那么让人心动……

这一夜的梦境，成就了苏轼一阕名垂千古的经典词作《江城子·乙卯正月二十日夜记梦》：

> 十年生死两茫茫。不思量，自难忘。千里孤坟，无处话凄凉。纵使相逢应不识，尘满面，鬓如霜。　　夜来幽梦忽还乡。小轩窗，正梳妆。相顾无言，惟有泪千行。料得年年肠断处，明月夜，短松冈。

这是一首记梦词。一个人一辈子做过的梦可能数都数不清，有时候，明明晚上做了一个有意思或者让人很有感慨的梦，可是一觉醒来，就算是不急着起床，先努力去回想梦里的细节，很有可能想破头皮都想不起来了。要是隔了一段时间或者吃过早饭再去想，那可能就一点印象都没有了。

不过这是针对我们一般人而言，或者针对不那么重要的梦而言。如果那个梦特别特别重要，或者特别特别有纪念意义，那醒来之后就不会那么容易被忘掉，而且还会很长时间都沉浸在梦境中；如果恰好这个做梦的人，还是一个才华横溢又情根深种的大才子，那么这个梦很可能就会变成一个文学经典。苏轼这首《江城子》，就正是这种经典的典范。

这首词有一句题序："乙卯正月二十日夜记梦。"乙卯就是指熙宁八年，也就是 1075 年，乙卯正月二十夜，年月日都记得非常详细。

做梦这样寻常甚至可能是天天都会发生的小事，苏轼却是如此郑重其事地对待，这说明，他对这个晚上的梦是何等珍惜、何等看重！

因为，梦里的主人公是他的结发妻子王弗。到熙宁八年，王弗去世已经整整十周年了。

"十年生死两茫茫"啊，他好像从来没有刻意地要去想起王弗，但也从来没有一刻忘记过她。

"不思量，自难忘"，十年了，三千六百五十个日子，每一天每一刻，王弗好像都还陪在他身边，他宁愿相信，王弗其实从来没有离开过。

直到正月二十晚上的这个梦，好像才真正提醒了苏轼："十年生死两茫茫"，十年一梦，他也该醒了。"千里孤坟，无处话凄凉"，曾经与自己朝夕相伴的妻子王弗，如今躺在千里之外的故乡四川眉山，也已经十年了。

其实，王弗的"坟"并不孤独，因为王弗去世的时候，苏轼的父亲苏洵曾经谆谆告诫苏轼："妇从汝于艰难，不可忘也。他日汝必葬诸其姑之侧。"（《亡妻王氏墓志铭》）苏洵的意思是，王弗是在你一无所有的时候嫁给你的，她是和你共患过难的妻子，你绝对不能忘了她对你的好，将来你一定要想办法把她和婆婆葬在一起。

王弗去世之后，苏轼将王弗的灵柩送回老家眉山，葬于母亲程夫人墓的旁边，后来苏洵去世后，也与程夫人合葬在一起，苏轼还曾在墓旁亲手种下青松。能够与公公婆婆同葬，意味着得到了苏家长辈的高度认同，所以，王弗的长眠之地怎么说都不能算是一座"孤坟"。

但是，在苏轼的感情世界里，只有他自己，才是妻子在这个世界上最亲的人。王弗长眠在千里之外的四川眉山，他却一直辗转奔波在官场之上，身不由己，再也不能回故乡去看看妻子、陪陪妻子安安静静地说会儿心里话。一个"孤"字，不仅仅是说王弗坟墓的孤独，更是这十年来苏轼离开王弗之后内心深刻的孤独，以及苏轼对妻子那种挥之不去的愧疚感。

当年王弗离去的时候，苏轼才三十岁。十年之后，四十岁的苏轼虽然仍在壮年，但经过多年漂泊，他早已是两鬓染霜，疾病缠身。官场的种种矛盾，也让他常常感到心力交瘁。"纵使相逢应不识，尘满面，鬓如霜"。一别十年，即便他这时真的有机会回去，王弗还能认得出来吗？曾经那么英姿勃发、神采飞扬的丈夫，如今却是如此憔悴衰老，她会心疼吗？会难过吗？

一想到这里，苏轼的心禁不住一阵阵刺痛。他曾经最最亲密的妻子，如今却是幽明两隔，而且还相距千里万里：王弗在四川眉山（眉山属成都府路），他却在京东东路的密州。此时此刻的苏轼，也许内心最恐惧的，莫过于曾经最熟悉、最亲密的人，却渐行渐远，越来越陌生。

苏轼内心这种隐隐的恐惧，会成为现实吗？

当然不会！

因为"十年生死两茫茫。不思量，自难忘"。虽然离别十年，王弗却始终住在他心里，还是十年前的模样，从来都不曾离开过；他们还像十年前一样恩爱，从来都不曾改变。

"夜来幽梦忽还乡。小轩窗，正梳妆。相顾无言，惟有泪千行"。虽然《江城子》是一首记梦词，但整首词当中，只有这几句才是对于梦境的描写。

十一年的婚姻，王弗从一个十六岁的少女变成了二十七岁的少妇，还生下了他们的长子苏迈。但是苏轼在梦中见到的妻子，却还是新婚燕尔时那娇憨性感的模样："小轩窗，正梳妆。"

那时，最让苏轼心动的情景就是每天醒来，朦胧睡眼中，看到清晨的第一缕微光柔和地透过窗帘，而妻子王弗已经坐在窗前的梳妆台旁边，梳理着她一头乌亮的长发。听到丈夫低低呼唤的声音，妻子回过头来，微微一笑，一边轻声答应着丈夫，一边连忙起身过来服侍丈夫起床，她那轻盈的身影，给宁静的清晨平添了一分动感的美丽。

十九岁的苏轼，是从王弗那里，第一次认识到爱情的模样，第一次品尝到幸福的味道，第一次体会到婚姻的珍贵。

换句话说，在血缘亲情之外，其实是王弗第一次教会了他爱和被爱。

就因为这所有的"第一次"，王弗才会在苏轼心里，占据了终生不可替代的位置。

十年的沧海桑田啊，当他们在梦中重逢，苏轼分明看见，王弗明亮的双眼溢满了泪水，是因为心疼丈夫的憔悴、疲惫吗？是因为了解丈夫十年来所受的委屈吗？这十年来，没有敏慧的妻子时时在旁提醒，心思单纯、性格直率的丈夫一定碰了不少钉子吧？……王弗的眼睛里好像装满了问题，十年啊，太多的牵挂，太多的担心了，可是当千言万语一齐涌上心头，却反而一个字都说不出来，只能是化作流不尽的泪水。

"相顾无言，惟有泪千行"。

苏轼的情绪在这一瞬间也濒临崩溃，虽然两个人都没有说话，但彼此交汇的眼神、无言的泪水，让夫妻俩都深深明白了对彼此的苦苦思念与牵挂。

"小轩窗，正梳妆"，这是梦中最幸福、甜蜜的场景；"相顾无言，惟有泪千行"，却是十年离别、苦苦相思的集中爆发。

梦总是短暂的，梦醒时分，当苏轼再次被迫回到现实，他的眼前又出现了千里之外妻子长眠的那座孤坟，在月色下越发显得凄冷，"料得年年肠断处，明月夜，短松冈"。

"小轩窗，正梳妆"，这是曾经相守的幸福；"明月夜，短松冈"，却是永别的剧痛。

当年妻子下葬时他亲手种下的小松树，如今已亭亭如盖了吧？

那么，为什么十年的离别，苏轼对王弗还这么念念不忘呢？王弗到底有什么地方值得苏轼如此刻骨铭心呢？

我想，如果用苏轼自己的话来评价王弗，可以拎出这样三个关键字：

谨、静、敏。

先来看第一个字"谨"。

这个"谨"字可以理解为在小心谨慎中含有恭敬、尊重的意思。苏轼曾说："君之未嫁，事父母，既嫁，事吾先君、先夫人，皆以谨肃闻。"（《亡妻王氏墓志铭》）

这几句评价的意思是，王弗无论是出嫁之前在娘家侍奉自己的父母，还是出嫁以后在夫家侍奉公公婆婆，都十分体贴细心，事事周全，从无半点怠慢，因此赢得了大家的一致赞誉。

这一点在我们看来，似乎也没什么特别之处。做女儿的要孝顺父母，当儿媳妇的要孝敬公婆，这不是对女性最基本的要求吗？

确实，孝敬长辈是做人的基本要求。可是这样说说当然很容易，但真的不是每一个人都能做到，而且是多年如一日地孝敬长辈，更不是一件容易的事儿。那么王弗又做得怎么样呢？

待字闺中的时候孝敬自己的父母，这一点我们就不用说了，我们重点来看看王弗嫁给苏轼以后是如何与公公婆婆相处的。要知道，苏轼对自己的父母感情是非常深厚的，他的妻子是不是能够赢得苏轼发自内心的尊重，"孝顺"就成了最重要的一个标准。

宋仁宗至和元年（1054），十六岁的王弗嫁给了十九岁的苏轼。以现在的眼光来看，这肯定要算是早婚了。可是在古代，女子十五及笄，男子二十而冠，已经是可以婚嫁的成年人了。当然，那是在古代，刚刚成为新娘的王弗虚岁十六岁，按现在的实际年龄算，才十五周岁。

我们身边一定有不少这个年龄阶段的亲人或者朋友，在当代人眼里，十五岁还是蹦蹦跳跳、无忧无虑、少不更事的少女呢，撒撒娇、卖卖萌可能都不算什么。可是王弗就已经嫁为人妻，要学着做一个贤惠的妻子、一个孝顺的儿媳妇了。

十五岁的小女孩，能够适应这样的身份转变吗？

事实证明，王弗深得公婆的信任和喜爱。在平时的生活中，王弗协助婆婆操持家务、侍奉公婆的日常起居，她总是那么周到细致，从来没有过叫苦叫累的时候。

更加难能可贵的是，王弗还主动以婆婆为榜样，努力学习婆婆程夫人的善良与智慧。可以说，王弗深得程夫人的真传，甚至在程夫人去世之后，她还能让苏轼感受到丝毫不亚于母亲的善良与智慧。有一个小故事特别能说明这一点。

苏轼后来在凤翔做凤翔签判的时候，有一天天降大雪，很快就成了一片冰雪覆盖的世界，可是苏轼发现他们住的地方院子里有一棵古柳，树下大约有一尺见方的地方竟然没有一点儿积雪。等到雪过天晴之后，那个地方拱起来好几寸。苏轼忽发奇想：会不会是古人在这里藏了丹药呢？因为丹药性热，埋丹药的地方温度比别处高，就很难有积雪。

苏轼好奇心大发，想把这个地方挖开来看个究竟。正准备动手呢，王弗走了出来，只是淡淡地说了一句话："如果婆婆还在世，她一定不会让你这么做的。"

苏轼一听，脸一下子红到了耳根——妻子的话，其实是在提醒他：如果碰到类似的情况，他母亲会怎么做。

原来，程夫人确实遇到过一件类似的事情，而且这件事情苏轼印象还特别深刻。

有一次，苏家的两个丫鬟在熨衣服的时候，不小心踩坏了一块地板，脚陷了下去，她们启开那块地板一看，发现里面还有好几尺深，下面埋着一口大瓮，瓮上盖着一块乌木板，一看就像是藏着大批财宝的样子。丫鬟、家人们这下子可来劲儿了，七嘴八舌商量着怎么把这个瓮取出来。可是程夫人却下令禁止了他们，还让人用土重新把那口大瓮封上，不许家人再提这事儿。

这便是程夫人做人的一个准则：不义之财不能取（苏轼《记先夫人不发宿藏》）。

这个故事说明，婆婆程夫人对王弗的言传身教是非常深刻的。反过来说，如果王弗不是对婆婆满怀敬意，她又怎么可能在婆婆去世多年之后，还以婆婆为人处世的原则来要求自己、并且提醒自己的丈夫呢！

谨——孝敬长辈，这是王弗得到丈夫的爱、得到夫家长辈亲人尊重的首要条件。正因为王弗身上这种可贵的品行，她才赢得了苏家长幼一致的喜爱，以至于王弗去世的时候，苏洵还专门交代苏轼，一定要把儿媳妇与婆婆程夫人安葬在一起。苏轼在写给王弗的墓志铭中曾经这样感叹："君得从先夫人于九原，余不能。呜呼哀哉，余永无所依怙！"（《亡妻王氏墓志铭》）苏轼万分感慨地说："你终于可以和我的母亲永远相伴于九泉之下，可是我这个儿子却没有这个福气。母亲和你，一个个都离开了我，让我永远地失去了依靠。我亲爱的妻子啊，一想到再也不能和你相守在一起，怎不让我悲痛欲绝！"

如果说"谨"是王弗对待长辈的孝顺，那么苏轼感受更为深切的也许还是他们夫妻之间相处的点点滴滴。这就要说到评价王弗的第二个关键字——"静"了。静，应该是指王弗安静和顺的性格。

王弗嫁过来的时候，苏轼还没有取得功名，只是一个寒窗苦读的学子。十六岁的王弗，还没有完全脱去少女的青涩与娇羞。每当苏轼认真读书的时候，王弗总是安静地陪伴在一旁，有时候甚至是整天整天地挨在苏轼身边坐着，并不唠唠叨叨地插话，也从不故作天真状地问这问那，除了有时候给丈夫添点儿热水、磨磨墨，自己手里也从不停歇地做着针线活儿。苏轼一度以为，王弗和那个时候大多数的良家女子一样，"女子无才便是德"，妻子没有读过什么书，啥都不懂，所以性情这么安静、这么温顺，大概也是为了藏拙吧！

直到不久之后的一天，苏轼在读书的时候遇到一个典故，脑子忽然"短路"了，怎么也想不起那个典故的出处，这时正在一旁做着女红的王弗抬起头来，轻声地提醒了一句。苏轼一听，果然没错！这一回，轮到苏轼大吃一惊了，难道妻子竟然也读过书？

苏轼是一个心里藏不住事儿的人，想到什么就一定要打破砂锅问到底。在他的追问之下，才知道王弗待字闺中的时候，就已经读过不少书，可是她从来都没有表现出恃才自傲的样子。嫁给苏轼之后，因为经常陪在丈夫身边，苏轼读过的书，她都能记下来，许多经典的诗文她还可以整篇整篇地背诵，有时甚至还能用自己独到的见解，提醒、启发着苏轼。

苏轼这才明白：原来妻子不仅美丽贤惠，而且还博闻强记，这对他来说真是一种惊喜。

探讨学问、纵论古今，竟然从此成了他们夫妻相处时一种莫大的乐趣。在苏轼的记忆深处，那样的场景就定格成了他们爱情中最美的风景：王弗拿着针线活儿，静静地陪在苏轼身边，每当苏轼在读书的间隙抬起头来，总能看到妻子微微低着头，温柔的阳光洒在她身上，她的侧影是那么柔和、娴雅、宁静。这样的身影，总是让苏轼忍不住为她怦然心动。

宋仁宗嘉祐四年（1059），苏洵、苏轼、苏辙父子三人为程夫人丁忧结束，从故乡眉山再度进京。这一次苏轼的夫人王弗、苏辙的夫人史氏，随同举家迁入汴京（今河南开封），从此王弗和苏轼再也没有长时间分开过。

嘉祐六年（1061），苏轼被任命为大理评事、凤翔府（今属陕西）签判，正式开始了他沉浮一生的仕宦生涯，王弗也陪同丈夫来到凤翔府任上。

这一年，苏轼二十六岁，王弗二十三岁，也是他们婚后的第八个年头，夫妻早已融为彼此了解、彼此信赖、不可分隔的一个整体。八年的婚姻与相爱，也让苏轼熟悉了王弗的第三大优点——"敏"。

敏，当然就是指王弗的聪慧敏锐了。

凤翔府签判，这是年轻的苏轼第一次正式做官，也是苏轼第一次正式离开父亲苏洵的庇护，独立去面对这个纷繁复杂的世界。二十六岁的苏轼，虽然已经是成年人，但苏轼天生就是那种心无城府的性格，在他眼里，世上的人都是大好人，他总是一腔热情、心直口快地对待身边每一个人。而事实证明，这样坦率的性格，很有可能在不知不觉中得罪人，或者被小人利用，苏轼一生或多或少就因为这种性格而屡次招来灾祸。

在凤翔府签判任上的时候，多亏了王弗，总是用她那分细心与谨慎，弥补着丈夫性格上的不足。苏轼每次外出办事回来，兴致很高地和妻子谈起办事的过程，静静聆听的王弗，总是会在适当的时候询问一些细节，生怕丈夫因为经验不足而出错。这些细节，大大咧咧的苏轼很容易忽略，王弗却像一个医术高明的医生，总是能够心细如发地发现其中的问题。王弗经常对丈夫说："你第一次离开父亲那么远，凡事还是谨慎一些好。"

苏轼才华横溢，无论是在考场上，还是在官场上，都一帆风顺，本是年轻气盛、个性张扬的人，而妻子这种无微不至地关怀和提醒，让苏轼感到特别贴心和踏实。

有时家中有客人来访，苏轼在客厅接待客人，王弗也会站在屏风后面静听苏轼与客人的谈话。客人走后，王弗对丈夫说："刚才那人说话模棱两可、首鼠两端，只知道一味揣摩、迎合你的喜好，这样的人不可深交啊！"

遇到拼命向苏轼献殷勤的人，王弗也会提醒丈夫："夫君，这位朋友显然是有求于你才表现得这么热乎，缺少真心诚意。越是急不可耐想和你套近乎的人，一旦发生什么事情，他躲你也会躲得越快越远，甚至落井下石都说不定。"而王弗的话，往往不久就真的应验了。妻子识人的这分敏锐，让苏轼都自愧不如。

大家可能会觉得有些奇怪，难道妻子躲在屏风后"偷听"丈夫的谈话，这也算是一个优点？

一般情况下，如果是因为生怕丈夫有什么"出轨"的企图，出于这样的目的来监视丈夫，那确实让人无法接受。但王弗这样做，一方面，是苏轼自己的要求；另一方面，其实也体现了王弗的博学。为什么这种做法反而体现了王弗的博学呢？因为王弗其实是在向历史上的智慧女性学习。向谁学呢？

魏晋时期著名的"竹林七贤"当中的老大——山涛的妻子。

有一段时间，山涛经常外出，有时候甚至一连几天都不回家，回来之后还显得魂不守舍、兴奋不已的样子。妻子不免有些吃醋了：丈夫是着魔了吗？他到底和什么人在一起，导致经常整日整夜地不着家呢？要知道，在此之前，山涛和妻子的关系可是恩爱非常啊！

山涛一听妻子发问，便老老实实回答说："我最近结交的这两位新朋友，那可真的是一见如故、相见恨晚啊。我们只见了一面，就已经契若金兰、如胶似漆。这么说吧，我这辈子见过的、最值得我交的朋友，就只有这两位了。"

妻子一听，好奇心越发被勾起来了："被你这么一说，我也想见识一下他们的风采，看看你的眼光到底准不准啊。"

山涛有些犹豫："这……你一个女子和陌生男人见面，恐怕于礼不合……"

妻子说："没关系，我可以从里屋偷偷地看，绝对不打扰你们聊天喝酒。"

山涛拗不过妻子，只好答应了。于是他让妻子准备了丰盛的酒菜，邀请这两位新朋友到家中来做客，通宵畅谈。他的妻子从墙洞里偷偷观察丈夫和那两位朋友，看得入了迷，一直到第二天天亮还舍不得回房去休息。

山涛送走两位朋友，回房之后便问妻子："你觉得我交的这两位朋友怎么样？"

妻子调皮地一笑："你想听真话还是想听假话？"

山涛说："那当然要听真话了！"

妻子又是一笑："说真话吧，你的才华气质比起他们二位来可是差得太远啦！"

山涛脸一红："我有这个自知之明……"

妻子收起笑容，又很认真地补充了一句："不过，虽然他俩的才华气质超过你，但凭良心说，我也很佩服你慧眼识珠的能力。你能发现这样两位杰出的人物，说明你的见识度量也非同寻常啊！"

山涛被妻子这么一赞美，也释然地笑了："对啊对啊，他们也认为我的长处就在见识度量上呢。"

这两位让山涛夫妻心悦诚服奉为人中龙凤的好朋友，便是"竹林七贤"中的灵魂人物：阮籍和嵇康。

这个故事说明，山涛的妻子也是用自己的智慧，帮助丈夫判断到底什么样的人才是真正值得深交的朋友。

山涛和妻子是这种彼此完全信赖、亲密无间的知己，苏轼和王弗也是这样。

这样看来，王弗就是宋代版的"山涛夫人"啦！

初入仕途、锋芒外露、缺乏经验的苏轼，因为有了妻子这样知书达理的红颜知己，确实避免了许多可能会犯的错误。久而久之，苏轼竟然对妻子产生了一种依赖性。十一年的婚姻生活，王弗不仅成了他生活上离不开的伴侣，是他事业上的贤内助，还是他心灵世界里的红颜知己。尤其是性格上的互补，更让苏轼感受到妻子的弥足珍贵，难怪苏轼会发自肺腑地感叹——"知其敏而静也。"

谨、静、敏，这是苏轼对妻子衷心的评价。然而我倒觉得，这三个字加起来，其实就是一个字——美。

在苏轼的心目中，王弗不仅美在青春亮丽的容颜，更是智慧与善良的天使。他多想和王弗执子之手与子偕老，然而，也许是天妒红颜，宋英宗治平二年（1065）五月二十八日，王弗在年仅二十七岁的青春年华中骤然病逝，他们的婚姻只持续了十一年。

这一年，苏轼才三十岁。

而王弗的美，也永远定格在了苏轼"不思量，自难忘"的记忆中。

谨、静、敏、美！这就是让苏轼"不思量，自难忘"的结发妻子。

"夜来幽梦忽还乡。小轩窗，正梳妆"。宋神宗熙宁八年正月二十日这天夜里，苏轼在梦中重逢的妻子王弗仍是当年青春的模样，"小轩窗"仍是当年他们熟悉的样子，窗前的光线还是那么柔和，妻子的背影还是那么沉静，梳妆的动作还是那么轻盈，一切都还是当年最平凡却最动人的情景。

凝视着这幅无比熟悉的场景，苏轼忍不住就像当年每天早晨醒来时一样，轻轻地唤了一声妻子。妻子一边回应着，一边转过身来。

这一次，王弗没有像往常一样立即起身来服侍丈夫起床，而是缓缓地站起身来，定定地凝视着丈夫，一双清亮的眼睛里瞬间涌满了泪水。

就在王弗转身的那一刻，苏轼也呆住了——王弗的泪水和脸上悲伤的神情提醒了他，这已经不是当年他们新婚的时候。

这一次的重逢，已经整整隔了十年。

这十年，苏轼确实经历了王弗所担心的那种坎坷波折。十年来，苏轼在仕途上一直并不如意，因为与朝廷激进的变法派政见不同，

华年锦瑟谁与度——杨雨讲诗歌里的爱与情

他被迫离开京城，辗转在杭州、密州等地方官任上，一腔政治抱负无法施展，而大好的青春却随着岁月迅速流逝，当年的意气风发渐渐被现实消磨，才四十岁的苏轼已经无奈地觉察到鬓发染霜、心力交瘁。

十年来，苏轼再也没有机会回到故乡，但他内心，没有一刻忘怀过故乡的一草一木，没有一刻忘怀过故乡长眠的父母，尤其是永远留在故乡的妻子王弗。也许正是因为日有所思、夜有所梦，他才在这个夜晚，凭借着梦的翅膀飞回到千里之外的故乡，十年来经历过的种种辛酸、苦难、委屈，他多想一一向妻子倾诉，他多么渴望妻子能够像当年一样，用她的智慧帮他解开心中的疑难，陪着他一起度过难关！

可是当他们终于再度相逢，千言万语他却不知该从何说起了。但即使他什么也不说，他那张饱经沧桑、风尘仆仆的脸，已经让王弗心里隐隐发痛。

王弗心里有太多的问题要问丈夫，苏轼又何尝不是有一肚子的话要说呢？妻子虽然聪慧坚强，可是苏轼也知道，妻子也有脆弱胆小的时候，平时最怕一个人独处、独行，尤其是在晚上，怕黑的妻子总是渴望丈夫陪在身边。可是这十年来，他把妻子孤零零地抛在千里之外的故乡，自己却在万丈红尘中奔波辗转，十年之间，再也没有回去过一次。妻子会不会怕黑？会不会怕冷？会不会害怕孤独？尽管妻子和公公婆婆葬在一处，但公公婆婆的陪伴又怎能和最亲近的丈夫相比？

"相顾无言，惟有泪千行"。

虽然无言，却是彼此最深的懂得。

虽然无言，却是彼此最深的怜惜。

虽然无言，却是彼此最深的牵挂。

十年光阴，他们的容颜都发生了太多改变，但他们仍然是红尘知己，仍然不需要任何语言，就能够直抵彼此的内心深处。

   十年生死两茫茫。不思量，自难忘。千里孤坟，无处话凄凉。纵使相逢应不识，尘满面，鬓如霜。 夜来幽梦忽还乡。小轩窗，正梳妆。相顾无言，惟有泪千行。料得年年肠断处，明月夜，短松冈。

也许真正的爱情，就是像苏轼和王弗这样：当你在我身边，你就是我眼前最美的模样；当你不在我身边，你依然是我心里永远最美的模样。

锦瑟华年谁与度

——贺铸与赵夫人

在宋代词坛上，有一对很特别的夫妻，他们的爱情故事并没有多少坎坷的传奇经历，可是这个故事中的男主人公，不仅自己的经历相当传奇，而且他写给妻子的悼亡词，与苏轼写给妻子王弗的《江城子》（十年生死两茫茫），被当代学者并称为"北宋悼亡词中的双绝"。那么，他到底经历了怎样的爱情和婚姻，让他能够写出和"十年生死两茫茫"一样深情、感人的悼亡词呢？我们先来看看这首《半死桐·鹧鸪天》：

　　　　重过阊门万事非。同来何事不同归？梧桐半死清霜后，头白鸳鸯失伴飞。　　原上草，露初晞。旧栖新垄两依依。空床卧听南窗雨，谁复挑灯夜补衣？

这首词的作者就是北宋词坛的著名词人贺铸。贺铸当然没有苏轼的名气那么大，但他在词坛的地位和影响，却丝毫不逊色于苏轼。比如说李清照曾经逐一点评北宋词坛的名家，像苏轼、柳永、晏殊、欧阳修，王安石等，这些大名人的词都入不了她的法眼，毛病都挺多。柳永嘛，太俗，"词语尘下"；苏轼、晏殊、欧阳修嘛，写出来诗不像诗、词不像词，还"往往不协音律"；王安石更不行，要是他写起词来，"人必绝倒，不可读也"。在李清照眼里，北宋词坛只有四位词人可以算得上是本色当行的词人，这四位就是晏几道、贺铸、秦观、黄庭坚。

李清照眼光极度挑剔，能进入她排行榜的四大家之一，贺铸的词坛地位不容小觑吧？我们不妨先来解读一下这首悼亡词中的经典之作《半死桐·鹧鸪天》，看看贺铸词的魅力到底体现在什么地方。

"重过阊门万事非"，词一开篇就直抒胸臆：当词人再次经过阊门的时候，感觉到一切都和以前不同了！

"阊门"是苏州古城的西门，贺铸在元符元年（1098）到建中靖国元年（1101）这三年期间客居苏州，为他的母亲服丧。正是这三年期间，他相依为命近三十年的妻子赵夫人也去世了，接连两次巨大打击，让词人有了物是人非事事休的悲剧情怀。

白头偕老本是一切恩爱夫妻共同的期盼，可是妻子的猝然离去，让贺铸不由得对命运发出了悲怆的质问："同来何事不同归？"为什么既然有缘相爱相守，却不能相伴终老呢？"梧桐半死清霜后，头白鸳鸯失伴飞"，词人连用两个经典意象来抒发这种痛失爱妻的感慨——梧桐和鸳鸯。

半死梧桐用到了西汉枚乘《七发》中的典故，所谓龙门有梧桐，树根半死半生，砍伐下来制成琴，据说琴声为天下之至悲，唐代诗人李峤就有"琴哀半死桐"的诗句（《天官崔侍郎夫人吴氏挽歌》）。此外，古人又认为合欢树长得很像连理梧桐，"合欢树，似梧桐。枝叶繁，互相交结"①。古典诗文中就常用"梧桐半死"来比喻丧偶。像汉乐府《孔雀东南飞》形容焦仲卿和刘兰芝至死不渝的爱情，就写到了这样的句子："东西植松柏，左右种梧桐。枝枝相覆盖，叶叶相交通。"

贺铸就是将妻子的离去比喻成梧桐遭遇严霜摧折而半死，由此寄托沉痛的哀思；鸳鸯失伴更是夫妻死别的象征。正如唐代孟郊的

---

① 晋崔豹《古今注·草木》。

《烈女操》所云："梧桐相待老，鸳鸯会双死。"词人和妻子相依为命大半生，曾经相约要"执子之手，与子偕老"，没想到妻子却一朝先他而去，留下他独自面对世间的苦难与寂寞。

词的上片是对于妻子离世的现实描写，下片转入深挚的回忆与抒情。"原上草，露初晞"句，化用了乐府诗《薤露歌》："薤上露，何易晞？露晞明朝更复落，人死一去何时归？"《薤露》是乐府中的挽歌，本来就是悼亡主题的诗作，意思是人的寿命短暂，就像薤草上的露水一样昙花一现。到汉武帝的时候，著名歌手李延年更明确了《薤露歌》的作用：王公贵人去世之后，让挽柩者唱着《薤露歌》为亡者送行。如果是普通的士大夫、庶人，则唱《蒿里》作为挽歌。

贺铸在这里化用乐府挽歌，说这薤草上的露水很容易干，但是干了的露水明天早上还会再有，离开的妻子却永远不会再回来了。"旧栖新垄两依依"，"旧栖"是指他们曾经一起住过的家，"新垄"当然是指妻子的新坟。词人那么殷切地期盼着妻子能够再回到他的身边：他在过去他们居住的小家里久久守候，等待着妻子回来；他无数次到妻子的坟前徘徊，盼望着妻子能够听到自己的呼唤，等待着妻子回来。依依之情，不胜悲感……

可是事与愿违，现在陪伴他的只有窗外淅淅沥沥的雨声，词人独自躺在冰冷的床上。这个似曾相识的情景，让他又一次回想起了无数个下雨的夜晚，他也是这样卧床休息，妻子就坐在他的身边，挑着烛灯，为他缝补衣服，那是多么静谧而温暖的景象。"空床卧听南窗雨，谁复挑灯夜补衣"，是我个人觉得最动人的两句词，尤其是"谁复挑灯夜补衣"这一句，完全是一副家居日常的景象，是词人每天奔波忙碌回到家里之后，能够放下所有的身心疲惫、放下所有的紧张焦虑，静静享受的家庭时光。这样的时光，正是温柔而贤惠的妻子给予他的，而且这样的时光，不知不觉中他已经享受了将近三十年……

他曾经以为那样平常的日子会永远永远持续下去，妻子会永远永远那么安静而温柔地陪伴在他的身边，无论富贵还是贫穷，无论健康还是疾病……然而，妻子日日"挑灯夜补衣"的身影已经永远定格成了回忆，眼前的实景只剩下贺铸一个人夜夜"空床卧听南窗雨"。

　　"谁复挑灯夜补衣"的温馨，"空床卧听南窗雨"的凄凉，形成了强烈的对比，而词人最深的悲哀就在这样的对比中呼之欲出。

　　除了这首《半死桐·鹧鸪天》之外，贺铸还写过不少思念妻子的诗词。例如他的《小重山》，也很可能是午夜梦回时对妻子的追念："楚梦冷沉踪，一双金缕枕，半床空。画桥临水凤城东。楼前柳，憔悴几秋风。"①也是用空床、独自无眠的漫漫长夜等意象，来抒发对妻子难以遏制的思念之情。

　　能够写出这么真实、深挚的悼亡词，可见贺铸与赵夫人的夫妻深情。那么，贺铸的爱情故事和婚姻经历又有什么特别之处呢？

　　简单来说，贺铸的爱情经历有三大特点：一是皇室家族之间的联姻；二是贺铸容貌极丑却又极具侠骨柔情；三是以哀感顽艳之词写凄美深挚之情，这是贺铸爱情词的魅力所在。

　　我们不妨先来了解一下贺铸和妻子赵夫人结缡的特殊背景。贺铸字方回，祖籍越州山阴（今属浙江绍兴）。越州山阴贺氏是当地响当当的名门望族，写下过"少小离家老大回，乡音无改鬓毛衰。儿童相见不相识，笑问客从何处来"的唐代著名诗人贺知章，便是贺铸的第十五代族祖。贺知章自号"四明狂客"，贺铸也自号为"北宗狂客"，可见他对这位族祖的崇拜。

　　贺铸的六代先祖贺景思，与北宋开国皇帝赵匡胤的父亲赵弘殷

---

　　① 贺铸《小重山》："花院深疑无路通。碧纱窗影下，玉芙蓉。当时偏恨五更钟。分携处，斜月小帘栊。　楚梦冷沉踪。一双金缕枕，半床空。画桥临水凤城东。楼前柳，憔悴几秋风。"

是同事，两人关系很好，贺景思还把自己的长女许配给了赵匡胤。不过赵匡胤的这位贺夫人在北宋开国之前就过世了。

北宋建国以后，贺铸的这位五代姑祖母被追封为孝惠皇后。孝惠皇后留有皇子赵德昭，据说赵匡胤的母亲杜太后曾在临终之际留下遗命，要求赵匡胤将皇位传给自己的弟弟赵光义和赵廷美，待二人相继为帝之后，再将皇位传与赵匡胤的长子德昭。赵匡胤谨遵母亲遗命，但是没想到赵光义取得皇位之后，逼死了赵廷美、赵德昭二人，将皇位留给了自己的子孙。因此孝惠皇后的子嗣不但没有登上皇位，反而被赵光义一脉所猜忌并加以防范，贺铸作为宋太祖孝惠后族孙——这个皇亲国戚的身份自然也就大打折扣了。

但也因为这个显赫的出身，所以尽管贺铸的父亲在他少年时期就已去世、家境并不宽裕，贺铸骨子里仍然散发着与生俱来的贵族气质和书香气韵。

大约在宋神宗熙宁元年（1068）前后，十七岁的贺铸离开家乡，来到了京城。初到京城的两三年里，贺铸结交了很多朋友，这其中就包括了宋宗室济国公赵克彰，而赵克彰正是赵匡胤弟弟魏王赵廷美的曾孙。

赵克彰非常欣赏贺铸的才学和性情，将自己最钟爱的女儿嫁给了贺铸。贺铸和赵夫人这两位皇族后裔的联姻，从此开启了贺铸三十余年恩爱情笃的婚姻生活。

其次，贺铸虽然出身皇族，可毕竟是没落的皇族，在当时的地位已经非常边缘化了，家境也陷入困境当中。更要命的是，贺铸还是出了名的超级丑男！贵为宗室的济国公赵克彰怎么会看上贺铸，甚至还情愿以爱女下嫁呢？这就要说到贺铸的个人魅力了：他绝对不是颜值担当的帅哥，可是他的才学与性情却足够让人折服。

先来看看贺铸到底有多丑吧？他有一个著名的外号叫"贺鬼头"，陆游在《老学庵笔记》当中对他的相貌评价是"貌奇丑"，而且还疑似秃顶。周紫芝《竹坡诗话》说"方回寡发"，头发稀少，肤色很黑，"色青黑"（《老学庵笔记》）、"面铁色，眉目耸拔"（《宋史·贺铸传》）。

综合这些权威人士的评价，贺铸够丑的吧？古往今来的名人里面，能够因为长得丑而被正史记上一笔的人，那可真是极其少见的。这么其丑无比的人怎么会被济国公看中了？要知道，唐宋两代对士大夫的评价，首当其冲的可是外表的气质啊！而且赵克彰的女儿即便说不上是国色天香，但至少也是眉清目秀、标致端庄的大家闺秀，贺铸曾经在词中形容妻子的容貌为"玉芙蓉"，长得像芙蓉花儿一样清艳脱俗，这是古代诗词对美人儿常用的比喻。例如白居易《长恨歌》中，唐玄宗在杨贵妃死后追忆她的容颜时就用了"芙蓉如面柳如眉"这样的句子。

不过啊，长得丑不是贺铸的过错，贺铸也有他令人倾倒的魅力。这种魅力可以用两句话来概括：第一句是我很丑，可是我很有才；第二句是我很丑，可是我很温柔。

先来看看贺铸的才学。贺铸不仅博学强记，"书无所不读"（程俱《宋故朝奉郎贺公墓志铭》），文采飞扬，而且还"最有口才，好雌黄人物"（《蒙斋笔谈》卷下）。关键是贺铸的口才不仅仅体现在诗词文章上，他还是一个很有气节的人，最擅长针砭时事，即便他面前站着的是权倾一时的朝廷贵要，他如果看不惯，照样当面直言批评，毫无顾忌；遇见不平之事，他还好拔刀相助，人们甚至将他视为"侠士"。

更有意思的是，贺铸虽然出身皇族，可是入仕以后长期担任武官。宋神宗熙宁四年（1071），二十岁的贺铸由门荫入仕，授右班殿直，监军器库门，他的第一份工作就是低阶武官；而且他的武官身份还持续了很长的时间。宋哲宗元祐二年（1087），贺铸再赴和州，任管界巡检，主要的工作是掌管当地训练甲兵、抓捕盗贼、巡逻州邑^①等事情，实际上还是武官。长期在武官工作岗位上兜兜转转的经历，使得贺铸多少浸染了武官的方刚血气。因此贺铸和一般的词人不同，他不仅能够写缠绵悱恻的爱情词，也擅长高歌充满硬气和侠气的豪放词。他曾在《六州歌头》中这样回忆自己的少年生活："少年侠气，交结五都雄。肝胆洞。毛发耸。立谈中。死生同。一诺千金重。"他说自己少年之时颇有侠气，交往、结识了一批"五都"雄杰。在唐人的语境里，"五都"是指长安、洛阳、凤翔、江陵和太原。此处"五都"应是泛指来自各地的英雄豪杰都成了词人肝胆相照、正气凛然的好朋友。他们在交往过程中，虽然只是短暂的交谈便能立即意气相投，发誓要同生共死，一诺千金。于是他们对酒当歌、策马奔腾，在汴京城联鞯并驰，豪爽痛饮，弯弓射雕，这是何等快意恩仇的江湖侠士啊！

《宋史·贺铸传》里记录了贺铸为官时的一个小故事：他的下属中曾经有一个权贵的子弟，这个人仗着有个位高权重的爹，平时不但不好好工作，还经常盗取公物。如果通过正常渠道去处罚他，这个权贵子弟不但可以借助父亲的权势继续逍遥法外，连贺铸自己的职位都难以保住。

于是有一天，贺铸屏去周围的属下和仆役，将这个贵族弟子单独关在一间密室之中，一手拿着他偷盗的铁证，一手拿着刑杖，呵斥那个贵族子弟说："你过来！你自己看看，这是不是你在某时某地偷去做某用的东西？你再看看，这是不是你在某时某地偷回自家去的东西？……"那纨绔子弟吓得直哆嗦，忙不迭地承认说："是我干的，是我干的。"贺铸说："如果你让我处罚你，并且保证绝不再犯，那么我也就不将你的丑事公诸于众了。"

贵族子弟只好乖乖地脱掉衣服，请贺铸杖责。贺铸手起鞭落，

---

① 贺铸生平，参考钟振振《北宋词人贺铸研究》，第48页。

贵族子弟哪里受过这样的痛苦？磕头如捣蒜地求饶，贺铸这才大笑着释放了他。

虽然贺铸自己没有张扬这事儿，但世上没有不透风的墙，这事儿传开之后，那些仗势欺人的纨绔子弟再也不敢耀武扬威了。

济国公赵克彰能够打破世俗的偏见，独独看重的正是贺铸与众不同的侠肝义胆和才学气节，至于托付爱女的终身，也可见他的慧眼识珠了。

再来看评价贺铸的第二句话：我很丑，可是我很温柔。

贺铸的柔情当然首先是针对特定的人，这个特定的人当然首先就是他的妻子赵夫人。贺铸与赵夫人的夫妻生活，在文献记载中非常少，但在贺铸自己的诗词中却屡有流露。贺铸一生辗转在低级官吏的职位上，怀才不遇，家境困窘。赵夫人是宗室公族之女，她嫁给贺铸之后却能与贺铸甘苦与共、奔波辗转，始终无怨无悔。而贺铸，也回报了妻子他最深挚的柔情。

赵夫人以千金小姐的身份，却养成了善良、贤惠的性情。贺铸曾经写过一首《问内》诗，真实地记录了他和妻子之间发生的一件小事。炎炎夏日的一天，贺铸看到妻子竟然在缝制他冬季穿的厚棉服，他很惊讶，便很体贴地对妻子说："这么大热的天，夫人为什么要急着缝冬天的衣服啊？你身体又不大好，别太劳累了。"

赵夫人莞尔一笑，淡淡地回答他："针线活儿本来就是我的分内之事，一天都不敢怠慢，怎么会嫌累呢？"

贺铸知道夫人一贯都是这么勤劳贤惠，但他还是心疼啊，又说："冬天的衣服，反正现在也不急着穿，天热还是该好好歇着才是啊！"

妻子并没有停下手中的活儿，反而对贺铸说："夫君，我给你讲个小故事吧。古时候有户人家要嫁女儿，直到婚礼前一天，才想着要请大夫来艾灸女儿脖子上的肿瘤，这样临时抱佛脚又怎么来得及呢？所以啊，要真到了冰天雪地的时候再急急忙忙缝补冬衣，那不就和那个嫁女儿的人家一样蠢了么？再说了，夫君你可能不知道，夏天才是最适合做针线活儿的时候，等到天冷了，手脚也没那么灵便了，再要缝补厚衣服可就困难多了呀！"

几句对话，看上去很平淡朴实，可是夫妻间相处的那种温馨、亲切仿佛就在眼前：丈夫的细心关切，妻子的勤劳聪慧，都在这些日常小事当中生动地体现出来。

漫长的婚姻生活，需要的并不是轰轰烈烈的浪漫激情，而就在这样日复一日的平凡小事中，积累着夫妻之间互相依赖、互相体贴的点滴深情。

最后，虽然文献资料中很难找到贺铸夫妻生活的更多细节记载，但贺铸自己却留下了许多哀感顽艳之词，其中不乏对妻子深挚凄美的爱情描写。贺铸留传到今天的词作一共有286首（含残篇），在北宋词人中仅次于苏轼，在他所有词作中，最有名的当属这首《横塘路·青玉案》：

> 凌波不过横塘路，但目送、芳尘去。锦瑟华年谁与度？月桥花院，琐窗朱户，只有春知处。　碧云冉冉蘅皋暮，彩笔新题断肠句。试问闲愁都几许？一川烟草，满城风絮，梅子黄时雨。

贺铸喜欢从词中的句子里摘取几个字出来，作为词题，然后再注明这首词的词调，前面所讲的《半死桐·鹧鸪天》是如此，这首《横塘路·青玉案》亦是如此。

这首词实在是写得太美，美到历朝历代为之倾倒的人数不胜数。因为它太美，甚至人们都忘了它的作者原本是一个外号"贺鬼头"的超级丑男，却为贺铸赢得了另外一个浪漫优美的外号"贺梅子"——因为这首词的最后几句"试问闲愁都几许？一川烟草，满城风絮。梅子黄时雨"是千古名句，人们就从中截取了"梅子黄时雨"的意境，将"贺梅子"这个雅号赠给了贺铸。

对这首千古名作，有人将其解读为贺铸某次偶然的艳遇，似乎是词人偶遇了某位绝代佳人，匆匆邂逅却又匆匆离别，因此而生发出绵绵的闲愁。也有人将其解读为屈原的香草美人之意，贺铸以那位孤芳自赏的绝代佳人自拟，表达孤臣自诩的涵义……

本来诗词的解读就有"作者未必然，而读者何必不然"的种种可能，但我认为，这首词虽然没有明确是悼亡词，但有足够的理由可以证明贺铸在这首词中，既包含了对自己身世的感慨，更蕴含了妻子离世之后无尽的怅惘悲思。我有三大理由可证：

第一个理由，"横塘"在今天苏州市的西南部，这首词大约作于北宋徽宗建中靖国元年（1101）贺铸客居苏州的时候，也就是说，和《半死桐·鹧鸪天》差不多同一时期作于同一地点。《半死桐·鹧鸪天》"重过阊门万事非"，阊门也正是苏州的西城门。据当代学者钟振振的考证研究，贺铸在居留苏州为母亲守孝期间，曾于宋哲宗元符三年（1100）冬天北上过一次，赵夫人去世于词人北行之前，而《半死桐·鹧鸪天》这首悼亡词应该是北行返回苏州之后，贺铸再次来到赵夫人坟茔前吊唁所作，所以词中才有"旧栖新垅两依依"这样悲恸的句子。而"凌波不过横塘路，但目送、芳尘去"的句子，又何尝不是贺铸在苏州痛失妻子的心情写照呢？

第二个理由，是"凌波"这个典故的出处。曹植《洛神赋》写洛神的轻盈身姿用了这样两个优美的句子："凌波微步，罗袜生尘。"《文选》在选录这篇赋的时候，记录了一段说明：曹植一直暗恋甄氏。甄氏本是袁绍次子袁熙的妻子，曹操破袁绍之后，将甄氏给曹丕当了妻子，曹丕称帝后封甄氏为皇后，曹植从此昼思夜想，废寝忘食。后来甄皇后失宠被曹丕赐死，却故意将甄氏生前的玉缕金带枕赐给了曹植。曹植返回自己的封地时，途经洛水，梦到了甄氏前来与他相会，醒来之后，曹植不胜悲感，写下了这篇《感甄赋》，后来魏明帝也就是甄氏与曹丕的儿子曹叡将之改名为《洛神赋》。因此，《洛神赋》实际上曾经一度被看成是曹植为甄氏写下的悼亡之作。

这个故事的真实性虽然很值得怀疑，但是后代诗人在引用这个典故的时候，却常常会暗寓爱情得失的情绪。贺铸当然也不例外。

第三个理由，"锦瑟华年谁与度"又化用了李商隐《锦瑟》诗的典故："锦瑟无端五十弦，一弦一柱思华年。"《锦瑟》很可能就是李商隐写给妻子王氏的悼亡诗，正如清代学者冯浩所云："此悼亡诗定论也。"

那个能陪伴我共度锦瑟年华的人，她在花前月下，还是在朱户窗前？"月桥花院"是室外的景象，"琐窗朱户"是室内的场景，一内一外的实景描写，呈现出一派富丽堂皇之态。然而场景的华美只能更反衬出内心的孤独，词人无数次地追问都得不到"美人"的答复，或者答案"只有春知道"。这一句是虚实相生的，场景是实，"春知道"却是虚指，一虚一实之间，词人的情绪跌入了谷底。

这首词以乐景写哀情，字里行间无不透露着词人内心深处的孤独和寂寞。尤其是这首词的写作时间是在妻子离世的两三年之内，词人才会以如此浓艳的笔墨来反衬深度苍凉的心境。

的确，如果只是一场萍水相逢的艳遇，又何至于"彩笔新题断肠句"，用"断肠"这么重的词来形容词人的痛苦？又何至于用"一川烟草，满城风絮，梅子黄时雨"这样浓墨重彩的句子，来形容词人铺天盖地的愁绪？

在词中借用他物写愁，本来就是一种传统的写法。李煜说"问君能有几多愁，恰似一江春水向东流"；秦观说"自在飞花轻似梦，无边丝雨细如愁"。李煜的愁像一江春水，秦观的愁似连绵的细雨，贺铸的"愁"却是全方位、多角度的，是一川烟草的无边无际，也是满城风絮的绵密幽远，更是黄梅时节淅沥细雨的连绵不绝……愁之多、愁之深、愁之广，仿佛一张巨大的网，朦胧缥缈却又无处不在，令词人身陷其中、无处可逃。

词的最后四句，为贺铸在词坛上赢得了无上的荣耀，他也因此被称为"贺梅子"。苏轼的得意弟子黄庭坚尤其偏爱这几句，在他的眼里，只有秦观的词能到此境界。黄庭坚还写了这样一首诗寄给贺铸："少游醉卧古藤下，谁与愁眉唱一杯？解道江南断肠句，只今惟有贺方回。"（《寄贺方回》）秦观的离世，固然让黄庭坚深感惋惜，同时黄庭坚认为此时的词坛上，能与秦观并驾齐驱的只有贺铸一人。

如果将这首《横塘路·青玉案》与《半死桐·鹧鸪天》对照来看，也许我们更能体会贺铸对赵夫人的追忆之切与相思之深。只不过，"空床卧听南窗雨，谁复挑灯夜补衣"，是夫妻日常生活的细腻写实；而"试问闲愁都几许？一川烟草，满城风絮，梅子黄时雨"，是将绵绵无尽的追忆化作浪漫的比喻，表现手法不同，一往情深却始终如一。

> 重过阊门万事非。同来何事不同归。梧桐半死清霜后，头白鸳鸯失伴飞。　　原上草，露初晞。旧栖新垅两依依。空床卧听南窗雨，谁复挑灯夜补衣？

三十年的相依为命，贺铸与妻子一起度过那么多日日夜夜，妻子一定给词人留下了无数平凡却美好的回忆，然而在这阕小词中，贺铸单单选择了"挑灯夜补衣"这一个场景——宁静的夜晚、温暖的灯火、补衣的妻子，那是何等令人眷恋的家居场景！

皇族后裔却一生沉沦，侠肝义胆却始终钟情一人，"我很丑，可是我很温柔"，也许正是贺铸留给这个世界最浓烈的爱情宣言吧！

但愿长圆如此夜

—— 辛弃疾与范夫人

南宋高宗、孝宗年间，有一位令朝野上下瞩目的英雄豪杰横空出世，他就是辛弃疾。辛弃疾出生于山东历城（今属济南），当时已沦陷于金国，但宋高宗绍兴三十二年（1162），二十三岁的辛弃疾率领五十位起义军兄弟，硬是冲破五万金兵的重重围堵拦截，于金兵军营中抓捕了起义军的叛徒张安国，然后突破金军的枪林箭雨，又号召万余起义军一起，毅然南下投奔了南宋朝廷——那才是辛弃疾心目中真正的家园。

就在这一年五月，宋高宗赵构禅位于太子赵昚，即历史上的宋孝宗。

辛弃疾就这样以一位传奇英雄的形象闯入了南宋人的视线，闯入了宋高宗和宋孝宗的视线。他身材魁梧，目光烂烂如岩下电，虎背熊腰，威武雄壮，令人不敢直视。辛弃疾还有一个外号，人称"青兕"，就是说他像犀牛那样威猛善斗。这在重文轻武的宋朝，真算得上是难得的"猛男"一枚了。

既然是"猛男"，那他带给人的印象很可能会有两种极端：其一是恐惧感，其二是安全感。恐惧感是因为他太威猛，一声震天大吼甚至只是一个凌厉的眼神，都会让心虚的人吓得直哆嗦；安全感是因为他那种慷慨激昂的英雄气概和超凡的能力让人感到踏实——天塌下来都让他去扛着吧！

这样既能给人安全感，又能带给人恐惧感的猛男，在工作和生活中到底会有怎样的传奇遭遇呢？

果不其然，在工作中，辛弃疾是令上司又欣赏又忌惮、令同事又佩服又嫉妒的"超人"。可一般人不知道的是，在生活中，尤其是在爱情婚姻生活中，辛弃疾却是一个浪漫有情趣、细心体贴的温柔暖男。有词为证，且看这首《满江红·中秋寄远》：

> 快上西楼，怕天放、浮云遮月。但唤取、玉纤横笛，一声吹裂。谁做冰壶凉世界？最怜玉斧修时节。问嫦娥、孤冷有愁无？应华发。　　云液满，琼杯滑。长袖舞，清歌咽。叹十常八九，欲磨还缺。若得长圆如此夜，人情未必看承别！把从前、离恨总成欢，归时说。

这首写于中秋节的《满江红》，应该是辛弃疾寄托对爱人的怀念之情。辛弃疾自绍兴三十二年南归以后，从他二十三岁到六十八岁去世，在南宋总共生活了四十五年，因其积极的主战姿态不为朝廷所容，其中长达二十余年是被朝廷完全弃置不用。从绍兴三十二年（1162）到宋孝宗淳熙八年（1181），辛弃疾辗转在各地方任上，虽然政绩卓著，可仍然于淳熙八年年底被罢职，四十二岁正当壮年的辛弃疾，从此开始了在江西上饶二十年的闲居，期间除了短暂的几次被起复之外，基本处于彻底的投闲置散状态，英雄无用武之地。

即便是前期十多年的仕宦生涯，辛弃疾在做地方官时也是不断地被调来调去，每个地方都呆不长，经常是刚做出一些成绩来就被人说三道四，罗织罪名，于是一纸调令，就被迁到了另一个地方，有时更是一年之中被调动三四次之多！辛弃疾内心的无奈和痛苦可想而知。《满江红·中秋寄远》应该就写在他前期的官场生活中，频繁的工作调动，他无法总是将妻室儿女带在身边，时不时地分离就成了家常便饭，《满江红》就诞生于这样的状态之中。辛弃疾辗转于地方官任上，而妻子却远在家中，让他情不自禁生发起缠绵的思念之情。这首中秋怀人词，让我们看到了辛弃疾柔肠百结的另一面。

"快上西楼，怕天放、浮云遮月"，劈头一个"快"字，真是典型的辛弃疾式的口气。好不容易盼来了一个中秋节，而且天公作美，没有下雨，辛弃疾迫切地想快快登上高楼赏月。可是他又生怕老天不解风情，"放出"浮云来遮蔽了月光。一边大踏步快速登楼的同时，他还一边一迭连声地催促家人："赶紧叫乐队准备，叫美女们赶紧把笛子吹起来，把浮云都赶跑，把月亮喊出来……"

这真是一个充满情趣的浪漫词人。为了赏月，辛弃疾竟然吩咐乐队奏乐把天上那些浮云"吓跑"。当然了，这几句词不仅仅体现了辛弃疾的风流浪漫，同样还反映出辛弃疾的博闻强记。原来，这几句词还暗用了一个典故：传说北宋的时候，有一年中秋节恰逢天阴，看不到月亮，一向喜欢呼朋引伴、赋诗饮酒为乐的宰相晏殊觉得这个中秋节实在无聊，就郁郁寡欢地睡觉去了。到了深夜时分，他的属下王君玉，觉得中秋节晏殊居然没有召集大家喝酒赏月，很是纳闷儿——这不像晏相一贯的风格啊！他叫人一打听，说晏殊确实已经睡下了。难得一年才有一个中秋节，居然没有"文艺晚会"，他很不甘心，就写了一首诗命人递给晏殊，诗中有两句说："只在浮云最深处，试凭弦管一吹开。"

本来王君玉只是想把晏殊喊起来一起喝酒唱歌，别虚度了本该热闹团圆的中秋节，可是他偏偏很风雅地说："先生您别失望啊，其实月亮早就出来了，只是暂时躲在浮云深处而已，只要您下命令让乐工吹奏美妙的音乐，浮云就会被吹开的，您就能欣赏到中秋的月色啦。"

已经上床躺下的晏殊拿到这首诗之后，深深为王君玉的奇思妙想和才情所打动，赶紧披衣起床，即刻召集厨师置办酒菜、召集乐队吹奏流行歌曲。到了半夜，居然真的守得云开见月明，于是大家畅饮通宵，尽欢而散（叶梦得《石林诗话》）。

"但唤取、玉纤横笛，一声吹裂"。辛弃疾的风雅浪漫绝不在晏殊之下，既然传说笛子的声音能够"穿云裂石"，既然北宋时候的承平宰相晏殊亲身经历过吹裂层层浮云、唤取明月照人的风雅之事，那么辛弃疾这样急切地盼望云开月出也就不难理解了。

"谁做冰壶凉世界，最怜玉斧修时节"，这里的冰壶可不是冬奥会上的冰壶运动项目，冰壶本是指盛放冰块的玉壶，在古典诗词里往往用作月亮的代称。因为中秋的夜空澄澈透明，一派晶莹清凉的世界，所以辛弃疾才会发问："是谁巧夺天工、妙手创造了这个清凉透明的世界呢？"传说月亮是由七种珍稀的宝石组成，"常有八万二千户修之"，常有八万二千户手艺高超的工匠用玉斧、凿子等工具进行修整打磨。"最怜"其实是最可爱的意思，词人对月色的赏爱之情真是呼之欲出。

云开月出，美人吹笛，月色澄明，秋意清凉，这应该是一个极其完美的中秋节了。然而词人并不满足于此："问嫦娥、孤冷有愁无？应华发"，由中秋月圆联想到嫦娥的孤独清冷，看似是很自然的联想。在古人的观念中，月亮自古就和嫦娥紧密联系在一起，有关后羿和嫦娥夫妻的神话故事也是源远流长。据说后羿从西王母那里求得长生不死之灵丹妙药，可是他的妻子嫦娥却偷偷吃掉了仙药，飞到月亮上成了嫦娥仙子[①]。

嫦娥奔月的神话故事至少延伸出了中国人关于月亮的两种意象：第一是长生不老的人生追求；第二是天长地久的爱情向往。

第一，月亮和长生不老的愿望密切相关，嫦娥偷吃不死之药的故事已经充分说明了这一点。屈原的《天问》中也有"夜光何德，死则又育"的说法，将月亮阴晴圆缺的变化看成是月亮能够自为生死，

---

① 《淮南子·览冥训》："羿请不死之药于西王母，姮娥窃以奔月，怅然有丧，无以续之。"

是生生死死的循环，因此屈原才向月亮发问："月亮啊月亮，你何德何能，居然能够死而又生、生生不息呢？"

在古代中国人的观念中，日月各有自己的神灵。早在春秋时期，王室贵族就开始祭祀月神，"立东郊以祭阳，名曰东皇公。立西郊以祭阴，名曰西王母"（《吴越春秋》）。在后来道教的神仙谱系中，西王母，也就是我们俗称的"王母娘娘"是所有仙女的首领人物，掌管着长生不死的仙药，是掌管人类幸福和长寿的女仙之首。在嫦娥奔月的神话中，嫦娥就是偷吃了王母娘娘的仙药而奔入月中成为长生不死的神仙的。

月亮的长生不死特质，让凡人心生崇拜，从有文字可考的殷商时代开始，中国就有了祭祀月亮的活动，可见对月亮的崇拜由来已久。在古典诗词中，月亮更成为诗人们最偏爱的意象之一。例如李白就是月亮的"铁杆粉丝"，他甚至给自己的儿子取名叫"明月奴"，对月亮的崇拜可见一斑。中秋作为一年之中赏月的最佳时节，除了对团圆的渴望之外，对长寿的美好祈愿，也是节日的一个重要内涵。

第二，月亮和嫦娥仙子虽然可以长生不死，却又是孤独凄冷的。对于异地恋人来说，羿与嫦娥的分别，尤其容易引发离愁别恨的感慨。

中国的神话传说里，常有天上的仙女羡慕人间夫妻恩爱，宁愿冒着被天庭惩罚的危险下凡与心上人结为夫妻。例如牛郎织女、七仙女和董永的故事等等都充分说明，连神仙都羡慕的凡人爱情是何等美好！可是嫦娥却反其道而行之，偏偏离开恩爱的后羿，独自一个人奔向月亮。尽管她从此可以长生不老，可是一个人孤零零地守着空旷的广寒宫又有何意趣呢？在古典诗词中，对嫦娥表达同情的诗句特别多。如李商隐的《常娥》诗就说："常（嫦）娥应悔偷灵药，碧海青天夜夜心。"嫦娥啊嫦娥，你现在该后悔了吧？虽然广寒宫华丽绝伦，可是你一个人幽居月宫，面对着浩瀚无垠的碧海青天，无数个漫漫长夜没有人陪伴，没有人能和你聊聊心事，这种寂寞清冷的日子你如何能够排遣呢？

月圆月缺与爱情意识相关联，除了著名的嫦娥奔月的神话之外，人间对月亮的偏爱也为此增添了不少动人的传说，其中影响最大的还属唐玄宗和杨贵妃。据说有一年八月十五日夜，唐玄宗携杨贵妃驾临太液池，凭栏望月。可是唐玄宗还嫌月亮离得太远，不能尽兴，于是命人在太液池西岸另外修筑百尺高台，等着来年中秋节再与爱妃一起赏月。唐玄宗与杨贵妃的爱情故事向来脍炙人口，他们在中秋节留下的旖旎情致，也为中秋的爱情意蕴增添了浪漫的色彩。

中秋月圆与爱情圆满之间的联系，进而又延伸出婚姻和子嗣的涵义，因此中秋望月、拜月除了祈求爱情圆满之外，后来还被添加了生殖崇拜的意义。据《搜神记》记载："孙坚夫人吴氏，孕而梦月入怀，已而生策。及权在孕，又梦日入怀。以告坚曰：'妾昔怀策，梦月入怀。今又梦日，何也？'坚曰：'日月者，阴阳之精，极贵之象，吾子孙其兴乎？'"[1]日和月分别被视为"阴阳之精"，具有子嗣兴旺、家族发达的美好寓意。

人们甚至还以中秋月明与否来作为占卜的条件：若中秋无月，则"兔不孕，蚌不胎，荞麦不实"，因为兔子是望月而孕、荞麦得中秋月光滋养才能结实、蚌则须中秋月明才能孕育出又多又大又亮的珍珠，如果中秋节是阴天，则珍珠产量少而且质量不高。苏轼就曾说他碰到过一位海商，海商告诉他，他们全靠在中秋观月来预测来年是否能收获好珍珠（见《岁时广记》所引《琐碎录》和《岁时杂记》）。可见中秋节还被赋予了收获的寓意。

明、清以后，中国很多地方的中秋节还有了专门求子的仪式。例如湖南，"八月十五，乡城率以菱藕、月饼相馈遗，设酒赏月。妇人祈子者，乡间多于园圃采瓜为验，谓之'摸秋'。城中则以金鼓、

---

① （晋）干宝撰，汪绍楹校注《搜神记》，中华书局1979年版，第122页。

花红，令小童衣冠捧南瓜至祈子家，谓之‘送秋’"①（《善化县志》）。八月十五，女性不仅要备月饼、美酒祭祀月亮，还有"摸秋"和"送秋"的习俗，也就是到别人园中去采南瓜抱回家或者送南瓜到求子的人家，寄予宜子的愿望。

从唐朝以前的望月、玩月，到宋代中秋节正式形成，到明代的月饼祭月，再到清代的时候种种习俗越来越丰富，中秋节和端午节一样都成为了放假一天的官方重要节日。

既然嫦娥与后羿的爱情故事为中秋节的明月平添了几分浪漫色彩，善于联想的中国人大概是由爱情又联想到了婚姻，进而联想到了子嗣的传承。

这样看来，中秋节的逐渐形成与中国人的月亮崇拜情结以及嫦娥的神话故事关系最为密切，就像没有牛郎织女就没有七夕节一样，没有嫦娥的传奇可能也就没有中秋节的丰富内涵了。

"问嫦娥、孤冷有愁无"？而此刻，辛弃疾问嫦娥是否感到孤独凄冷。如果嫦娥也和他一样有情有义，那么日复一日强烈的相思，应该也和他一样鬓添白发，天若有情天亦老了吧？一句"应华发"，拉近了凡人和神仙的距离，拉近了词人与嫦娥的距离，也拉近了人间情意与天上月色的距离。月亮也好，嫦娥也好，都具备了人间的离愁别绪、人间的相思情结、人间的喜怒哀乐。

按照辛弃疾豪迈洒脱的性格，中秋月色如此多娇，他自己也是迫不及待"快上西楼"，唤取美人乐工吹笛奏乐，就是为了暂时忘却现实的苦闷，热热闹闹度过一个欢快的中秋节。可是"问嫦娥、孤冷有愁无？应华发"两句，无形中透露了他和嫦娥一样孤寂的内心。既然这首《满江红》题名为"中秋寄远"，那么他借一轮明月遥寄相思的那个人是谁呢？

---

① 丁世良、赵放主编《中国地方志民俗资料汇编》（中南卷），书目文献出版社1991年版，第477页。

辛弃疾的词中并未表明他怀念的对象，但据分析考证，学者大多认为这是一首怀念爱人的词。辛弃疾一生曾娶过三任正室夫人[①]，大约在他十七八岁左右，他在长辈的安排下迎娶结发妻子赵氏夫人，但赵夫人在辛弃疾南归不久之后即病逝。几年之后，辛弃疾续娶范氏夫人，范夫人陪伴辛弃疾度过了二十多年的婚姻生活，是与他相伴时间最久、感情也最深的一位夫人。这首《满江红·中秋寄远》，最有可能的就是他写给范夫人的一封中秋"情书"。

范夫人是辛弃疾好友范邦彦的女儿，其兄范如山（字南伯）也是辛弃疾的至交好友。范夫人是知书达理的大家闺秀，更难能可贵的是，她凭借自己的善解人意、豁达大度甚至幽默风趣而深得辛弃疾的爱重。在此，我们不妨略举三件事情来看看范夫人和辛弃疾的夫妻关系。这三件事情分别是：绿窗题诗劝夫戒酒、慷慨解囊资助青年学子、管理大家庭井井有条。

首先来看看绿窗题诗。辛弃疾是一个嗜酒如命的人，南归之后，因为满腔抱负无处施展，反而屡屡遭受排挤打压，更是经常借酒消愁。可是喝酒伤身，尤其是中年以后，辛弃疾自己屡屡被病痛不断的身体逼得不得不戒酒。可是辛弃疾戒酒是"屡戒屡败"，自己赌咒发誓摔酒杯都没用，过不了几天，酒瘾一犯就把发过的誓言全扔到九霄云外去了。范夫人见辛弃疾被病痛折磨得难受不已，自己却又没有毅力戒酒，不免也跟着忧心。但是对辛弃疾这样的男子汉来说，硬碰硬地禁止他喝酒是没有用的，效果还会适得其反。那范夫人会怎么做呢？

有一天，辛弃疾又和朋友一起聚会畅饮，喝到不省人事地被人扛上马车，一路拖着迤逦走来，沿路的小孩子们见到这醉汉一副东倒西歪的模样，都禁不住拍手大笑。这一路走走停停，好不容易才

---

① 辛弃疾先后娶过三任正室夫人：赵氏、范氏、林氏。范氏为第二任夫人。

捱到辛弃疾在上饶带湖的家中,他的家人得知消息,早就迎候在家门口,七手八脚把他抬进卧室。辛弃疾这一头倒下,就沉沉睡了过去,梦里仿佛还在继续和朋友高谈阔论、狂歌痛饮。

也不知过了多久,他才终于悠悠地睁开了眼睛。酒劲儿还没完全过去,他只觉得晕头转向,也弄不清楚现在自己是在哪儿,以为自己还在和朋友高歌痛饮呢。半天过后,他才慢慢回过神来:咦!这不是在酒席上了,分明是自家卧室啊!熟悉的床,熟悉的屏风,熟悉的窗帘……他再揉揉迷糊的眼睛:不对,自家卧室怎么跟平时不一样了呢?

他摇摇晃晃站起身来,勉强支撑着走到窗边,这才发现卧室确实跟平时不一样:因为在绿色的窗纱上贴满了大大小小的纸条,纸条上是他非常熟悉的娟秀的字体。这下他的酒全醒了,他扯下一张纸条仔细一看,果不其然,纸条上的内容不是别的,正是说醉酒伤身、劝他戒酒的"戒酒令"。辛弃疾不看则已,一看就忍不住哈哈大笑。

原来,窗户上贴满的戒酒令,正是他的妻子范夫人一张一张写下来的。妻子看他经常这样醉得颠三倒四,特别心疼他的身体。可是范夫人也知道,如果强硬地"命令"丈夫戒酒,那么一贯有大男子主义思想的丈夫不但不会听从,反而还会影响夫妻感情。于是聪明的范夫人才想出这个办法,用一张张的纸条细细地写下自己对丈夫的深爱。目的只有一个:希望丈夫体会到亲人对他的爱和担忧,从此不再痛饮伤身。

辛弃疾在大笑过后,瞬间又被妻子的良苦用心深深地感动了。他豪爽地从书桌上拿起笔,趁着那点残余的酒意,在墙上一气呵成题了一首词,词题说:"大醉归自葛园,家人有痛饮之戒,故书于壁。"① 在

---

① 一本作"大醉自诸葛溪亭归,窗间有题字令戒饮者,醉中戏作。"词云:"昨夜山公倒载归,儿童应笑醉如泥。试与扶头浑未醒,休问。梦魂犹在葛家溪。 欲觅醉乡今古路,知处。温柔东畔白云西。起向绿窗高处看,题遍。刘伶元自有贤妻。"

这首词里，辛弃疾把妻子比做是魏晋时期竹林七贤之一刘伶的贤妻。刘伶好酒，甚至口出狂言，说自己如果哪天醉死了都没关系，醉死在哪里就在哪里挖个坑埋了完事①。刘伶的妻子非常担心他的身体，哭着劝他戒酒，刘伶回答妻子说："戒酒可以，不过我自己没这个毅力，一定要在鬼神面前发过誓，我才能管得住自己。"妻子一听，赶紧准备了酒肉让刘伶在鬼神面前发誓戒酒。没想到刘伶说了一句："刘伶天生就是为酒而生的！妇人的话，哪里可以听！"一边说，一边将祭祀鬼神的酒肉都吃喝一空，又醉倒在供桌前。

辛弃疾在这首醉后题壁词中夸耀道："起向绿窗高处看，题遍。刘伶元自有贤妻。"这其实是幽了妻子一默：贤妻啊，我把你好有一比，你真像刘伶的夫人一样贤惠啊！

说实在的，范夫人确实像刘伶的夫人一样贤惠，不过她可比刘伶的夫人聪明多了，也幽默多了。绿窗题诗的戒酒令，这该是多么温柔的"一刀"！大约也只有辛弃疾的夫人，才能想得出来这样的妙招。

其次再来看范夫人的慷慨大方。

从 1179 年春天到 1180 年冬天这短短的一年多的时间内，辛弃疾从湖北调任湖南，充当转运副使，也就是负责运送粮草的官员。后来朝廷又改任他到潭州（今属长沙）作知州，相当于现在的长沙市市长了，而且辛弃疾还兼任湖南安抚使。短短一年多，辛弃疾做了很多大事好事，例如创建飞虎军、兴修道路水利、兴办学校等。其中，他还为南宋朝廷破格选拔了优秀人才——赵方。

根据《宋史》的记载，辛弃疾在长沙任上的时候，碰上有考生向

---

① 《世说新语·任诞》："刘伶病酒，渴甚，从妇求酒。妇捐酒毁器，涕泣谏曰：'君饮太过，非摄生之道，必宜断之！'伶曰：'甚善。我不能自禁，唯当祝鬼神自誓断之耳！便可具酒肉。'妇曰：'敬闻命。'供酒肉于神前，请伶祝誓。伶跪而祝曰：'天生刘伶，以酒为名；一饮一斛，五斗解酲。妇人之言，慎不可听！'便引酒进肉，隗然已醉矣。"

他告状，说主考官徇私舞弊，录取了《春秋》卷考试的第十七名。辛弃疾一查《春秋》卷，发现果然如此！辛弃疾将试卷拆封一看，考生署名"赵鼎"！赵鼎是南宋初年非常有名的爱国将领、佐国良臣，也是辛弃疾非常尊重的朋友。因此辛弃疾一看到这人居然敢用赵鼎的名字，就气不打一处来，将试卷一把甩到地上，说："佐国元勋，我只知道赵忠简（赵鼎，谥号忠简）一个人，哪里又跑出来个冒牌的赵鼎！"

尽管他也知道这假赵鼎敢买通考官，一定来头不小，说不定背后还有强大的靠山。但天不怕地不怕的辛弃疾，冒着得罪权贵的危险，硬是将这个弄虚作假的"赵鼎"刷了下去，从副榜的考生中换了一个人补进来。出了这样的事之后，辛弃疾就很不放心这场考试了，他干脆将卷子全部复查一遍。当检查到《礼记》卷的时候，他发现有一份试卷，考生答题很有见地，很欣赏，说："观其议论，必豪杰士也，此不可失。"（《宋史·辛弃疾传》）那种将遇良才的喜悦溢于言表，于是又毅然破格将这个考生录取了。后来拆封一看，考生名叫"赵方"。

多亏了辛弃疾的慧眼识人，赵方不但在第二年考中进士，后来还成为了湖湘学派的巨子，一直做到南宋的刑部尚书，曾多次带兵打败金军，是南宋不可多得的将帅良才。赵方登第之后，曾经专程登门拜谢恩师，辛弃疾热情邀请他在家盘桓了三天，两人畅谈军国大事，直叹相识恨晚。辛弃疾回房后喜滋滋地对范夫人说："最近结识了一位'佳士'，他即将赴任，可惜我手头没什么值钱的东西可以送给他作为见面礼。"范夫人连忙说："我还有十端上好的绢，夫君觉得可用否？"辛弃疾大喜，将这些绢全数赠给了赵方，这事也让赵方深为感动（刘一清《钱塘遗事》）。

类似于这样的"突发"事件，善解人意的范夫人总是能够及时为辛弃疾排忧解难。

最后来看看范夫人的贤惠能干。

辛弃疾是一个性情疏阔的大老爷们儿，好结交英雄豪杰，好与朋友高歌聚饮，家里也有不少侍妾歌女，歌舞宴席不断。尤其他还是当时著名的词人，每次大开宴席的时候，他一定要侍女演唱他创作的新词。他生平最得意的句子是"我见青山多妩媚，料青山见我应如是"，还有"不恨古人吾不见，恨古人不见吾狂耳"。他经常一边高声吟诵这些警句，一边拍着大腿爽朗地大笑。"长年耽酒更吟诗"（《添字浣溪沙·三山戏作》），应该是他闲居时的常态。

可见，在家庭生活中，辛弃疾扮演的角色大概是那位老给妻子"添乱"的丈夫，朝廷用他的时候他是不顾一切的"工作狂"，朝廷不用他的时候他也要将生活过得洒脱率性。能将这一切打理得有条不紊、让辛弃疾毫无后顾之忧的人，无疑就是范夫人了。因此辛弃疾从来不需"以家事为怀"，可以由着性子过自己想过的生活，可以一心扑在工作上，也可以与知交好友畅谈痛饮。有了这样的贤内助，怎不令辛弃疾对夫人心存感激呢！因此辛弃疾经常用诗词来表达对夫人的爱重之情。

有一年范夫人生日，辛弃疾专门写了一首词《浣溪沙·寿内子》为夫人贺寿："寿酒同斟喜有余，朱颜却对白髭须。两人百岁恰乘除。　婚嫁剩添儿女拜，平安频拆外家书。年年堂上寿星图。"

看来范夫人要比辛弃疾年轻很多，至少看上去外貌要年轻很多，所以辛弃疾都替夫人感到"不值"："朱颜却对白髭须。"似乎是典型的老夫少妻的搭配了，其实辛弃疾也就比夫人年长十来岁而已。不过他的言外之意，似乎是为范夫人的年轻美貌而颇感得意。

"两人百岁恰乘除"，应该是指两人的年龄加起来恰好一百岁。"剩添"就是多次的意思，他俩的儿女中都有好几位成家立业了，说明夫妻相处日久，连子女都已各自婚配，他们老夫老妻的感情却并未随着岁月而变淡。尤其是辛弃疾的女儿后来又嫁给了范夫人哥哥范如山的儿子范炎，两代联姻，亲上加亲，也可见辛、范两家关系亲密。在辛弃疾的词集中，还有不少写给大舅子范如山的寿词、送别词，写给岳母的贺寿词等。若不是辛弃疾与范夫人夫妻恩爱，两个家庭又怎么可能如此亲近呢！

在古代诗人中，丈夫给妻子写诗填词表达感情是不多见的，经典的夫妻感情作品，往往是妻子去世之后的悼亡之作，像辛弃疾这样频频在词中"秀恩爱"的词人实在是罕见！

既然辛弃疾与范夫人感情如此深厚，而辛弃疾几乎是马不停蹄地辗转于各个地方官任上，不得不时常面临与妻子的分别，相思成为离别时的常态。更何况中秋节是亲人团聚的日子，自己却因为工作的关系不得不与妻子分隔两地，就像嫦娥与后羿一样，相爱却不能相伴，怎不令人心生惆怅？所以，这首《满江红·中秋寄远》上片的最后两句"问嫦娥、孤冷有愁无？应华发"，看似是在问嫦娥是否感到孤单，其实更是问自己、问自己心爱的人，在两地相思中是否也常常会感到寂寞呢？

寂寞是当然的。在宋代，中秋已经和端午、重阳一样成为最重要的节日之一，中秋之夜的辛弃疾当然也想和别人一样热热闹闹、团团圆圆地过一个中秋节。他命人排开了乐队，摆上了酒席，演起了歌舞："云液满，琼杯滑。长袖舞，清歌咽。"他将杯中的美酒干掉又斟满，盛酒的玉杯光滑温润，美女的轻歌曼舞令人目眩神迷，这是宋朝人过中秋最习惯的方式，也是辛弃疾自己惯常过中秋的方式。可是今年中秋，他却觉得歌声怎么显得那么忧伤悲咽呢？

原因很简单，今年中秋虽然月色分明，他所挂念的爱人却不在身边，人间的无奈其实月亮也是能够体会得到的。一个月之中月圆只有一天，其他的日子都是残缺不全的，即便到了月圆之夜，也很可能因为天阴或下雨看不到月亮，"叹十常八九，欲磨还缺"。原来天上的月亮和人间的悲欢离合一样，也是不如意事常八九啊。即便有八万二千户手艺高明的工匠天天打磨，可是月亮仍然是残缺的日子远远多过月圆的日子。在感叹了月有阴晴圆缺之后，辛弃疾终于喊出了他最想对爱人说的一句话："若得长圆如此夜，人情未必看承别！""看承别"是别样看待的意思，他多想和思念的人能够像中秋的月亮一样天天团圆、朝朝暮暮！人世间的感情未必总是聚少离多啊！

明知月亮不可能长圆，中秋节每年也只有一天，可是辛弃疾却固执地祈求着与相爱的人能够长相聚、长相守，这正是辛弃疾的痴情可爱之处。

"把从前、离恨总成欢，归时说"。爱情最怕的是心死，只要心不死，即便是分离两地，也有再相聚的希望。因此辛弃疾在面对一轮圆月感慨月圆人不圆的同时，也将别离的幽怨转化为期待再聚的迫切心情。分离的这些日子里，那么多离情别恨他都要细细收集起来，等到他们再聚的时候，他要把这些离别的愁绪全部变成再见的欢乐，一一向爱人倾诉。

这真是入骨三分的痴情与深情。按我们一般人的逻辑，分别得太久，在重逢的时候肯定要想竹筒倒豆子一样，将离情别绪向对方一一倾诉个够。可辛弃疾却别出心裁，说等到相聚的时候，他要把别离的愁绪全部转化成欢乐的情绪。这其实说明，虽然他和相爱的人还在无奈的别离之中，他却在迫不及待、一心一意向往着甚至想象着相聚的快乐了。

分离越痛苦，相聚才会越幸福吧！

中秋节在宋代是一个热闹的狂欢节，也是一个期盼亲人团聚、思念远方友人的节日，而辛弃疾的《满江红·中秋寄远》进一步为中秋节赋予了爱情与相思的内涵；"嫦娥"这个与月亮紧密相关的神仙意象，更是为爱情提供了浪漫的支点。在古典诗词中，"嫦娥"甚至含蓄地成为了爱人的代名词。辛弃疾深情地一问："问嫦娥、孤冷有愁无？"其实是对爱人深挚的关心与思念，同时也是将心比心的情感共鸣。因为我此刻的"孤冷"，所以我才能体味到你此刻的"孤冷"，因为我们俩身心是融为一体的，"换我心，为你心，始知相忆深"（顾夐《诉衷情》）啊！

令人兼有"恐惧感"和"安全感"的"词中之龙"辛弃疾，在他的妻子这里终于转化成了满腹柔情。周辉《清波杂志》还记载了这样一个小故事：辛弃疾与范夫人在上饶闲居时，有一次范夫人生病，辛弃疾很着急，赶紧求医问药，衣不解带地守候在妻子身边。医生赶来后，辛弃疾为了让医生尽心尽力，甚至指着侍立一旁的一名侍女对医生说："老妻病安，以此人为赠。"

这位侍女是吹笛子的高手，平素很得辛弃疾的喜爱，为了妻子的病体，辛弃疾不惜忍痛割爱。几天过后，妻子的病痊愈了，辛弃疾也君子一言驷马难追，将侍女赠给了医生。

以我们当代人的眼光来看，也许将侍女赠人是不尊重侍女的人格，但在宋代人眼里，将色艺双全的侍女赠给好友却是对好友极大的爱重。这件事是否真实很难确考，却可以从侧面看出，辛弃疾与范夫人伉俪情深是众所周知的事实，而辛弃疾也从来都不讳言他对妻子的深情与关爱。

世人皆知辛弃疾词如龙腾虎跃、悲壮激烈，却往往忽略了辛弃疾缠绵悱恻、柔情温婉的一面。其实一个富于才、深于情的人，其深情与才华会体现在生活的各个方面，不仅仅是爱国之情，也有细腻真挚的爱情。"但愿长圆如此夜"，这是辛弃疾发自内心的对完美爱情的执念；"把从前、离恨总成欢，归时说"，这是辛弃疾发自内心的对爱人的体贴与思念。在这个登高望月的中秋佳节，慷慨激昂的大丈夫辛弃疾，成了广寒宫中"嫦娥"的温暖知己。

生死同一个衾椁

—— 赵孟頫与管道昇

这是一个貌似俗套的爱情故事，但是就在这个看似老掉牙的故事里，隐藏着古往今来令所有才子佳人都无比艳羡的爱情典范。注意：我说的是"所有"才子佳人，既然是"所有"，那就应该是"无一例外"。之所以我敢作出这样的评价，是因为他们的爱情经历，在古代名人中堪称完美，完美到几乎无人可以超越。

然而，所有完美的故事总免不了有一点瑕疵，我甚至觉得，有时候一点无伤大雅的瑕疵，会让"完美"更接地气、更有情趣。我首先要讲的这个俗套的小故事，就发生在这段完美的爱情典范中。

这个故事的男一号是元代第一大才子赵孟頫，女一号则是元代第一大才女管道昇。

元成宗大德三年（1299）八月，赵孟頫任集贤直学士，行浙江等处儒学提举，这一年，赵孟頫四十六岁。一直到武宗至大三年（1310）九月，也就是十二年后，五十七岁的赵孟頫，才应诏离开江南赴京城大都（今北京）[1]。这十二年的时间，他主要的居所在杭州。江南是赵孟頫的家乡，秀美的山水，熟悉的风土人情，相对较为单纯的工作环境，亲切自在的朋友圈，这一切都令他感到身心放松，创作激情高涨，这应该是赵孟頫一生之中生活最为惬意的时期之一。

在这十二年中，赵孟頫的婚姻也从第十四个年头走到了第二十五

---

① 本章赵孟頫生平主要参考任道斌著《赵孟頫系年》，河南人民出版社 1984 年版。

个年头。都说婚姻的"七年之痒"是一大考验，而这已经是他婚姻的第二、第三甚至接近第四个"七年之痒"的时候了。对于赵孟頫这样名满天下的风流才子而言，日渐平淡的婚姻生活中偶尔泛起一点波澜，实在是再正常不过的事——这点小小的波澜就是：赵孟頫偶尔产生了纳妾的念头。

虽然对于那个时候的风流才子来说，纳几个小妾实在是再正常不过的小事。但赵孟頫向来特别尊重他的夫人，他觉得在纳妾之前还是有必要先知会夫人一声，于是他写了一首小曲儿，晚上的时候悄悄放在夫人的妆台上，想试探试探夫人的心意。这首小曲儿是这样写的：

> 我为学士，你做夫人。岂不闻，陶学士有桃叶、桃根，苏学士有朝云、暮云？我便多娶几个吴姬越女何过分？你年纪已（也）过四旬，只管占住玉堂春。

写完这首小曲儿，我猜想赵孟頫这时候的心情应该很矛盾：一方面他要故作镇定。因为他自认为他的要求名正言顺、理所当然，就像其他所有的男人一样。为什么说这要求是理所当然的呢？赵孟頫在这首曲词中，给出了他认为非常"充分"的理由：

"我为学士，你做夫人"，我是堂堂的翰林学士，而且托我的福，你也被封为夫人，应该算得上是夫贵妻荣了，这都是我的功劳啊！若不是我事业成功，夫人你怎么可能有如此风光的地位呢？

确实，管道昇已是贵为翰林学士夫人，后来随着赵孟頫在仕途上的一帆风顺，管道昇又于至大四年（1311）被封为吴兴郡夫人，仁宗延祐三年（1316）更是晋封为魏国夫人。赵孟頫本人则于这一年进拜翰林学士承旨、荣禄大夫、知制诰兼修国史，官居从一品，并且推恩三代，这是南人在元朝廷为官的最高职位了。

元朝将国民划为四个等级：第一等当然是蒙古人，第二等是色目人（西域各民族），第三等是汉人（主要指北方原金国统治范围内的汉族、契丹、女真等各民族），最末一等是南人，也就是南宋统治范围内的汉族人。赵孟頫以南人的身份能在元朝官至一品，足见元朝廷对他才华的特别重视与赏识。元末以前，官至一品的南人仅有两个，赵孟頫就是其中之一[①]。

　　夫妻二人如此荣显，而且又都是饱读诗书的才子才女，交往的不仅有高人雅士，更有朝廷的皇亲国戚、达官贵人，当然应该知道在这个圈子里，男人纳妾是最正常、最理所应当的事情，没有纳妾才是被人指指点点的"异类"。

　　正是基于这样的观念，赵孟頫才振振有词地继续"显摆"：不仅我们身边多的是纳妾的"榜样"，你看历史上那些著名的人物哪个不是三妻四妾呢？就比如说陶学士吧，他就左拥右抱有两个爱妾——桃叶、桃根。

　　其实，历史上的桃叶、桃根姊妹二人均是晋代著名书法家王献之的爱妾，因此后来的诗词中常以桃根、桃叶代指爱妾或情侣。赵孟頫说的"陶学士"可能是陶渊明，也可能是南朝时候的陶弘景，而桃根、桃叶只是爱妾的代名词而已。

　　苏学士当然是指赵孟頫的偶像之一苏轼了。苏轼的爱妾王朝云，被苏轼视为一生最重要的红颜知己，所谓朝云、暮云只是为了曲词的对仗而已。不过苏轼倒也的确不止朝云一个侍妾，只是在被贬惠州之后，他将除了朝云之外的其他所有侍妾都遣散了而已。

　　既然"我"的两大偶像王献之、苏轼都是妻妾成群，"我"赵孟頫无论是论官职、还是论才华，都是一时翘楚，不比他们任何人差啊！那我也像他们一样，多纳几个"吴姬越女"总不算过分吧？何况

---

　　① "据考，在元末农民起义爆发之前，南人官至一品有记载者，仅程钜夫和赵孟頫而已"。参阅赵维江著《赵孟頫与管道昇》，中华书局2004年版，第175页。

　　　　　　　　　　　华年锦瑟谁与度——杨雨讲诗歌里的爱与情

夫人你也是四十好几的人了，早已经不是当年的青春红颜，你放心，你只管做你的正室夫人，你的尊贵地位绝对没有人可以动摇，但是总可以分一点"春色"给别人吧？

在赵孟頫看来，无论是从当时交往的"朋友圈"，还是历史上的同行来看，拥有几位年轻美貌的侍妾，那真的是太顺理成章的事情了。

不过尽管赵孟頫洋洋洒洒论证了一番纳妾的必要性和必然性，但另一方面他又实在摸不准夫人会有什么反应。因为尽管他的要求和其他男人一样再正常不过，可他的夫人却远远不像其他女子一般平常，所以他的内心又是忐忑不安的。就好像一个偷了东西又良心发现去自首的"小偷"一样，他翻来覆去、辗转反侧，估计一个晚上都没睡好觉，就等着第二天接受"法官"的最终审判。

第二天一大早，赵孟頫就起床了，正在他心里打鼓似的砰砰直跳时，他的夫人也梳妆整齐，从卧室里款款走了出来。赵孟頫不敢抬眼看她，只是用眼角的余光偷偷瞟了一眼夫人的脸色。让他十分惊讶的是，夫人脸上竟看不出一丝明显的异样：既没有他担心的暴怒，也没有他想象的幽怨，而是神色如常、一如既往地吩咐家人干这干那，服侍丈夫收拾整齐，送他出门上班……

赵孟頫不知道夫人葫芦里卖的什么药，他不敢挑明，只好也装作若无其事的样子，告别夫人出门去了。

这一天赵孟頫都是魂不守舍，什么公事都无心处理，早早地下班回府。府上似乎一切都很平静，家事井井有条，反倒是赵孟頫像做贼心虚一样，一进门就溜进了书房。

不过，一进书房，他就发现了书房的变化：书桌上整整齐齐地铺着一张纸，那分明是夫人的笔墨。他的夫人书法堪称一绝，娟秀中隐隐透着飘逸，夫人的笔迹他是再熟悉不过了。

赵孟頫三步并作两步地奔到书桌前，眼光一扫，脸上的表情在瞬间发生了好几轮变化：先是惊讶，然后是羞愧，再后来是感动，最后，他的脸上泛起了笑容，从开始强忍着微笑，一直到实在忍不住捧腹大笑……

原来，让赵孟頫情绪发生如此强烈"震荡"的，正是夫人答复他的一首曲词：

> 你侬我侬，忒煞情多。情多处热似火。把一块泥，捏（捻）一个你，塑一个我。将咱两个，一齐打破，用水调和。再捏（捻）一个你，再塑一个我。我泥中有你，你泥中有我。与你生同一个衾、死同一个椁。①

现代的吴语"侬"代表"你"的意思，古代的吴语则也可称"我"为"侬"。赵孟頫是吴兴人（今属浙江湖州），管道昇是他的同乡，浙江德清县人，因此管夫人一开始就运用了夫妻双方都觉得特别亲切的方言，来表达自己的态度："我呀你呀，你呀我呀，就是感情太好太黏糊了啊！咱俩感情好的时候，热情燃烧得就像一把火一样。我和你，本来就好像是泥巴捏成的两个小泥人，将两块泥巴打碎了，用水和在一起搅匀，然后用这团和匀了的泥巴再捏成一个你、捏出一个我，再也分不清哪块泥巴是原来的你、哪块泥巴是原来的我了。我中有你，你中有我，咱俩早就融为一体，成了同一个人，早就分不出谁是你、谁是我了。我和你，活着就要盖同一床被；就是死了，也要睡在同一口棺椁里，生生死死，永不分离！"

管夫人的这首答词被称为《我侬词》或者《我侬曲》，它之所以能在一瞬间便打动丈夫，并且使丈夫在百感交集中产生一系列情绪的跌宕起伏，我想主要在于《我侬词》具备了以下五大特点：

---

① （明）蒋一葵《尧山堂外纪》。

其一，新奇的比喻。

这首曲子最重要的创意是将夫妻之间的关系用捏泥人来打比方。丈夫和妻子在相识相爱之前，本来只是两个互不相干的陌生人，可是一旦成为夫妻，便好比是用水重新调和了泥巴，将两个完全独立的个体糅合成了同一个人，再也分不清是你还是我。

完全的水乳交融，这才是最令人向往的婚姻状态。

其二，幽默的心态与强大的情绪自控能力。

管夫人真是太聪明了！她的聪明，不仅仅是用捏泥人这样新奇的比喻来象征夫妻关系，更在于她的情绪控制能力。当她刚刚得知自己深爱多年的丈夫，居然也会有"走神"的时候，我相信，就像大多数女性一样，她的内心一定也是崩溃的。但她竟然没有慌了手脚，而是在很短的时间内迅速稳定住了极度痛苦的情绪，没有鼻涕一把、泪一把地像个怨妇似的哭诉，更没有拖着丈夫大吵大闹，《我侬词》从头到尾没有流露出一丝"怨妇"专属的负面情绪。

如果说赵孟頫的原词充满着调侃甚至有些嬉皮笑脸的意味，那么管夫人《我侬词》的幽默诙谐，丝毫不逊色于她的丈夫。

其三，爱情的深度与强度。

"与你生同一个衾，死同一个椁"，这样的爱情宣言，与"执子之手，与子偕老"、与"愿得一心人，白首不相离"的爱情誓言是一致的，在爱情的强度与深度上也是相似的。管夫人没有怒斥丈夫的"变心"，她只是按照自己的想法，抒发她对丈夫誓死不二的爱情，并且坦率地表达她对夫妻一体、夫妻同心的无比珍惜。

其四，宽广的胸怀和智慧的表达。

赵孟頫的原词是试探夫人对他纳妾的态度，可是出人意料的是，作为答复，管夫人的《我侬词》竟然从头至尾都没有对丈夫纳妾的念头表示一丝一毫的意见：她既不说同意，也不说不同意。换言之，她不能说"我同意"，也不能说"我不同意"。因为从理智上看，支持丈夫纳妾天经地义，还可以博得一个贤良的名声；从感情上说，只属于两个人的爱情世界，容不下第三个人。在如此鲜明地表达了自己的爱情观之后，她把最终的决定权交还给了丈夫：我的态度就是这么个态度，至于你怎么决定，你看着办吧！

其五，追求平等的爱情观。

这首《我侬词》还显示出管夫人的爱情高度——她自始至终压根就没有提什么学士啊、夫人啊这样一些外在的身份地位，对她而言，只要夫妻始终相伴相守，那么无论是吃糠咽菜，还是锦衣玉食，她都不放在心上。在她心里，只要爱情是完整的，只要夫妻二人在精神上是独立的、是平等的，那么无论贫穷还是富贵，爱情的世界都是完美的。

相比管夫人这种追求平等、独立的爱情观，赵孟頫那种近乎炫耀似的自诩风流、自夸富贵，实在是显得太肤浅了一点。

这就难怪，当赵孟頫读完《我侬词》，既为夫人的深情而感动，又为夫人的智慧而感到羞愧。当然，夫人那种幽默与诙谐的语气，也让他在汗流浃背的惭愧过后，还为夫人的幽默与豁达忍俊不禁，乃至于拍案叫绝、痛快淋漓地大笑起来。

之前在纳妾还是不纳妾的问题上纠结了许久，现在夫人简简单单几句歌词，就让他豁然开朗，顿时感到了一身轻松地解脱。

当他好不容易止住笑，一转身，发现管夫人也笑意盈盈地倚在门口。四十多岁的女人，容颜早已不复当年的青春貌美，但她眼睛里流露出来的善解人意，让赵孟頫再一次觉得：妻子才真是天下最美的女人。当两人的眼神再次交汇的时候，没有埋怨，没有怒气，没有痛苦，也不需要任何解释，只有彼此的了解与深爱。几乎就在同一瞬间，夫妻俩的脸上都绽放了笑容，笑容里充满了如释重负的宽容与理解。

经过这一番曲词的唱和，赵孟頫纳妾的念头当然是彻底打消了，而且在这段小插曲过后，夫妻间的爱情还升华到了更高的境界。

相比其他婚姻美满的古代名人夫妻而言，赵孟頫与管道昇显然更令人羡慕。其实丈夫想纳妾这样的事儿，在古代是屡见不鲜的。如汉代才女卓文君，也遭遇过丈夫司马相如想要纳妾的婚姻危机。当年的卓文君，作为全国首富的千金，因为爱慕司马相如的才华，毅然决然跟随司马相如过着家徒四壁的生活，历尽千辛万苦，患难与共，在她的帮助下，司马相如才终于摆脱贫穷，后来又得到汉武帝的赏识，跻身于上流社会。可是，生活才刚刚富裕起来，司马相如就开始有些心猿意马，想要纳一个年轻貌美的女子为妾了。

传说伤心的卓文君也像管夫人一样，写了一首诗向丈夫表明态度，这就是《白头吟》：

> 皑如山上雪，皎若云间月。
> 闻君有两意，故来相决绝。
> 今日斗酒会，明旦沟水头。
> 躞蹀御沟上，沟水东西流。
> 凄凄复凄凄，嫁娶不须啼。
> 愿得一心人，白首不相离。
> 竹竿何袅袅，鱼尾何簁簁。
> 男儿重意气，何用钱刀为？

同样是表达对爱情忠贞的态度，相比管夫人《我侬词》的幽默诙谐，卓文君的《白头吟》则显得斩钉截铁。"闻君有两意，故来相决绝"，这是一种绝不能让爱情苟且的悲壮；"皑如山上雪，皎若云间月"，这是最纯洁清澈的爱情理想；"愿得一心人，白首不相离"，这是追求爱情永恒的勇敢执着。卓文君这种坚决的态度和深挚的情意，终于挽回了丈夫游离的心。

宋代才女李清照和赵明诚的婚姻，在世人眼中也堪称是完美夫妻的典范，但李清照的内心却仍然徘徊着丈夫纳妾之后的幽怨。李清照面临的情况可能比卓文君和管道昇更为复杂：因为她与赵明诚结婚多年没有生下一儿半女，在当时的伦理环境下，她似乎没有勇气像卓文君和管道昇那样，勇敢地阻止丈夫纳妾。她只能默默咽下泪水，独自咀嚼被丈夫冷落之后的痛苦，她的不少词句都流露出这种忧郁，吟唱出"惟有楼前流水，应念我、终日凝眸。凝眸处，从今又添，一段新愁"的淡淡忧伤，却并没有那分坚守爱情唯一性的勇敢和决绝。

管道昇的《我侬词》，既不像卓文君那样怀着一种悲壮的决绝，也不像李清照那样只能无奈地哀叹，她凭借自己的幽默与豁达，轻轻松松点醒了一时昏聩的丈夫，将完全有可能造成的婚姻悲剧，瞬间妙手逆袭为婚姻中充满情趣的小插曲，创造了皆大欢喜的喜剧结局。

当然，也许人们还有疑问，难道凭这么一首简单的歌词，就能化解婚姻遭遇的种种危机吗？这也太戏剧化了吧？

当然不是。说到底，《我侬词》代表的只是赵、管婚姻中的一个小插曲而已，真正化解他们婚姻危机的，并不只是一首曲词，而是他们长期以来奠定的深厚的爱情根基。那么，赵孟頫和管道昇的婚姻基础到底是什么呢？我想，从这么几个方面来简单梳理一下他们的爱情经历。

首先，"再捏（捻）一个你，再塑一个我"的美满姻缘。

赵孟頫是正宗的皇族后裔，他是宋太祖赵匡胤的十一世皇孙。南宋的时候，宋孝宗在湖州选择了一块美丽富饶的地方赐给他的同胞哥哥崇宪靖王赵伯圭，赵氏皇族的这一支就在这里生息繁衍了下来。

赵伯圭正是赵孟頫的四世祖。因为这层显赫的皇亲关系，赵氏家族世代在朝廷任高官。南宋理宗宝祐二年（1254），赵孟頫就诞生在这个钟鸣鼎食的家庭中。天生的贵族气韵，家乡吴兴如画一般优美的自然风光，陶冶着赵孟頫的性情。而赵氏皇族除了君临天下的帝王气质之外，还有一个与众不同的特点：几乎历代皇帝都有着极为高超的艺术修养：北宋时宋徽宗赵佶就是一个文艺全才，还独创了书法史上极有个性的"瘦金体"；南宋第一个皇帝宋高宗赵构的书法也独具一格，号称"思陵体"。先祖们的艺术成就，成为了赵孟頫学习的榜样；先祖们营造的浓郁艺术氛围，孕育了赵孟頫与生俱来的艺术气质，也为他成长为一代文艺全才奠定了基础。

赵孟頫没有辜负他如此高贵的血统和聪颖的天赋，幼年丧父的他，在母亲的鞭策下，从小就昼夜苦读，从不懈怠。成年后的赵孟頫，身兼画家、书法家、篆刻家、音乐家和诗人、学者等等各种身份于一身，而且在各个领域都堪称一代领袖，尤其他的书法和绘画作品价值连城，是收藏家们趋之若鹜的宝贝。

遗憾的是，赵孟頫的青少年时期正值南宋末世，他的满腹才华无法在南宋朝廷施展。南宋灭亡之后，赵孟頫一直隐居在家乡，以诗书自娱，成为著名的"吴兴八俊"之一。才名远播的他，又有赵宋皇孙的身份，自然成为了元朝廷屡次征召的重点对象。然而他一直推辞不受，直到元世祖忽必烈多次专程派人礼聘他出山，至元二十三年（1286）十二月，三十三岁的赵孟頫才终于启程赴京。第二年六月出任奉训大夫、兵部郎中，总管全国驿置费用事宜，从此开始了他在元朝的仕宦生涯。

在元朝为官的时候，历代皇帝都对赵孟頫的才华赏识有加。元世祖忽必烈一见赵孟頫，就为他的"才气英迈，神采焕发"所倾倒，觉得他的仪表风度简直如同"神仙中人"。而赵孟頫草写的诏书也深得忽必烈的赞赏，他高兴地说："得朕心之所欲言者矣。"（《元史·赵孟頫传》）

后来的元仁宗孛儿只斤·爱育黎拔力八达更是对赵孟頫圣眷优

渥，与赵孟頫交谈只称呼他的字"子昂"，从不直呼其名，可见对他的尊重。元仁宗甚至还晓谕众大臣说："文学之士，世所难得，如唐李太白、宋苏子瞻，姓名彰彰然常在人耳目。今朕有赵子昂，与古人何异？"

元仁宗将赵孟頫比作是唐代的李白、宋代的苏轼，实在是对当朝文学之士的最高评价了。可以毫不夸张地说，赵孟頫堪称元代的第一才子，引领着有元一代之文艺风流。

管夫人的家族也并非默默无闻之辈。管道昇字仲姬，她的先祖是春秋时期著名的齐国贤相管仲，因为避难从齐国迁到了吴兴，因此管道昇出生的地方被命名为"栖贤"。管道昇的父亲管伸，生性倜傥不羁，以豪侠仗义、真诚慷慨闻名乡里，常常助人于危难之中，深受同乡人的尊重和爱戴，被尊称为"管公"。管伸没有儿子，可他对几个女儿的培养同样不遗余力，尤其是次女管道昇天性颖慧，"聪明过人"，能诗能画，最擅长画墨竹，"笔意清绝"（杨载《赵公行状》）。赵孟頫也曾经这样评价管夫人："天姿开朗，德言容功，靡一不备；翰墨辞章，不学而能。"（《魏国夫人管氏墓志铭》）管道昇才貌双全，诗、书、画无一不精，尤其得到父亲管伸的钟爱。而且管公早早放出话来："我的女儿是我的掌上明珠，必欲得'佳婿'，才肯把她嫁出去。"

就是这样两位驰名吴兴的才子、才女，可都因为眼光挑剔，一个迟迟不娶，一个迟迟未嫁，他们都在执着地等待，等待最适合自己的那个人出现。这一等，就等到了赵孟頫的而立之年。赵孟頫的才名对于深闺之中的管道昇早已是如雷贯耳，而管道昇的闺名也早已让赵孟頫倾心向往。"身无彩凤双飞翼，心有灵犀一点通"，他们之间，需要的只是捅破这层窗户纸的一个契机而已。

在爱情最为关键的转弯处，这个契机出现了——管道昇的父亲管伸充当了一回爱情的鹊桥，也许是他洞察了爱女的情思，也许是与赵孟頫的交往令他对这位大才子十分满意，总之，慧眼识珠的管公与赵孟頫一见如故，交往频繁，他一眼看出赵孟頫虽然是典型的高富帅，却并非那种浅薄的花花公子之流，无论是才华、气度还是人品，都绝非久居人下之辈，值得女儿托付终身。

于是，在管伸的首肯之下，而立之年的赵孟頫终于如愿以偿。最迟在至元二十三年（1286）赵孟頫赴京入仕前，赵孟頫将吴兴最有名的才女娶回了家中，从此开始了琴瑟相谐的婚姻生活。

这一段姻缘就像管夫人《我侬词》里描述的那样："把一块泥，捏（捻）一个你，塑一个我。将咱两个，一齐打破，用水调和。再捏（捻）一个你，再塑一个我。"

说白了，婚姻就是将"你"和"我"一齐打破，再用水调和，再捏一个你，再塑一个我的过程。

其次，"我泥中有你，你泥中有我"——婚姻生活中的夫唱妇随。

管道昇和赵孟頫都是一流的画家、书法家和诗人。在此，我不打算对他们的书法、绘画成就做任何评价，只回答一个问题，他们夫妻怎么能做到在艺术创作和日常生活中"我泥中有你，你泥中有我"呢？

管夫人的书画技巧达到了几乎可以和丈夫赵孟頫乱真的境界。在日常的艺术切磋中，夫妻俩为对方代笔、合作完成同一件艺术作品是经常发生的事儿，或者彼此为对方的书法、绘画作品题诗作序等更是家常便饭。略举几个例子：

元成宗大德三年（1299）十月三十一日，赵孟頫代管夫人作《墨竹长卷》，并行书《修竹赋》于画卷之上。《壮陶阁书画录》卷7《元管夫人墨竹长卷》载："前行书《竹赋》，后墨竹十余丛，悉松雪代笔。"卷后题："大德三年十月晦日写，道昇。"（赵孟頫号松雪道人）

大德八年（1304）四月十五日，管夫人为赵孟頫《鸥波亭图》写竹，夫妻合作完成《鸥波亭图》轴。

元仁宗皇庆二年（1313）春，赵孟頫与管夫人合作完成《枫林抚琴图》。管夫人墨画补新篁坡石，落款"仲姬"。赵孟頫又题诗一首："南望多春雨，江湖日夜深。不知空谷底，难与共芳心。玉节去翩翩，难招海上仙。青鸾三尺影，犹舞镜台前。"落款"子昂重题"。

……

这样的例子举不胜举。与赵孟頫从小勤学苦练略有不同的是，管夫人天资聪颖，无论学什么都是一点即通，连赵孟頫都不得不承认，夫人"不学诗而能诗，不学画而能画，得于天然者也"（《书渔夫词并题》）。这当然不是说管夫人不勤奋、不刻苦，而是说她的艺术作品更多了一种女性直觉的天然情韵，而且在长期与丈夫的相伴相守中，赵孟頫的艺术技巧对夫人的影响也日益加深，正如同管夫人自述所云："操弄笔墨，固非女工，然而天性好之，自不能已。窃见吾松雪，精此墨竹，为日既久，亦颇会意。"她说自己经常悄悄地看丈夫画墨竹，然后用心揣摩，甚至反复临摹，久而久之，自然也能将墨竹画得清雅飘逸，与丈夫作品的气韵颇为神似。

就连元仁宗都专门下旨令秘书监珍藏管夫人、赵孟頫及其子赵雍的书法作品，并且感叹道："使后世知我朝有一家夫妇父子皆善书，亦奇事也！"这就是将赵氏夫妇一家视为元朝书法界最高水准的代表了。而赵孟頫在京为官期间，管夫人也成为了后宫皇太后、皇后的座上客，经常被皇太后留在宫中赐宴，为后宫女子谈诗论画，获得赏赐无数。

大德二年（1298）九月十五日，管道昇完成了一幅《梅竹卷》，赵孟頫叹赏不已，一时兴之所至，提笔便在画卷上楷书了一首七律："握笔知伊夺化工，消闲游戏墨池中。寒梅缀雪香生月，疏竹凝烟叶倚风。小径幽然临石砌，斜蹊清雅护苔封。炉香袅袅茶烟好，逸兴飘然岂俗同？"对妻子的画艺进行了高度评价：笔夺化工，哪怕只是消闲游戏之作，却"落笔秀媚，超轶绝尘"，显示出妻子飘逸秀丽、清雅脱俗的情趣。他还夸这幅梅竹图"深得暗香、疏影之致",这既是对管夫人画艺的高度评价,又何尝不是他对妻子品性气质的深刻了解?

不仅赵孟頫的诗画技艺潜移默化地影响着妻子,管夫人为人处世的态度也无时无地不在影响着丈夫。管夫人生性温和善良,还是一个虔诚的佛教徒。在她的影响下,赵孟頫也结下了深厚的佛缘,夫妻俩结交了不少僧人朋友,其中高僧中峰明本更被他们夫妇视为精神上的导师和终生信赖的朋友。书写佛经,在艺术作品中蕴含幽深高蹈的禅意,也成为夫妻二人共同的艺术追求。

尤其值得一提的是,极具艺术气质的管夫人并非不食人间烟火的富家女子,在艺术界,她是顶尖级的才女,在家里,却是丈夫最依赖的贤内助。赵孟頫是一个艺术家,对琐碎的家务事难免感到生疏和不耐烦,因此在他们的婚姻中,"家务一委之夫人",赵孟頫则"毫发不以为虑,专意于诗书"(《行状》)。正是管夫人的贤惠能干,为赵孟頫提供了一方悠游自在的艺术家天地。赵孟頫曾经发自内心地感慨:夫人"处家事,内外整然。岁时奉祖先祭祀,非有疾必齐明盛服,躬致其严。夫族有失身于人者,必赎出之;遇人有不足,必周给之,无所吝。至于待宾客、应世事,无不中礼合度。心信佛法,手书《金刚经》至数十卷,以施名山名僧"(《魏国夫人管氏墓志铭》)。管夫人为人处世的严谨整肃、善良侠义,让丈夫在敬佩的同时,更添依恋之情。

赵孟頫与管道昇,无疑是当朝最令人艳羡的神仙眷侣。这种在日常生活与艺术追求上的高度一致,"你中有我,我中有你"的水乳交融,古往今来,又有几对夫妻能够做得到,并且一坚持就是整整三十年呢?

最后,"生同一个衾,死同一个椁"的生死相随。

相伴相随三十余年,无论赵孟頫是在朝为官,或是外放为地方官，又或是隐居在家乡，他与管夫人绝大多数的时间都是朝朝暮暮长相厮守的，很少有特别漫长的分离。

至元二十三年（1286）冬，婚后不久的赵孟頫告别爱妻幼子，离开家乡应诏赴京，这应该是夫妻间一次较长时间的离别。虽然期间赵孟頫曾两次回乡探亲，但对于如胶似漆的恩爱夫妻而言，一日不见如隔三秋，何况是三年的天各一方呢！至元二十五年（1288），管道昇绘制了一幅《云山千里图》，画尾题上了"云山万里，寸心千里，仲姬写寄子昂赐正"。画面上"云树苍茫，烟柳暮霭。怀人远思，婉露笔端"（少唐居士跋，见《岳雪楼书画录》卷 3《元管仲姬〈云山千里图〉卷》），新婚夫妻之间的缠绵旖旎之思溢于笔端。

千里之外的赵孟頫也深深沉浸在对妻、儿的思念之中，"思与君别来，几见芙蓉花。盈盈隔秋水，若在天一涯"。赵孟頫的这首《有所思》，既满怀身世经历的感触，更包含着对管夫人的相思之情。

只是赵孟頫初到京城，自己的生活还没有安顿下来，而且元朝官员的俸禄很低，入仕之初，这位出身贵胄的皇孙居然一时之间身陷贫苦的困境。北方的寒冷气候，也让这位江南才子难以忍受。直到至元二十六年（1289），元世祖忽必烈得知了赵孟頫的家庭状况，特别赏赐给他中统钞五十锭，相当于他三十五个月的俸禄。有了这样一大笔钱，赵孟頫才终于有了足够的经济实力，他亲自回到家乡，将夫人从千里之外的家乡接到了京城。经过了两年多的分离、几百个日日夜夜的孤独，在至元二十六年的春天，这对饱受相思之苦的恩爱夫妻终于团圆了。

更加难能可贵的是，虽然赵孟頫历仕元朝的世祖、成宗、武宗、仁宗、英宗五朝，以最低等的南人身份获得一品高官，堪称功名富贵的极致，可是无论是赵孟頫本人，还是夫人管道昇，始终没有将荣华富贵当成毕生所求。反而是在他们事业最为鼎盛的时期，管夫人再一次巧妙地提醒丈夫：功名富贵不过是身外之物，如浮云般来无影去无踪，实在不值得我们留恋。

　　尤其是到了晚年，赵孟頫的名气与身价如日中天，不仅圣眷优渥，字画作品更是让天下人趋之若鹜，求书索画的人从早到晚络绎不绝，甚至他们家门口的街巷经常被来来往往的车马堵得水泄不通的地步。巨大的财富与无上的荣耀，没有让赵孟頫和管夫人丧失清醒的意识，越是烈火烹油，他们却越是厌倦这种迎来送往的生活状态。

　　皇庆二年（1313）十二月十八日，赵孟頫写下两首《渔父词》与管夫人唱和，再一次抒发了对归隐江南的向往之情：

　　　　侬往东吴镇泽州，烟波日日钓鱼舟。山似翠，酒如油，醉眼看山百自由。

　　　　渺渺烟波一叶舟，西风木落五湖秋。盟鸥鹭，傲王侯，管甚鲈鱼不上钩？

而激发赵孟頫强烈思归愿望的直接原因，正是管夫人绘《渔父图》并题写的四首《渔父词》：

　　　　遥想山堂数树梅，凌寒玉蕊发南枝。山月照，晓风吹，只为清香苦欲归。

　　　　南望吴兴路四千，几时回去雪溪边。名与利，付之天，笑把鱼竿上画船。

　　　　身在燕山近帝居，归心日夜忆东吴。斟美酒，脍新鱼，除却清闲总不如。

　　　　人生贵极是王侯，浮利浮名不自由。争得似，一扁舟，弄月吟风归去休？

这四首《渔父词》的主旨，都是在描绘家乡吴兴清新秀逸的自然风光、悠闲自在的隐居生活，含蓄地劝告丈夫不要贪恋浮名浮利、荣华富贵，不如将身心沉浸在自然山水之中，追求艺术境界的极致，这才是他们真正应该向往的生活。

显然，管夫人是深深了解丈夫性情的，赵孟頫的和词正是呼应了夫人告别繁华、归隐江湖的期待，也是"我泥中有你，你泥中有我"爱情理想在现实生活中的完美实现。

元仁宗延祐五年（1318）冬，管夫人脚疾再度发作，虽然元仁宗派遣了最好的太医一批又一批轮番到赵府诊治，可是病势缠绵，总没有好转的迹象。夫人病重，赵孟頫心急如焚，他屡屡上书，希望能够满足夫人的愿望，护送夫人回归故里。延祐六年（1319）四月二十五日，六十六岁的赵孟頫终于得到元仁宗的许可，护送染疾的管夫人离京回乡。

然而，管夫人衰病的身体再也无法坚持数千里的长途跋涉了，五月十日，官船行经山东临清，管夫人溘然病逝。

三十年的相濡以沫，三十年的书画酬答，三十年的千里相随，一朝逝去，在无尽的伤痛与绝望中，赵孟頫只能求助于和妻子共同的心灵导师——高僧中峰明本。他写了无数封书信给中峰和尚，倾诉他痛不欲生的情感：

> 弟子……得旨南还，何图病妻道卒！哀痛之极，不如无生！
>
> 孟頫自老妻之亡，伤悼痛切，如在醉梦……盖是生生得老妻之助整卅年，一旦哭之，岂特失左右手而已耶！哀痛之极，如何可言！
>
> 孟頫与老妻，不知前世作何因缘，今世遂成三十年夫妇？又不知因缘如何差别，遂先弃而去，使孟頫惘然无所依？今即将半载，痛犹未定。

妻子病逝之后，虽然赵孟頫不得不强撑着料理妻子的后事，但他的心情已经跌入谷底，日夜以泪洗面直至两眼昏暗、身形憔悴，连走路都很艰难，身体状况急转直下。在对妻子无尽的思念之中，赵孟頫也走完了他人生的最后三年。

元英宗至治二年（1322），六十九岁的赵孟頫在吴兴家乡去世。遵照他的遗嘱，九月十日，他与夫人管道昇合葬于管夫人的家乡德清县千秋乡东衡山，夫妻永远相随于另一个温暖的世界。

赵孟頫与夫人管道昇，用三十年相濡以沫的爱情与婚姻，树立了爱情最完美的典范。

你侬我侬，忒煞情多。情多处热似火。把一块泥，捏（捻）一个你，塑一个我。将咱两个，一齐打破，用水调和。再捏（捻）一个你，再塑一个我。我泥中有你，你泥中有我。与你生同一个衾、死同一个椁。

什么是最智慧的爱情态度？在相爱之前，我是我，你是你，我们是平等而独立的两个个体；在我们相爱之后，我既是我，同时也是你，我们是彼此难以分隔的一个整体。

什么是最圆满的爱情理想？你侬我侬，"我泥中有你，你泥中有我"，在婚姻中完成"将咱两个，一齐打破，用水调和。再捏（捻）一个你，再塑一个我"的蜕变，实现"我泥中有你，你泥中有我"的心心相印。管夫人和赵孟頫用了一生的时间去重塑各自的生命，甘愿为彼此而改变自己，将彼此融合成你中有我、我中有你的同一个人。

什么是最坚贞的爱情誓言？"与你生同一个衾、死同一个椁"。当夫妻俩最终合葬于管夫人的家乡后，他们的身体真的化为了同一抔泥土。管夫人托付一生的丈夫，也用生死相随的爱情回报了她。他们用三十多年的婚姻，诠释了爱情的完美。

九年情缘一世忆

——冒辟疆与董小宛

明思宗崇祯十五年（1642），明王朝正处于岌岌可危的悬崖边缘，内忧外患集中爆发，国家面临灭顶之灾。这一年，离1644年清兵入关，只剩下最后两年；而在国内，李自成起义已经有十多年，两年后，也就是1644年，李自成攻进北京，崇祯皇帝自杀，明朝灭亡。

这是典型的末代乱世，大半个中国陷入硝烟滚滚的战火当中，生死乱离是这个时代最常见的景象。然而就在这样的乱世当中，有一个特别的地方，有一群特别的女性，用她们特殊的命运，谱写着一曲曲动人心魄的爱情悲歌。

这个特别的地方就是南京，这一群特别的女性被称为"秦淮八艳"，也叫"金陵八艳"，她们中的每一个人几乎都是集绝世才貌于一身，每一个人都追求着乱世当中、最难得到的爱情。像柳如是和钱谦益、李香君和侯方域、顾横波和龚鼎孳……她们每一个人的爱情经历，都是一部跌宕起伏的坎坷传奇。在秦淮八艳中，最温柔、最痴情、最贤惠、性格最恬淡的可能就是董小宛了，她的爱情故事，在秦淮八艳中也最旖旎动人。

董小宛，名白，字小宛，又字青莲。虽然不幸沦落风尘，却成为了明代末年艳冠群芳、才华绝俗的江南名媛。她取字青莲就是因为仰慕大诗人李白（李白号青莲居士），由此也可见董小宛的心性清高、气质脱俗。

崇祯十五年（1642）八月，董小宛坐船从苏州前往南京，半路上遇到一群无恶不作的强盗，董小宛只能藏到芦苇丛里，三天水米未进。明知路上不太平，董小宛仍然一意孤行要赶去南京的目的只有一个，她相许终身的情郎正在南京的贡院赶考。好不容易到了南京，考试还没结束，因为害怕打扰恋人的考试情绪，她又在船上等了两天才进城。

董小宛冒死也要去南京相会的恋人，就是明末大才子冒襄，字辟疆，号巢民。明神宗万历三十九年（1611）出生。冒氏家族为江苏如皋名门，世代官宦，是当地的豪门望族。冒辟疆与桐城方以智、宜兴陈贞慧、商丘侯方域，并列复社"四公子"。明代灭亡之后，冒辟疆坚守遗民气节，始终不肯入仕清朝。

崇祯十五年，冒辟疆三十二岁，这已经是他第五次到南京参加乡试。虽然他是公认的大名士、大才子，可是在考场上总是运气不好，六次乡试却六次落第。

从南京考完试出来，冒辟疆又因为要追赶他父亲冒起宗的船，匆匆离开南京，去了銮江（今江苏仪征、镇江一带）。董小宛得知消息之后，丝毫没有犹豫，再次雇船去追随冒辟疆，可是船行到燕子矶的时候又碰到大风暴，差点遭遇沉船的危险。

兵荒马乱、出生入死、坎坷多舛的命运，风波迭起的爱情道路，让董小宛写下了这样的诗句，来表白她此生无怨无悔的爱情追求：

　　　　事急投君险遭凶，此生难期与君逢。
　　　　肠虽已断情未断，生不相从死相从。
　　　　红颜自古嗟薄命，青史谁人鉴曲衷？
　　　　拼得一命酬知己，追伍波臣作鬼雄。(《与冒辟疆》)

这首诗几乎可以说就是董小宛对冒辟疆表白她爱情的宣言，这份宣言当中，包含着董小宛爱情态度的三个层次：

第一层态度，烽火乱世，生命固然重要，爱情却更值得追求。"事急投君险遭凶，此生难期与君逢。肠虽已断情未断，生不相从死相从"。她明明知道这一路追来，随时会遭遇到生命危险，天灾人祸，无论是什么危险，都是一个弱女子很难挺过去的。她甚至在每一次出发之前都已经做好了最坏的心理准备，"此生难期与君逢"，这一去，恐怕连爱人的面都没见着，就已经命丧黄泉了。可即便是这样，她宁可冒着付出生命的代价，也要和她相爱的人厮守在一起，"生不相从死相从"。

第二层态度，坚信她爱的人就是她在这个世界上唯一的知音。自古红颜多薄命，乱世红颜就更加命运悲惨，在人人自危的年代，谁又会去真正怜惜一个沦落风尘的薄命女子呢？"青史谁人鉴曲衷"？董小宛却偏偏要"逆流而行"，在乱世当中去追求她的知音，她坚信在这个世界上，总有一个人，能够听懂她，能够明白她所有的苦心和爱情。

第三层态度，为了知音相惜的爱情，她可以付出一切，包括生命。"拼得一命酬知己，追伍波臣作鬼雄"，波臣指的是水族，古人设想水中水族里也有君臣，所以臣隶被称为"波臣"，后来就成为溺水而死之人的代称了。小宛用这两句诗是想表明：如果为了她爱的人，必须要付出生命的代价，她也毫不怯懦、毫不退缩，即使是死了，也是鬼神里的英雄豪杰。最后一句诗显然是化用了李清照的"生当作人杰，死亦为鬼雄"诗句，只不过李清照的诗反映的主要是爱国情怀，而董小宛又将爱国情怀和个人的爱情融合在了一起。

拼得一命酬知己，对董小宛来说，她和冒辟疆之间，是一分过命的爱情。它和一般小儿女要死要活的爱情不一样，更不是那种动不动就以死相逼的狭隘感情。美丽多情的董小宛，在那个愁云惨淡的末代乱世，是用生命演绎了一曲最动人的爱情绝唱。

"拼得一命酬知己"！那么，董小宛是怎样用自己的生命，去赢得一分生死相许的爱情的呢？我想用三句话来勾勒董小宛和冒辟疆的爱情轨迹：相爱过程的一波三折、浪漫与苦难并存的婚姻生活，荡气回肠的悼亡遗响。

我们先来看看董小宛和冒辟疆相识相爱的过程，那真的是一波三折、好事多磨。

董小宛生于明熹宗天启四年（1624），虽然在她还只有十一二岁的时候就已经艳冠秦淮，但她的内心对迎来送往的风尘生活充满了反感，秦淮河的香艳奢靡更是让她心生厌倦。明思宗崇祯九年（1636），她搬迁到了苏州半塘，在靠近虎丘山的地方，过起了"竹篱茅舍自甘心"的清淡生活。

风流才子冒辟疆无数次听到朋友交口称赞董小宛，说她"才色为一时之冠"。可是冒辟疆多次慕名去拜访，却始终没有见到她。崇祯十二年（1639），冒辟疆乡试落第后曾到苏州散心，再次寻访小宛，不巧小宛又去了太湖边的洞庭山。直到冒辟疆要离开苏州之前，他抱着最后一线希望再次来到董家，连小宛的母亲陈氏都觉得过意不去了，她对冒辟疆说：先生已经来过这么多次了，每次小宛都恰巧不在家。今天小宛倒是没有出去，可是她喝了点儿酒还有点薄醉未醒呢。

说完，陈氏去扶了小宛出来，就在曲栏花径上与冒辟疆远远地见了一面。多年之后，当冒辟疆回忆起这一天，他用了十六个字来形容第一眼见到小宛时的感受："面晕浅春，缬眼流视，香姿玉色，神韵天然。"面颊泛着淡淡的绯红，眼波流转间仿佛蕴含着无限慵懒又无比娇媚的万种风情，真是国色天香、神韵天然。只是因为薄醉未消，小宛又一贯是一个不愿意逢迎的人，两个人竟然连一句话都没说上。冒辟疆只好怏怏地告辞而去。

有时候，命运的转折竟然就在不经意的那一眼之间。

没有想到，这惊鸿一瞥，竟然从此改写了冒辟疆和董小宛的命运。董小宛如出水芙蓉般清丽绝俗的模样，镌刻在了冒辟疆的脑海里；但还在微醺当中的小宛，却对冒辟疆没有一点儿印象。

那一年，小宛十六岁，冒辟疆二十九岁。这对才子佳人的故事，一开始就打破了最俗套的模式，进入了最传奇的转弯。

因为接下来，冒辟疆和小宛竟然整整三年没有见面。三年都没有再见面的原因，除了乱世奔波之外，最重要的原因竟然是在这三年当中，冒辟疆和秦淮八艳中的另一位绝色美女陈圆圆双双堕入了爱河。

冒辟疆与陈圆圆不仅一见钟情，并且很快定下了婚约。可是等冒辟疆安顿好家事，再匆匆赶到苏州，准备迎娶圆圆的时候，陈圆圆已经被朝廷派来江南采买佳丽的皇亲国戚强行抢到北京去了。

陈圆圆也是明末清初最富传奇色彩的女子之一。传说为了她，连吴三桂都丧失了理智，"恸哭六军俱缟素，冲冠一怒为红颜"。吴伟业的《圆圆曲》甚至还说，吴三桂就是因为要夺回陈圆圆，才投降了清兵，引清兵入关，赶走了李自成的起义军，攻占了北京城。

失去陈圆圆，对冒辟疆无疑是一个巨大的打击。崇祯十五年（1642），当冒辟疆泛舟半塘、徘徊在低迷痛苦的情绪之中，他的船偶然漂过半塘的桐桥，不经意一抬头，他看到岸边有一幢别致的小楼颇为雅洁，于是他随口一问："这是谁住的地方啊？"同行的朋友告诉他："这就是董小宛住的地方啊！"

董小宛，这个名字在冒辟疆的脑子里灵光一现，三年前的那次惊鸿一瞥，忽然又异常清晰地回到了他眼前。虽然只隔了三年，但这三年不仅世事巨变，冒辟疆个人的爱情也经历了一番沧海桑田。朋友很了解冒辟疆遭遇的爱情波折，又及时地补充了几句："董小宛的母亲去世不久，她的心情一直不好。再加上前一段时间朝廷在这边采买女子的时候，董小宛也受到了惊吓，只能躲在这里闭门谢客，听说已经病得起不了床了。"

朋友的这一番话更让冒辟疆对小宛心生怜惜，毕竟陈圆圆的得而复失，让他对朝廷强买江南佳丽的事情还心有余悸。小宛也是一个无依无靠的弱女子，经过了那样一番骚扰逼迫，还不知怎么样了呢。如今命运又奇妙地把他送到了小宛的家门口，他又怎么能过门而不入呢？

于是，冒辟疆吩咐停船，上岸去敲小宛的家门。敲了很久才有人开了门，只见小楼里灯火昏暗，桌上、床上堆满了药和药罐子，一股浓郁的药味飘散在整栋楼里。小宛靠在床上没有起身，但隔着帷帐也能感觉到她气若游丝。只听得小宛虚弱地问了一句："不知来客是哪位贵人？"

冒辟疆赶紧施礼回答："在下冒襄，三年前曾与娘子一晤。"

小宛又沉默了一会儿，只听得帷帐里传来低低的啜泣声，夹杂着小宛时断时续的说话声："原来是冒公子，当日一见，我母亲盛赞公子人才奇秀，因为没能和公子交谈，母亲还为我感到可惜呢。三年了，母亲刚刚去世，现在看到公子，母亲的话就好像还在我耳边一样……"

一边说着，小宛一边勉强支撑起身，揭开帷帐，细细打量了一番冒辟疆——那时，冒辟疆早已是名震江南的著名才子，董小宛当然不可能没有听说过他的大名。他不仅才华盖世，还是一个出类拔萃的大帅哥，钱谦益夸他是"淮海维扬一俊人"，有人直接赞美他是"美少年"，甚至还有人说："凡是见过冒辟疆的女子，都为他所倾倒。甚至还有无数女子宣称，宁可放弃做贵人妻子的机会，也甘愿去做冒辟疆的一个小妾。"

这样一位潇洒俊美、才情绝俗的名门公子，当他玉树临风地站在小宛眼前的时候，即便是昏暗的灯光，也遮不住他浑身上下散发出来的魅力。

如果说三年前的第一面，是小宛的绝世容颜让冒辟疆念念不忘；那么三年后的第二次见面，是冒辟疆的绝世风采让小宛情难自已了。

一见惊艳，再见倾心，命运在这里为董小宛和冒辟疆安排了第二次奇迹般的转弯。

冒辟疆的不期而至，就像是一剂起死回生的奇药，让重病垂危的小宛瞬间爆发了活下去的勇气。本来冒辟疆只是想安慰小宛几句，看她病体虚弱，就准备早一点告辞，可是小宛哀哀可怜地牵着冒辟疆的衣袖，再三挽留他。小宛对他说："这些日子以来，我十天有八天是惊魂不安、寝食俱废的，昏昏沉沉了这么久，没想到一看到公子，竟然立刻就觉得神清气爽了。"她一边挽留冒辟疆，一边让家人去准备酒菜。只是因为冒辟疆当时还有要事在身，不能逗留太久，只好一狠心，和小宛告别而去，还和小宛约定事情办完之后，一定再来看她。

第二天一大早，冒辟疆准备发船离开，朋友劝他信守承诺，临行之前还是应该去和小宛告个别，于是冒辟疆再次来到小宛家。这一回，小宛的举动，大大出乎冒辟疆的意料——快到小宛楼下的时候，冒辟疆远远看到小宛已经盛装打扮，正在倚栏而望，和昨晚那个病恹恹的样子判若两人。

小宛一看到冒辟疆的船靠岸，立即一路小跑着过来上了船。冒辟疆完全没有心理准备，他再三向小宛解释说，他还有紧要的家事，必须尽快赶回去，实在没有时间陪她。

没想到，小宛坚决地说："我的行李都已经收拾好了，我一定要送公子一程。"

看着小宛那柔弱却又坚定的神色，冒辟疆真是左右为难：带上她吧，兵荒马乱的旅途实在是很不方便；拒绝她吧，又实在是不忍伤害她的一颗赤诚之心。就在这左右为难之间，船走了二十七天，冒辟疆劝小宛回去劝了二十七次，小宛却始终不为所动。

船到金山的那一天，小宛陪着冒辟疆登上了金山。

　　在滚滚长江前，小宛立誓说："我此身就如同这江水东下，跟定公子了，绝不再回苏州去。"

　　"肠虽已断情未断，生不相从死相从"，冒辟疆这才真正明白小宛以身相许的决心，他在感动之余也意识到这件事的难度，他的第一反应是必须严词拒绝，不能给小宛一丝幻想的余地。于是，他对小宛说：家里还有一大摊子事儿等着要处理，父亲在官场上的前途吉凶难料，老母亲远在家乡好久没去看望陪伴了，况且，科场考试又迫在眉睫……这个时候，他哪里有心思和小宛谈婚论嫁呢！

　　于是冒辟疆尝试着和小宛商量，请她先回苏州，等自己处理完手头的急事，去南京赴试的时候，再去苏州先接了小宛一同到南京去，考试结果无论是中还是不中，那时再商量结婚的事情。

　　小宛虽然下定了决心绝不离开冒辟疆，但她毕竟是一个通情达理的女子，当然知道自己不能拖累公子，可是要她回苏州去等，谁知道公子会不会信守诺言呢？正在犹豫的时候，一个随行的朋友开玩笑说："既然你们决定不了，那就掷骰子，看看小宛的心愿能不能实现。"小宛果然非常郑重地整理衣裳，在窗口拜了又拜，许愿完毕之后，骰子一掷，竟然得了个全六！

　　在场的所有人都惊呆了！难道这就是天意？也许正是这个吉兆，让小宛终于同意了冒辟疆的建议，先回苏州去等他的消息。

　　小宛回苏州之后，闭门谢客，并且从此不再吃荤菜，一心一意等着冒辟疆来接她。她甚至一直不肯脱去和冒辟疆分手时候穿的衣服，到了深秋十月，寒风瑟瑟，她却还穿着单薄的衣裙。她说：如果冒公子一日不来接她，她就一日不加衣裳，就算被冻死，也不改衷心。

　　可是，冒辟疆料理完家事之后，因要匆匆赶往南京考试，来不及先去苏州，他打算考完试之后再去接小宛。

望穿秋水的小宛得知了冒辟疆的行踪，心急如焚，便带着一个丫鬟雇了船，从苏州赶到南京去和冒辟疆会合。这一路追随，接连遭遇盗贼和大风暴，小宛诗中所说的"肠虽已断情未断，生不相从死相从"，"拼得一命酬知己，追伍波臣作鬼雄"，实在就是她亲身经历的真实写照。几次死里逃生的小宛，是在用生命搏取一个值得她托付终生的红尘知己。

小宛誓死相从的痴情和勇敢，在经历了多番波折之后，终于感动了犹疑不决的冒辟疆。他们的结合，只剩下最后一重障碍：为董小宛赎身。

小宛的身份是官妓，要脱籍，除了需要高额的赎银之外，还必须取得官府的同意，而且在乱世中独立支撑的小宛还欠下了巨额债务。正在冒辟疆感到力不从心的时候，一个贵人的出现，将他们从困局中解救出来。这个人，就是一代大儒、当时的文坛领袖钱谦益。

钱谦益的如夫人正是董小宛的"闺蜜"，同样也是秦淮八艳之一的柳如是。钱谦益和柳如是夫妻俩亲自赶到苏州半塘，把小宛接到他们的船上，并且动用了一切可以动用的关系，上下疏通，在三天之内替小宛偿还了所有债务，据说换回来的债券居然高过一尺！

接着，钱谦益又大摆筵席，邀请了远近的名士为小宛饯行，等于是向世人公开宣示了小宛的新身份，然后再雇船派人将小宛一直送到江苏如皋冒辟疆的家中。

钱谦益和柳如是的大义相助，让冒辟疆和小宛的爱情命运出现了第三次转弯：一对乱世中的苦命恋人，终于如愿以偿成了朝夕相守的神仙眷侣。

如果说在冒辟疆和小宛相识相爱的过程中，是董小宛自始至终采取了最为坚决的态度，在追求爱情幸福的过程中，抱着决不放弃的勇敢，甚至愿意以生命的代价换来冒辟疆的接纳与怜爱；那么在他们婚后的生活中，冒辟疆才真正切身体会到了小宛那种不可替代的性情与气质。因为世上的女子千千万万，可是能够像小宛那样集温柔性情和浪漫才情于一身、集风情万种和坚贞不渝于一身，却只有小宛一人。

在一波三折的恋爱过后，崇祯十六年（1643），小宛正式进入冒府，成了冒辟疆的侍妾，从此开启了他们浪漫与苦难并存的婚姻生活。这样的生活，持续了九年时间。我很愿意用三个词来形容他们婚后的生活状态：

享清福、添雅趣、共患难。

冒辟疆已于崇祯二年（1629）和名门闺秀苏元芳成婚，这是双方长辈早年订下的一门"娃娃亲"。因为订婚的时候，冒辟疆和苏元芳都还只有三岁，结婚的那一年，夫妻俩都是十九岁。

苏元芳性格和顺，端庄大度，和冒辟疆一直相敬如宾。小宛进门之后，苏元芳对小宛也非常亲切，甚至小宛被送到如皋之后，刚开始一切起居生活都是苏元芳为她精心安排的。小宛十分庆幸遇到了一位如此贤良的主母。

小宛进入冒府之后，更是小心谨慎，侍奉公婆和苏夫人都非常孝顺和恭敬，甚至比丫鬟仆妇还要更加任劳任怨。冒府上上下下的人，都特别喜欢、信任小宛，后来苏夫人甚至将料理家务的财政大权，干脆都放手交给了小宛，不仅冒辟疆的吃穿用度全部由小宛打理，连苏夫人自己的日常生活费用，也都让小宛经手安排，可是小宛从来没有为自己留过一分一毫的"私房钱"。

九年的朝夕相处，小宛和公公婆婆、尤其是和主母苏夫人竟然没有红过一次脸。这样的彼此信任和亲密程度，实在是别人婚姻中想都不敢想的。

在旁人眼中，冒辟疆和小宛的结合就是一对才子才女、帅哥美女的结合，"一对璧人"这样的形容放在他们身上最合适不过了。有一次，冒辟疆和小宛一起游金山，当时小宛穿着一件薄如蝉翼的西洋布轻衫，洁白的衣衫比阳光下的雪还要更加明艳，衬上小宛纤细修长的身姿，行步之间恍若仙女下凡，有霓裳羽衣之美。她和冒辟疆并肩而行，一路上不仅回头率百分之百，甚至还引起了数千游人尾随在他俩后面，一边还热烈地议论着："这是哪里来的一对神仙？！"连江上的龙舟都围着他俩转，他俩停在哪儿，龙舟就划到那附近，回环绕圈，久久舍不得离去。

山水固然是难得的美景，可是有了小宛和辟疆这一对神仙眷侣，山水之美都黯然失色了。

然而美貌并不是维系爱情的主要纽带，小宛的温柔灵慧才更让冒辟疆倾心相爱。举几个日常生活中的小事吧。冒辟疆是个美食家，尤其爱吃甜食、海鲜和熏腊肉食，而且还特别喜欢呼朋唤友、大鱼大肉、热热闹闹地吃大餐。可是小宛生性淡泊，日常的饮食就是一小碗茶泡饭，佐以一两小碟水菜、香豉就足够了。她自己吃得简单，却总是能够像魔术师一样，变着法儿给丈夫做最美味的食品。直到现在，我们餐桌上常见的虎皮肉，据说就是董小宛发明的，因此又被称作"董肉"。这种肉肥而不腻，配上雪里红，又美味又健康。

小宛还擅长用各种当季的鲜花、水果制作甜点。她制作的每一道美食，都极其清爽美洁，令人口齿生香，总是能给人带来无穷的惊喜。品尝小宛精心炮制的各类美食，成了冒辟疆一家人的享受。尤其是冒辟疆那个挑剔苛刻的胃，被小宛的精妙手艺和细腻心思收拾得服服帖帖。

小宛和冒辟疆都酷爱品香饮茶，小宛制香、烹茶的手艺更是无人能及。无论是做什么，小宛对于每一个细节总是追求完美。就说煮茶吧，茶叶一定是亲自挑选最精细的那部分，"文火细烟，小鼎长泉，必手自吹涤"（《影梅庵忆语》）。每次小宛煮茶的时候，冒辟疆就会笑着吟诵左思《娇女诗》当中"吹嘘对鼎䥕"的诗句，来形容小宛噘着樱桃小嘴吹火洗茶的娇美模样，总是引得小宛莞尔一笑。

冒辟疆曾经这样描述他和小宛相对品茶的情趣："每花前月下，静试对尝，碧沉香泛，真如木兰沾露，瑶草临波"（《影梅庵忆语》），神仙一般的享受。

小宛的能干、细腻、优雅，九年如一日的勤劳，让冒辟疆发自肺腑地感叹：和小宛在一起的日子，是他一生中最幸福的时光。他甚至这样说："余一生清福，九年占尽，九年折尽矣。"和小宛共同生活的九年婚姻，让他享尽了一生的清福，"九年占尽"又"九年折尽"，自小宛去后，冒辟疆再也享受不到这样的清福了。

小宛用九年的时光，酿成了冒辟疆终生难以忘怀的味道。

小宛不仅在日常起居中让冒辟疆享尽清福，还用她的多才多艺和浪漫性情，为琐碎的婚姻生活，增添着无限雅趣。

小宛虽然出身风尘，却不是那种纯粹靠卖笑卖艺博取男人欢心的"花瓶"。嫁给冒辟疆后，她洗尽铅华，全身上下不戴一点儿珠宝首饰，除了尽心料理家务，将琐碎的日常生活经营得雅致可喜。她其实还很有艺术天分，擅长绘画书法，精通写诗唱曲儿。更难得的是，她还酷爱读书，尤其喜欢读《楚辞》及杜甫、李商隐等人的诗，"午夜衾枕间，犹拥数十家唐诗而卧"。在家里能够和冒辟疆纵论经史子集的女性，只有小宛；而冒辟疆在读书著述之时，能够红袖添香、从旁协助的人，也只有小宛。他们有时终日呆在书房中，抄写、商订，甚至到了"永日终夜，相对忘言"的境界，这是何等心灵相会的默契！

至于诗词唱和，那更是冒辟疆与小宛夫妻生活的日常。如小宛特别喜欢梅花和菊花，小宛亲手种菊花的时候，冒辟疆还为她写过一首《咏菊》诗："玉手移栽霜路径，一丛浅淡一丛深。数此却无卿傲世，看来惟有我知音。"小宛也写了一首《和辟疆咏菊》，表达对丈夫知音相赏的回应："小锄秋圃试移来，篱畔庭菊手自栽。前日应是经雨活，今朝竟喜带霜开。"也许菊花的那种清高、顽强，正是小宛性格的写照吧？

有一次，小宛在病中，因特别喜欢朋友送的一种叫做"剪桃红"的名贵菊花，便把菊花移到床边，用白色屏风三面围住，中间放一把小椅子，每天晚上高烧绿烛，小宛坐在其间，"人在菊中，菊与人俱在影中"。小宛回头看着屏风上的人影和菊影，问冒辟疆："菊花的意态是足够美了，可是人比菊花瘦，奈何奈何？"

多年以后，当冒辟疆回忆起这个夜晚，那个人影、菊影交相辉映的情景仍然清晰得就好像发生在昨天，"至今思之，淡秀如画"。

古人认为"琴棋书画"是读书人的四大才艺，而小宛所擅长的，又何止琴棋书画四艺呢？这样谈书论画、诗琴雅趣的婚姻生活，又有几对夫妻能够享受得到呢？难怪冒辟疆说，凡是认识小宛或者听说过小宛故事的人，都会感叹这样灵心慧质的女子，"莫不谓文人义士难与争俦也"。

当然，能够将悠闲富贵的家庭生活过得精致优雅，也许还不足以说明小宛的出类拔萃，最能体现小宛在爱情中的奉献精神的，还是婚姻面临巨大灾难时的表现。"共患难"，也许才是小宛性格中最闪光的地方。用冒辟疆自己的话来说，小宛对待患难的态度，便是"履险如夷，茹苦若饴"。

崇祯十七年（1644），清兵入关攻占北京，朝野一片混乱，盗贼蜂起，江苏如皋冒氏家族也终结了富贵闲雅的生活，陷入惊慌逃难的困境。一家老小在仓皇中，很多东西都来不及整理置办。在逃难途中，冒辟疆的父亲冒起宗说："这一路上肯定需要大量的细碎银两，一时之间到哪里去筹办呢？"冒辟疆愁眉苦脸地和小宛商量，小宛却不慌不忙拿出一个布袋子，里面从一分到一钱左右的散碎银两都分得清清楚楚，每十两银子分成几百小块，都用小字在上面标明分量，这样仓促之间可以随手取用。冒起宗看到之后，又是惊讶又是赞叹，没想到小宛在忙乱之中处理事务竟然还可以如此精细！

　　　　　　　　　华年锦瑟谁与度——杨雨讲诗歌里的爱与情

一家老小三代上百口人，在逃难途中遭遇的种种危险困难实在是难以尽述。有一天晚上，一伙强盗围攻冒家临时歇息的一处宅院，冒辟疆只能带着一家人趁着天黑赶紧逃命，他一手扶着老母亲，一手牵着苏夫人，还有两个幼小的儿子，实在腾不出手来照顾小宛了。他只能回头交代小宛一句："你走快一点，尽量跟在我后面，慢了跟不上就危险了。"

小宛一双小脚艰难地跟在后面，连滚带爬地走了好远。她对冒辟疆说："如果碰到危险，你一定要首先照顾好老母亲和夫人、孩子，不用管我，我就算跟不上，死在竹林中，此生也没有任何遗憾了。"

还有一次，在生死攸关的危机时刻，冒辟疆想把小宛托付给一个信得过的朋友照料，自己先护送老母、幼子离开。诀别时刻，冒辟疆对小宛说："这次逃难不比平常，如果我们还能活着相见，那一定要白头偕老；如果不能再相见，你一定要自己拿主意，好好过你的日子，不要以我为念。"小宛却斩钉截铁地回答："夫君放心，夫君身上担负着一家人的安危，绝不能为了妾一人而拖累全家。如果我还活着，一定会等着夫君。万一有什么不测，万顷大海就是妾的葬身之处。"

小宛这样的临别誓言，再次宣告了对冒辟疆的忠诚。"拼得一命酬知己，追伍波臣作鬼雄"这样的诗句，并不只是口头上漂亮的誓言，而是小宛至死不渝的信念。

不过，冒辟疆和小宛这次并没有真的分别，因为他的父母对小宛非常怜爱，坚持要带上小宛一起逃亡。

在饱尝艰辛和恐惧的逃亡生活中，冒辟疆曾经几次重病不起，每次都病到了死亡的边缘。其中一次从重阳节一直病到冬至，甚至到了"僵死"的程度。在这一百五十天里，小宛贴身陪护照顾，就在丈夫床边铺一床破席子。丈夫冷了，她就温柔地抱着他取暖；丈夫觉得热了，小宛就在一边给他扇扇子；丈夫觉得哪里痛，小宛就给他按摩。哪怕是漫长的黑夜，小宛也不敢熟睡，随时起来看视。不仅所有的汤药都是小宛亲自煎熬，还要亲自喂给丈夫，甚至丈夫的排泄物，小宛不嫌肮脏恶臭，每天都要仔细观察，看一看、闻一闻。

冒辟疆病中暴躁，经常无缘无故冲着小宛大发脾气，小宛从不顶撞，只是默默地陪在一边。连冒辟疆的母亲和苏夫人都看不下去了，再三劝小宛休息一下，她们愿意轮流照看冒辟疆，让小宛能够稍微喘口气儿。可是小宛坚持不肯，她说："我一定要竭尽我的心力'以殉夫子'。如果夫君好好地活着，那我即便是死了也会觉得安心。如果夫君有任何不测，我活着还有什么意义？"

在小宛的细心照料下，冒辟疆终于病愈，后来还得享八十三岁高寿。冒辟疆在回忆这一段日子的时候，沉痛地说过："余五年危疾者三，而所逢者皆死疾，惟余以不死待之，微姬力，恐未必能坚以不死也。"五年生了三次重病，而且都是"死疾"，而他之所以没有死，全靠小宛的尽心照料。

冒辟疆活下来了，然而在这一连串惊惧与劳累的奔波过后，柔弱的小宛自己却染上了重病。小宛得的病应该是肺结核，这个病最需要好好休息和营养调理，但小宛哪里顾得上给自己调理身体呢？

清顺治八年（1651）正月初二，二十七岁的小宛在缠绵病榻中走到了生命的尽头。嫁给冒辟疆九年的小宛，早就洗尽铅华，直到她生命的最后，她随时不离身的一点饰物，只有冒辟疆送给她的定情信物——一对金手镯，手镯上有冒辟疆亲自书刻的"比翼""连理"四个字。

"拼得一命酬知己"，"生不相从死相从"，小宛死后葬在冒氏家族南郭别业的影梅庵旁边，她终于用生命兑现了自己的爱情誓言。

小宛生前曾一度艳冠秦淮，往来冠盖如云，可是嫁为人妇之后清淡如菊，用最低调却又最浓烈的方式，诠释着她对爱情毫无保留的牺牲与奉献精神。

九年相守，一朝永别，冒辟疆痛不欲生："今忽死，余不知姬死而余死也！"他一度神情恍惚，不知道是深爱的小宛走了，还是自己也跟着小宛一起走了……

一代绝世佳丽香消玉殒，不仅冒辟疆悲伤欲绝，冒家上下沉痛莫名，"上下内外大小之人，咸悲酸痛楚，以为不可复得也"。连当时的名士们也纷纷写下悼亡篇章，仅《同人集》的《影梅庵悼亡题咏》中，就收录了二十七位名士为董小宛写的悼亡诗。

但真正痛彻心扉的人，还是小宛的夫君冒辟疆。冒辟疆不仅写下了数千言的哀辞痛悼小宛，"每冥痛沉思姬之一生，与偕姬九年光景，一齐涌心塞眼，虽有吞鸟梦花之心手，莫能追述"。还写下了上万字的《影梅庵忆语》，用类似于回忆录的形式，追述了与小宛相识、相爱、相守的点点滴滴，每一个细节都是那么清晰、那么令人回味。

《影梅庵忆语》堪称荡气回肠的悼亡遗响，而我每次读《影梅庵忆语》，读到"余一生清福，九年占尽，九年折尽矣"这几句时，总是情不自禁叹息泪下。要怎样深厚的感情，才能写出如此真实却又动人心弦的句子啊！冒辟疆是那么的幸运，别人一辈子都享受不到的"清福"，他"九年占尽"；冒辟疆又是那么的不幸，一辈子的清福，九年就已经完全耗尽了……

九年情缘，一世追忆，如果生命真的可以重来，我想，冒辟疆和董小宛一定还是会做出同样的选择：用九年的短暂光阴，换取一生无悔的倾心相爱。

卿自早醒侬自梦

—— 纳兰性德与卢氏

清圣祖康熙十五年（1676），二十二岁的相门公子纳兰性德，以"贡士"的身份参加了最高级别的考试——殿试。

纳兰性德，本名纳兰成德，因避皇太子保成讳而改名纳兰性德，字容若，乳名冬郎，自号楞伽山人，喜欢他的人都尊称他为"容若公子"，或者直呼为"公子"。

康熙十五年的这场殿试，是决定容若仕途命运最关键的一场考试。但其实早在三年前，这场殿试就已如约而至。三年前，也就是容若十九岁参加会试的时候，他已经顺利地通过了各场考试。会试录取的考生称为"贡士"，可以进入到最后一关的考试，即殿试，也就是皇帝在殿廷上亲自对贡士进行策问的考试。

在康熙十二年（1673）的会试中，容若已经取得贡士的资格，可惜的是在殿试前夕，他因为突发"寒疾"，无奈只能卧病在床，生生错过了蟾宫折桂的机会。只不过，他之前取得的贡士资格仍然保留，所以在三年后，他不需要再经过会试，而是直接以贡士的身份参加殿试。

这一回殿试，纳兰容若成功了，毫无悬念地成功了！

在康熙大帝威严的审视下，容若"条对剀切，书法遒逸，读卷执事各官咸叹异焉"[①]。

"条对"指的是贡士在殿试中针对策问的答卷。评阅试卷的考官

---

① 徐乾学《通议大夫一等侍卫进士纳兰君墓志铭》。

称为"读卷官"。在考试中容若发挥出色，不但分析议论切中事理，逻辑清晰，见解甚至比那些大学者还要高明中肯。尤其是他那一手漂亮书法，兼具飘逸美和力量美，让考官们赞叹不已。

于是，康熙皇帝御笔一挥，纳兰性德蟾宫折桂，被录取为二甲第七名。

清代的科考，殿试录取的进士分为三甲：第一甲只有三个人，也就是状元、榜眼和探花，这前三名是"赐进士及第"；第二甲称为"赐进士出身"；第三甲是"赐同进士出身"。容若被录取为二甲第七名，实际上就是这次参加考试的近两百名进士中的第十名。在全国最高级别的考试中，年仅二十二岁的纳兰容若能够高中第十名，这是很了不起的成绩。

殿试奏捷之后，纳兰府门庭若市，上门道贺的人络绎不绝。一拨又一拨的客人来来往往，让纳兰容若的父亲纳兰明珠忙得不可开交。不过明珠始终笑容满面，心里着实乐开了花。面对客人们对公子的交口称赞，明珠忙不迭地说："过奖过奖，犬子才疏学浅，全靠圣上和各位的抬爱，在下感激不尽啊！"嘴上谦虚着，心里却充满了作为一个父亲的荣耀和骄傲。

二十二岁，对年少得志的容若公子而言，真可谓是事业大丰收的一年。康熙十五年，也注定是他一生中捷报频传的一年：就在这一年，不仅殿试告捷，他耗费了三年心血刊定而成的大型儒家经解丛书《通志堂经解》，也最终编印完成。《通志堂经解》共一千八百多卷，囊括了一百四十种儒家经典，可谓卷帙浩繁、规模宏大，成为后来研究经学的重要史料。这项工作，奠定了纳兰容若在当朝一流学者的学术地位。

此外，纳兰容若的第一部词集《侧帽集》，也在这一年印行问世。这部词集一炮走红，作为"词人"的纳兰容若一举成名天下知。词坛新秀纳兰容若与清代著名词人项鸿祚、蒋春霖成三足鼎立之势，由此奠定了他在清代词坛的"巨星"地位。

纳兰容若能够被誉为"清初学人第一"①"清朝词人之冠"②,《通志堂经解》《侧帽集》这两部著作都起到了关键性的作用。年仅二十二岁的青年才俊纳兰容若,在康熙十五年,迎来了文学创作和学术研究的双丰收。

第二年,也就是康熙十六年（1677）秋,容若被授予了三等侍卫,任职乾清门侍卫。

侍卫相当于皇宫的保安,是皇帝的武装侍从官员,也就是我们俗话所说的带刀侍卫御前行走。康熙年间,侍卫分为御前侍卫、乾清门侍卫和大门侍卫。御前侍卫和乾清门侍卫都由皇帝亲自选定,要经过极其严格的"政审",各方面条件优秀而且安全可靠的人才能入选,容若正属于这种情况。

三等侍卫的官阶是正五品,也就是说,这个职位比那些状元、榜眼所授的翰林院职位还要高,俸禄也更加优厚。更重要的是,能够随时跟在天子身边,那是多少人梦寐以求而又求之不得的荣耀!

这个任命一下达,明珠府再一次门庭若市,上门祝贺的人再一次络绎不绝,明珠也再一次高兴得合不拢嘴。

就在这一年七月,纳兰明珠自己也升任武英殿大学士。

父子几乎同时晋升,无疑显示了康熙帝对纳兰家族的特殊恩宠,是皇恩浩荡啊!所有的人都认为,这是因为康熙特别赏识纳兰容若的文武全才,也是对明珠的特别信任,才会有如此令人艳羡的安排。尤其对初入仕途的青年公子纳兰容若来说,这应该是天大的惊喜才对。

可是,事实恰恰相反。在所有的人都为容若感到高兴的时候,只有一个人不仅没有欣喜若狂,反而落落寡欢。

---

① 梁启超跋词人纳兰容若手简。
② 刘大杰《中国文学发展史》。

这个人，就是容若本人。

学术地位的奠定、词坛的声名鹊起、高中进士的无上荣耀、三等侍卫的特殊恩遇，都并没有给这位名门公子带来狂喜。就在康熙十六年九月重阳节前三天的深夜，容若写下了这首《沁园春》词，记录下他哀感缠绵的心绪[①]：

> 瞬息浮生，薄命如斯，低徊怎忘？记绣榻闲时，并吹红雨；雕阑曲处，同倚斜阳。梦好难留，诗残莫续，赢得更深哭一场。遗容在，只灵飙一转，未许端详。　重寻碧落茫茫。料短发、朝来定有霜。便人间天上，尘缘未断；春花秋叶，触绪还伤。欲结绸缪，翻惊摇落，减尽荀衣昨日香。真无奈，倩声声邻笛，谱出回肠。

这首词的整体情调是非常黯淡悲凉的，其中有一句尤其值得注意："减尽荀衣昨日香。"这句词包含着一个非常重要的典故，也是理解词人情绪的一个关键点。

"荀"指的是东汉末年名臣荀彧，曹操曾将他与汉初的开国功臣张良相比，荀彧当过尚书令，时人称为"荀令君"。荀彧不但有王佐之才，而且还仪容俊美，以风流潇洒著称。据说他有一种异香，用来熏衣，使衣服也染上特殊的香气，所到之处、所坐过的席子，都会留下他的衣香，三日不散，人称"令君香"。后来的诗词中常常出现"荀令衣香""荀令旧香"的意象，来形容朝廷贵臣的潇洒风度、非凡神采。如唐代大诗人王维就写过《春日直门下省早朝》诗："遥

---

① 另有版本作："瞬息浮生，薄命如斯，低徊怎忘。自那番摧折，无衫不泪；几年恩爱，有梦何妨？最苦啼鹃，频催别鹄，赢得更阑哭一场。遗容在，只灵飙一转，未许端详。　重寻碧落茫茫。料短发、朝来定有霜。信人间天上，尘缘未断；春花秋叶，触绪堪伤。欲结绸缪，翻伤漂泊，两处鸳鸯各自凉。真无奈，把声声檐雨，谱入愁乡。"

闻侍中珮，暗识令君香。"

看来，古时候的美男子若以"荀令衣香"自比，往往暗含了两层意思：一层是自信有荀彧那样的绝世才华，另一层当然就是自信有荀彧那样的绝世容颜。这大概就相当于一位绝代佳人本来就天生丽质，偏偏还打扮得出类拔萃、顾盼神飞，怎不令人心生仰慕、如痴如醉呢！

说实话，纳兰容若若以荀彧自比，倒也不算妄自托大，因为无论是门第出身，还是才华学识，或是风度气质，他都堪称一时之秀。

首先，从门第出身来看，纳兰家族隶属满洲正黄旗，其父纳兰明珠是康熙朝的一代名相，而他的表哥则是当朝康熙皇帝——容若出生于清世祖顺治十一年十二月十二日（1655 年 1 月 19 日），而康熙皇帝玄烨就在同一年的三月份（顺治十一年三月十八日，即 1654 年 5 月 4 日）出生，只比容若年长八个多月。康熙皇帝的曾祖母孝慈高皇后，和纳兰容若的曾祖父金台什是亲兄妹，算起来纳兰容若和康熙皇帝这对表兄弟的关系还在五服之内，血缘关系算是比较亲近的。

除了天潢贵胄的出身，更重要的是，容若自己也已被康熙钦定为三等侍卫，属于天子近臣，前途极为光明。考察清朝历史，由侍卫转任重要职位的概率很高。如索额图就是由正五品的三等侍卫升为正三品的一等侍卫，再升为内国史院大学士，后改保和殿大学士，成为康熙朝一度权倾朝野的名相。

当然，除了自负有荀令君那样的"王佐之才"，在容若这句"减尽荀衣昨日香"中，更重要的含义还是他认为自己的绝世姿容与翩翩风度绝不在荀彧之下。

容若的风流潇洒是举世公认的，他对此也颇为自负。他二十二岁时出版的第一部词集冠名为《侧帽集》，"侧帽"的典故便是源自历史上一个著名的美男子——独孤信。

独孤信的本名叫如愿，是匈奴人的后代。他既善骑射，又富文才，聪明过人，担任过多种要职，如陇右十一州大都督、秦州刺史等，授柱国大将军、尚书令、卫国公等官爵，不仅战功卓著，而且政绩辉煌，既是一代名将，又是众人爱戴和仰慕的"高官"。

不过，这还不算是他的特别过人之处，独孤信不但文武双全，还有一个更绝的地方——他还是一个美男子，据说貌比潘安，姿容绝世，史称其"美容仪，善骑射"。这样一个大帅哥，又有这样尊贵的身份，独孤信理所当然成了当时人们心目中实力派兼偶像派的明星人物了，他的一举一动都成了"粉丝"们关注的焦点，甚至是"粉丝"们疯狂追捧、模仿的对象。

据说独孤信在秦州做官的时候，有一次他出城去打猎，回来的时候因天色已晚，急急忙忙地赶在日落前进城，致"其帽微侧"。但他没有注意到这个细节，等到第二天再出门的时候，他非常惊讶地发现：全城的男人们头上的帽子竟然全都是歪戴着的！"其为邻境及士庶所重如此"①！

这就是"侧帽"典故的来历。由"侧帽"一名，可以想见纳兰容若这位贵族公子风流倜傥的潇洒与自信。

然而，正是这位一向潇洒绝尘的容若公子，午夜梦回时却忍不住哀叹"减尽荀衣昨日香"：即便我有荀令君那样的绝世风采又怎么样呢？如今的我，憔悴如斯，根本就没有心情熏香打扮，连衣服上的幽幽异香也消散殆尽，昔日的翩翩神采，如今只剩下一副干枯的躯壳而已。

那么，才二十三岁的相门公子纳兰容若，各个方面都显示出大好前程，为何在重阳节前却写下的这首词中流露出如此灰暗低沉的情绪呢？

原来，导致容若情绪如此凄凉的直接原因，是这天夜里他做了

---

① 《周书·独孤信传》："信在秦州，尝因猎日暮，驰马入城，其帽微侧。诘旦，而吏民有戴帽者，咸慕信而侧帽焉。其为邻境及士庶所重如此！"

一个梦，梦见了这一生最让他无法忘记的一个人——他的结发妻子卢氏。在这首《沁园春》词牌后，词人还附上了这样一段小序：

> 丁巳重阳前三日，梦亡妇淡妆素服，执手哽咽，语多不复能记。但临别有云："衔恨愿为天上月，年年犹得向郎圆。"妇素未工诗，不知何以得此也？觉后感赋。

康熙十六年（1677）重阳节前三天，容若又一次梦到了妻子，淡妆素服，紧紧握着丈夫的手，低声喃喃地叮咛着什么。虽然她的叮咛时不时会被哽咽声打断，但容若却清清楚楚地记得妻子临别时留下来的那两句诗："衔恨愿为天上月，年年犹得向郎圆。"

月亮虽有阴晴圆缺，但毕竟还有团圆的那一刻。容若与妻子的离别，却是一个天上一个人间，永世再无团圆之日，这才是他"减尽荀衣昨日香"的真正原因。

原来，在这一年前，卢氏生下了儿子海亮。喜添贵子，这本来是一件大好事，让纳兰府喜上添喜。可是，卢氏因为难产，生下儿子后身体一直很虚弱，只能卧床调理。

心爱的妻子病倒，容若顾不上体验中进士和当父亲的喜悦，他心急如焚地关心着妻子的病情。他想尽了一切办法，求医问药，只求保住妻子的性命。求医问药没有好转，绝望之中，他甚至想到了求助于神仙——他将妻子的小名写在信笺上，哀求神仙赐给他一粒"还魂丹"，让奄奄一息的妻子康复起来。为了留住妻子的生命，他愿意付出任何代价。

然而，他的一切努力，都唤不回他最心爱的妻子。康熙十六年（1677）的五月三十日，卢氏永远地离开了挚爱的丈夫。

如果说，此前的纳兰容若是沉浸在温暖的爱情中；那么，此后的容若，对于爱情的姿态，就定格成了孤独的遥望——他在人间，爱人

华年锦瑟谁与度——杨雨讲诗歌里的爱与情

却在天上。

这就是为什么在康熙十六年，当纳兰容若迎来一连串人生中的重大喜事之后，却依然毫无欣喜之意，只是一味沉浸在悲伤之中的原因。

就在这一年重阳节前三天的夜里，当他从梦中惊醒时，妻子的淡妆素服、清丽的容颜、温柔的絮絮低语、极力克制的哽咽，瞬间都消失了。

这一夜温柔的梦境和梦醒后的黯然神伤，便是催生这首悼亡词《沁园春》最直接的灵感来源。

"瞬息浮生，薄命如斯，低徊怎忘"？被黑暗和孤独层层包围的容若，不由得感慨浮生也不过是瞬息一梦，为何天妒红颜，这么早就夺去了妻子的生命呢？妻子离去之后的每一个黑夜，他都沉浸在绵绵的思念中无法自拔。无论是梦境，还是回忆，总还是一厢情愿地停留在他们相依相伴的那些美好日子里："记绣榻闲时，并吹红雨；雕阑曲处，同倚斜阳。""红雨"即落花的意思。这几句词的意思是说：在日常的工作完成之后，他和妻子常常安静地依偎在一起，一起看黄昏的夕阳，一起怜惜春天的落花，享受着新婚燕尔的甜蜜。

这几句应该是整首词中色彩最明亮、情绪最欢悦的句子。那么，为什么在这么哀婉悲恸的悼亡词中，却偏偏植入这么亮丽温馨的句子呢？

明末清初的著名思想家王夫之曾经说过：在诗词艺术中"以乐景写哀，以哀景写乐，一倍增其哀、乐"（《姜斋诗话》）。也就是说，明明诗人词人想要表达的是一种哀伤的感情，可是他在诗词中却偏偏要选择那些欢乐的场景来描写。

这就是我们常说的：什么是悲剧？悲剧就是将最美的东西毁灭给人看！

记得有一部很经典的叫《人鬼情未了》的美国电影，男主人公说过一句很经典的台词："当我感到快乐的时候，我最害怕的就是失去它。"

最快乐的场景，就是在你最想留住它的时候，却在瞬间消失得无影无踪。这种悲剧的力量，才是最震撼人心的，才是最伤最痛的感情！所以，在文学艺术作品中，美丽、快乐的场景越是渲染到了极致，快乐的消逝、美丽的毁灭，才越是让人感觉到加倍的悲痛。

纳兰容若的这首《沁园春》，就是运用了这种哀乐对比、今昔对比的艺术手法：他越是极力渲染过去的幸福，失去幸福的痛苦才会越发显得强烈；他越是总沉浸在对过去美好温暖的记忆之中，现实对他来说就显得更加凄冷与残酷。

容若多么希望他的人生永远停留在记忆中的那段岁月：那是三年前，也就是康熙十三年（1674），二十岁的容若公子迎娶了十八岁的卢氏[①]，从此翻开了人生新的一页。

卢氏是典型的名门之后、大家闺秀，其父是康熙年间的两广总督、兵部尚书卢兴祖[②]，属于汉军镶白旗人。顺治三年（1646），卢兴祖由国子监的学生授为工部启心郎。用现在的话说，卢兴祖是满族入关之后培养的第一代"知识分子"。顺治十八年（1661），世祖福临病逝，圣祖康熙皇帝即位以后，卢兴祖被提拔为广东巡抚，后来又担任两广总督，是清朝有名的封疆大吏。

书香门第，官宦世家，这些都只是卢氏的身份"标签"。也许，一开始的时候，容若对这门婚事并没抱太大希望，因为这样的贵族女子在他的生活圈子里并不少见，他或许只是被动地接受父母的安排而已。门当户对、父母之命、媒妁之言，这是容若的婚姻跟其他

---

①　参见刊于北京大学《国学季刊》1930年第二卷第四号的《纳兰成德年谱》（张任政）；黄天骥《纳兰性德和他的词》则认为纳兰性德于康熙十二年即已成婚（广东人民出版社1983年版）。

②　徐乾学《通议大夫一等侍卫进士纳兰君墓志铭》："配卢氏，两广总督、兵部尚书、都察院右副都御史兴祖之女，赠淑人。"

贵族公子婚姻相同的地方。

　　然而，容若的婚姻跟别人的最大不同，是他很幸运地在父母之命的安排下，却遇到了自己真正相爱的人。一般人的婚姻因为大都不是自由恋爱，可能夫妻在一起生活了一辈子也没有产生过爱情；可是容若就不同了！卢氏的"从天而降"，对他来说是一个意外的惊喜，在那个时代他们就是先结婚后恋爱的典型。

　　除了"名门闺秀"这个身份标签以外，卢氏之所以能够真正赢得丈夫的爱情，还在于她拥有三大特质：清丽出众的才华、优雅脱俗的气质和温柔善良的性情。

　　首先，卢氏是个才女，用我们今天的话说是"知性美女"。容若曾经写过很多诗词描写他们夫妻的生活，其中就多次提到了妻子的才华。如他曾写过"赌书消得泼茶香"，这句词来源于古代一对著名夫妻的典故——宋代女词人李清照和她的丈夫赵明诚。在李清照晚年写的自传性文章《金石录后序》中，有这样一段文字提到了他们早年的夫妻生活：

　　　　余性偶强记，每饭罢，坐归来堂烹茶，指堆积书史，言某事在某书、某卷、第几叶、第几行，以中否角胜负，为饮茶先后。中即举杯大笑，至茶倾覆怀中，反不得饮而起。甘心老是乡矣。

这一段文字，是说李清照和赵明诚婚后不久，回到山东老家隐居的日子里，夫妻俩每天晚上吃完了饭，就来到书房，"归来堂"即书房的名称，源自于陶渊明的《归去来兮辞》。他们悠闲地煮上一壶茶，开始以"赌书"为乐了。

　　怎么个赌法呢？他们指着堆积如山的书籍，打赌说：某件事应该记载在哪本书的哪一卷的哪一页的哪一行。谁说对了就可以先喝茶，说错了就对不起，一边看着去！李清照博学啊，记性又特别好，所以总是她赢的时候多而赵明诚赢得少。不过每次李清照赌赢了，"即举杯大笑，至茶倾覆怀中，反不得饮而起"——她抢过茶杯来开心得哈哈大笑，常常是笑得前俯后仰，一不小心连茶水都泼在衣服上了，反倒是什么也没喝到……

"赌书消得泼茶香"，十年的隐居生活，让李清照享受到了夫妻之间情趣相投的幸福与甜蜜，以至于当她晚年回忆起这段日子的时候，还忍不住长叹了一句："甘心老是乡矣。"

赵明诚曾经在李清照的画像上题写下这样的四句话："清丽其词，端庄其品。归去来兮，真堪偕隐！""清丽其词"是赞扬李清照的才华；"端庄其品"是称赏李清照的品德；"归去来兮，真堪偕隐"这两句的意思则是：有了这样的妻子，所谓的功名利禄，所谓的荣华富贵，都不过是浮云，都不重要了，他只想牵着妻子的手，像陶渊明那样，远离喧闹的世俗红尘，过着世外桃源般的隐居生活，就这样一直牵手到老，那才是他心中最平凡然而又是最美丽的人生！

"赌书消得泼茶香"，读着这样的句子，我们仿佛看到了一幅冬夜读书图：一个飘着鹅毛大雪的冬天，容若和妻子窝在暖融融的屋子里，炉火上烧着一壶滚烫的茶水。容若坐在书桌前，手里捧着一本词集，卢氏斜倚在丈夫的身边，一只手上捧着茶盅，和他一起轻声吟唱着一首首美丽的小词。有时候，他们谈到高兴的地方，也会毫无顾忌地开怀大笑，一不留神手里端着的茶水都泼出来了，茶香溢满了整个房间。在这样温暖的时候，谁还会记得外面正是天寒地冻的严冬呢？

纳兰容若被誉为是"清初学人第一"，又被视为"清代词人之冠"，在清代初年，他的学问是一般人望尘莫及的。谁要是想跟他"赌书"，若没有很深的文化修养，没有超强的自信，一般人恐怕没这个胆量吧？可卢氏她就敢。当然赌书的结果谁赢谁输其实都不重要，重要的是在他们家那间书香四溢的书房里，卢氏就是他赌书问道、谈古论今的好朋友。容若每次写了新的作品，妻子也总是他的第一个读者和第一个批评者，卢氏以其堪与李清照匹敌的学识与才华，赢得了丈夫的由衷欣赏与敬佩。

卢氏的第二大魅力，是她优雅脱俗的气质。换言之，她是一个"气质美女"。

我们平时要是夸女性长得漂亮有气质，常常会把女性分成几种类型，最常见的是"小家碧玉"型、"大家闺秀"型等等。一般说"小家碧玉"，意思是这个女性长得甜美秀气，性格也很温顺，但是可能没见过什么大世面，眼界比较狭窄；"大家闺秀"则是称赞女性不仅容貌美丽，而且气质优雅，一看就知道受过良好的教育，出身高贵，知书达理，阅历丰富，言行举止落落大方。我们要是表扬哪位女性：真是个大家闺秀啊！这已经是极高的评价了。

但是，在古典诗词的语境里，还有一个形容女性的词汇，这个词比大家闺秀还要高一个境界，可以说是对女性气质最高级别的赞美。

这个词就是"林下风致"。

容若多次形容妻子卢氏是一个具有"林下风致"的美女，他的词当中经常出现类似这样的句子，像"林下荒苔道韫家"①，"林下闺房世罕俦"②等。这几句词当中的"林下"，和"林下风致"中的"林下"意思是一样的。那么，"林下风致"到底是一种什么样的女性气质呢？

要回答这个问题，就要说到古代的另外一位著名女性了——东

---

① 《山花子》（词牌名，汪元治刻本作《摊破浣溪沙》）："林下荒苔道韫家，生怜玉骨委尘沙。愁向风前无处说，数归鸦。　半世浮萍随逝水，一宵冷雨葬名花。魂是柳绵吹欲碎，绕天涯。"

② 《眼儿媚》："林下闺房世罕俦，偕隐足风流。今来忍见，鹤孤华表，人远罗浮。　中年定不禁哀乐，其奈忆曾游。浣花微雨，采菱斜日，欲去还留。"

晋时候的大才女谢道韫。"林下风致"最初就是用来形容谢道韫与众不同的气质的。

谢道韫是东晋安西大将军谢奕的女儿，她的叔父是在淝水之战中运筹帷幄、指挥八万士兵大败前秦苻坚号称百万大军的东晋宰相谢安。谢道韫后来嫁给了著名书法家王羲之的次子王凝之，因此也被称为"王夫人"。

谢道韫生活的时代，是名门闺秀辈出的时代。如当时还有一位名媛顾夫人，是张氏家族的女儿，也是以气质高雅著称。谢道韫有个弟弟叫谢遏，特别佩服自己的姐姐；而顾夫人有个哥哥叫张玄，也是特别推崇自己的妹妹。谢遏和张玄每次见面都要争论同一个话题，谢遏说：我的姐姐最优秀；张玄则说：还是我的妹妹最出色。两个人经常为此争论得不可开交，谁也不说服不了对方。最后，为了分出个胜负，他们只好请了一个裁判来评判。

他们请的这个裁判，是跟谢道韫和顾夫人都有交往的一个尼姑。这尼姑既然能够出入名门贵族，当然不是凡人。她聪明得很，这个裁判不好当——双方都是高门大族，谁都不能得罪，怎么办呢？尼姑想了想，就这样回答了谢遏和张玄："王夫人神情散朗，故有林下风气。顾家妇清心玉映，自是闺房之秀。"[①]

多么机智的回答！尼姑既夸了王夫人谢道韫，又没有得罪顾夫人。那她说王夫人谢道韫有"林下风气"是什么意思呢？

原来"林下"即"竹林之下"的意思。这个词来源于魏晋时代以阮籍、嵇康为首的七位名士，他们都是名重一时的哲学家或文学家，都曾经隐居在竹林之中，号称"竹林七贤"。他们远离尘世，过着喝酒清谈、弹琴吟诗的潇洒生活，尤其是远离了混乱不堪的政坛，一

---

① 《世说新语·贤媛》："谢遏绝重其姊，张玄常称其妹，欲以敌之。有济尼者并游张、谢二家，人问其优劣，答曰：'王夫人神情散朗，故有林下风气。顾家妇清心玉映，自是闺房之秀。'"

度维持着清高脱俗的名士气质。

魏晋时代思想相对较为开放，这种令人追慕不已的"竹林"风度，也影响到了闺阁之中，人们就用"林下风气"或"林下风致"来高度评价具有类似气质的女性了。

这样看来，用"大家闺秀"赞美一位女性，其评价标准还是比较世俗的；可是"林下风致"用的就不是一般的世俗标准了，它不仅仅是赞美女性的才华、美貌和外形气质，关键在于精神的"脱俗"，意味着一种心灵的美、哲学的美、神韵的美。也就是说女性的精神追求，不应该被世俗的价值标准所束缚，能够从世俗之人对名利的疯狂追逐和斤斤计较中超脱出来，自成一派淡泊从容、飘逸洒脱的风度。

因此，尼姑用"闺房之秀"来评判顾夫人、用"林下风气"来形容王夫人，表面上都是赞扬，其实还是有了高下之分：顾夫人虽然出色，毕竟还是俗世中人；王夫人则"神清散朗"，具有与竹林七贤一类名士风流相媲美的脱俗、隐逸气质，显示出智慧、深邃的人格魅力。"林下风致"亦由此成为千百年来形容极品气质美女的最佳成语。

在纳兰容若眼里，能够具有林下风致的气质美女，前有王夫人谢道韫，后有他的夫人卢氏，所以他才会对妻子发出这样由衷的赞美："林下闺房世罕俦。偕隐足风流。"容若愿和妻子"偕隐足风流"，这和赵明诚夸李清照"真堪偕隐"的意思是一样的。如果能与卢氏这样的红颜知己一起远离红尘俗世，去过一种浪迹江湖、自由自在的生活，那才是自己梦寐以求、风流浪漫的人生啊！

卢氏的第三大魅力：温柔的性情和善解人意的体贴。

卢氏不是一个女强人式的才女，而是一个性格温柔的传统女性，是典型的贤妻良母型才女。她不仅成为了容若生活中亲密的伴侣，也是丈夫心灵的知己，甚至丈夫学术事业的成功，也离不开妻子卢氏的理解和无私奉献，离不开他们之间的心灵默契和情投意合。一千八百卷《通志堂经解》，就是在他们结婚之后的两年内完成的。

当时容若和卢氏还处于新婚阶段，丈夫即投身于这么重要的工作，一千八百卷儒家经典的校勘、注释等，需要耗费主持者多少时间和精力？！一个学术团队的高效运转，需要团队的领导者付出多少劳动和智慧？！容若是这个学术团队的灵魂人物，当他一头扎入浩如烟海的典籍之中，又该忽略身边多少的美丽风景？！

作为容若身边最为亲近的人，卢氏恐怕也是常常被丈夫"忽略"甚至"冷落"的"风景"。如果妻子是个心胸狭隘的人，看到刚刚结婚丈夫就这样"冷落"自己，成天以书为友、以笔墨为伴，肯定少不了经常发发牢骚，甚至拖丈夫的后腿。

卢氏却没有让自己的丈夫左右为难。面对一个"拼命三郎"式的丈夫，她没有喋喋不休地抱怨，而是充分显示了她的大度和体贴。

聪慧的妻子，她会在丈夫挑灯夜战的时候，温柔地陪在丈夫身边，安安静静地绣着花儿或是写着"鸳鸯小字"。隔一会儿她会起身给丈夫的杯中添点热茶，拨亮一下灯花，给丈夫披上一件外衣……

看看夜已经深了，妻子心疼熬夜的丈夫，也会温言软语地催促："别太晚睡啊，已经很晚了。你生病才刚刚好一点，要注意身体啊……"

有时容若和师友聚会回得太迟，卢氏总会为他留着一盏烛光，让迟归的丈夫感受到家的温暖……

纳兰容若虽然是著名的词人，特别喜欢用填词这种方式来抒发情感，但他也难免有一点大大咧咧的富家公子的个性，再加上词在古代的地位并不高，基本上属于休闲娱乐的音乐文学，有点类似于我们现在的流行歌曲。一直到清代初年，词的这种地位也没有多大改变。因此，容若经常是灵感一来，随手就将词句写在一张纸上，"随手挥写，辄复散佚，不甚存录"①。这些随写随扔的纸条，有不少

---

① 徐乾学《通志堂集序》。

就是细心的妻子帮他收集起来的。容若能够在二十二岁的时候编成自己的第一部词集，应该也有妻子的一分功劳。

在容若与妻子的爱情经历中，其实并没有发生过多少轰轰烈烈的大事，也没有惊天动地、死去活来的恋爱故事。他们的婚姻看上去平平淡淡，可正是这些平平淡淡的小事情，成了容若生活中最温馨、最浪漫的回忆。

从二十岁到二十二岁，这是纳兰容若一生中最幸福、最美丽的一段时光。但是，对于容若而言，这样美丽的人生就像烟花一样，她太美了，太美了！美得灿烂，美得炫目，美到极致之后却是跌入了无尽的黑暗！这样美丽的日子只持续了短短的三年——康熙十六年（1677），也就是容若二十三岁这年，令他痛苦一生的悲剧发生了——妻子卢氏因难产而离世。

"梦好难留，诗残莫续，赢得更深哭一场"，三年的甜蜜爱情，三年的幸福婚姻，就像一场不愿醒来的梦，像一首没有写完的残缺的诗。当容若再一次从温暖的梦境中被惊醒，朦胧的视线中，妻子美丽的容颜仿佛还在他的眼前，哀婉的眼神依然在静静地凝视着他。然而，昏黄的灯光随风一闪，当他努力睁大眼睛想再看个清楚时，"遗容在，只灵飙一转，未许端详"。"灵飙"就是灵风、阴风的意思，梦太短暂，容若还来不及看清楚妻子的神情，妻子却忽然从黑暗中隐去，仿佛是风吹散了她的身体。寂静的黑夜里，陪伴他的只有脸颊上淌下来的两行清泪，冰凉得没有一点儿温度。

"重寻碧落茫茫。料短发、朝来定有霜。便人间天上，尘缘未断；春花秋叶，触绪还伤"。"碧落"是天上的意思，与黄泉相对，白居易《长恨歌》中便有"上穷碧落下黄泉，两处茫茫皆不见"的诗句。妻子离世之后，容若仿佛在一夜之间衰老、憔悴了许多，"料短发、朝来定有霜"化用了苏轼悼亡诗《江城子》"尘满面、鬓如霜"句。无论是在梦中、还是在回忆中，容若经历了无数次"上天入地"

的追寻，他不敢也不愿意相信他与妻子的"尘缘"竟然就此被生生斩断。季节的变化，春花秋叶的凋零，都随时随地触发着他对妻子无尽的思念。

"欲结绸缪，翻惊摇落，减尽荀衣昨日香。真无奈，倩声声邻笛，谱出回肠"。他原本以为窗前依偎、花下唱和将是他们夫妻一生的"日常"状态，没想到这样的浓情蜜意转瞬即逝，即便他有荀令君那样的绝世风采，也芬芳散尽，只剩下一副毫无神采的躯壳而已。他的满腹愁肠，只能托付给幽暗中传来的笛声，千回百转，绕梁不绝。

其实，在容若写下这首《沁园春》悼亡词的时候，卢氏还未下葬。古代有个惯例，一般人去世之后不会马上下葬，而是要在家里停放一段时间，有地位的家庭也会借寺庙的地方来停灵，以表达生者对逝者的难以割舍之情。停灵的时间长短也有讲究，死者身份越尊贵，停灵时间越长。如天子停灵的时间最长，古礼甚至规定天子驾崩要停灵三年。清代顺治九年定下了礼制：亲王停灵一年，郡王七个月，贝子以下五个月[①]。民间风俗则根据各家的情况尤其是经济状况的不同，停灵的时间可能从三天到七七四十九天不等。

卢氏于康熙十六年（1677）五月去世，灵柩停放在双林禅院。双林禅院的遗址据说在今天北京海淀区的紫竹院公园内[②]，直到康熙十七年（1678）七月才下葬，停灵的时间竟然长达一年多！按道理，卢氏的地位远远不能同亲王、贝勒相比，停灵的时间却大大超过了亲王、贝勒。这其中，我们能够想到的原因只有一个：容若舍不得让妻子就这样离开自己的世界；他始终都不愿意相信，挚爱的妻子已经永远地离他而去了。

---

① 《清史稿·礼志十二·凶礼二》："凡葬期，亲王期年，郡王七月，贝子以下五月。"
② 关于双林禅院地址也有不同说法，一说在辽宁锦县松山。参阅张草纫笺注《纳兰词笺注》，上海古籍出版社1995年版。

　　　　　　　　　　　华年锦瑟谁与度——杨雨讲诗歌里的爱与情

在卢氏停灵双林禅院的这一年多时间里，容若总是利用一切机会到寺庙里去"看望"妻子，有时甚至会在那里一住就是好几天。虽然此时的纳兰容若已经高中进士，后来又被授予了官职，成为康熙皇帝身边的近臣侍卫。初入仕途的他，工作十分辛苦，任务也尤其艰巨；但是再繁忙的工作，也无法驱遣他对妻子的刻骨思念。只要一有空，他就会来到双林禅院，在这里住上一夜，安安静静地陪着妻子。在他频繁的梦境和幻觉里，妻子常常会像以前一样，迈着轻悄悄的步子，笑意盈盈地来到他的身边。

　　在梦里，妻子就像过去一样，风情万种地跟他撒着娇，还假装气呼呼地笑着"质问"他："哼，你还知道要来看我啊？这么久不来，是不是寂寞了才想着来陪我的呀？"

　　卢氏去世的时候才不过二十出头，要放在今天，还真是一个没长大的女孩子，有事没事、有理没理都要跟心上人撒撒娇、发点小脾气、使点小性子。在相爱的人那里，女孩子的撒娇任性，不过是恋爱中的点缀，甜蜜还来不及，谁会去当真生气呢？

　　纳兰容若也是这样，他哄着假装生气的妻子，忙不迭地解释来迟了的理由：这段时间好忙，总是加班啊；或者这段时间出差了，去了好多地方，其实心里哪里也不想去，就一心想着回来陪你啊……当然，妻子并不是真的要听什么理由，只是喜欢这样被丈夫哄着宠着的感觉。

　　对容若来说，这样"绮窗吟和""薄嗔佯笑"的日子，这样娇美可爱的妻子，真是他一个永远不愿醒来的梦。

　　然而，快乐总是短暂的。沉浸在温暖梦境里的容若，最害怕的就是梦醒的时候——天快亮了，寺庙里的钟声敲碎了他快乐的梦境，他又要告别深深眷恋的妻子，又要匆匆忙忙赶去"上班"了，又不知要过多久才能再来这里陪伴他的爱人。

　　妻子离去之后，纳兰容若写下了很多悼亡词，几乎每一首都是那么的"凄婉","令人不忍卒读"。

然而,再不舍终究还是要舍。妻子离去之后,无数个漫长而凄冷的黑夜里,容若都只能对着妻子的画像,喃喃地诉说着他的思念和心痛。他还曾为妻子的画像题下了一首名为《南乡子·为亡妇题照》的悼亡词:

> 泪咽却无声。只向从前悔薄情。凭仗丹青重省识,盈盈。一片伤心画不成。　别语忒分明。午夜鹣鹣梦早醒。卿自早醒侬自梦,更更。泣尽风檐夜雨铃。

随着纳兰容若的描述,读者仿佛看到了一幕无比真实的场景:书案上展开着爱妻的画像,凝视着画像的词人泪流满面却又无声哽咽。这应是词人无数次深夜独处时的场景了。画像中的妻子亭亭玉立,盈盈浅笑,柔情万种,可是再逼真的画像也只能再现妻子的外形,却无法再现夫妻永别的"一片伤心"——早知缘分如此短暂,他真后悔当初为什么没有更多一点时间陪伴妻子!

词的下片由画像转入回忆。"别语忒分明",妻子临终时的絮语仍然清晰如昨,然而人生如梦,夫妻本应是比翼双飞的同命鸟("鹣鹣"即比翼鸟),妻子却早早地撒手人寰;"卿自早醒侬自梦","卿"当然是词人对妻子的称呼,"侬"则是词人自称。

"卿自早醒侬自梦",感慨凄绝。人生如梦,你早已醒来,却为何还要将我一个人留在这漆黑凄冷的梦境中辗转思念、泣泪成血?

八年之后,也就是康熙二十四年(1685)五月三十日,因为寒疾复发,纳兰容若永远地离开了人间。

令人无比震撼的巧合是:这一天,正是他最心爱的妻子卢氏的忌日。八年前,康熙十六年的五月三十日,正是卢氏去世的日子。八年后的同一天,容若也追随妻子而去。"卿自早醒侬自梦",属于他的人生一梦，也终于要醒了。当所有的人都在为他痛哭的时候，我想，只有纳兰容若一个人，是带着微笑的。

因为，在他要去的那个世界里，有他守望一生的爱。

是的，对于容若而言，爱过一次，就是一生。

哪怕此生，永失我爱；也请你、许我来世，再续尘缘。

旷劫因缘成眷属

清宣宗道光十九年（1839）清明节，草长莺飞，花红柳绿，正是三月春光最好的时候，也正是踏青的最佳时节。不过在北京，这一年的清明节和往年一样，又是风雨交织、淫雨霏霏的天气仿佛成心和人们踏春的兴致过不去，将本应该灿烂、明媚的春光，涂抹上了一层淡淡的忧伤。

　　当然，风风雨雨的天气阻挡不住人们清明扫墓的脚步。这一天，北京郊区的大南峪，迎来了一群衣着并不算特别华贵但仍不失雍容气度的人。

　　大南峪是清代皇室贵族的陵寝所在地，从清明前几日开始，来朝陵的天潢贵胄就已络绎不绝。在这里守陵的人，看惯了来来往往的皇亲贵戚、文武重臣，因此这群人并没有引起特别的注意。

　　清明扫墓是表达对先祖祭祀和怀念的一种形式，大家一般都会素服淡妆，贵族女性甚至会用素粉施于两颊，化一个"泪妆"来表达对先人的追思。但一年一度的清明扫墓对多数人而言，只是一种仪式化的祭奠活动，一般不会有太浓厚的悲伤情绪。不过，这群人却有些与众不同，他们的衣着非常素净，脸上的悲戚之色十分明显，走在最前面的是一位四十岁左右的中年女子，几乎是完全的素颜，也掩饰不住她从骨子里散发出来的高贵气质。紧跟在贵族女子身边的是一位少年，才十四五岁的样子，容颜俊秀，双眸清澈，年纪虽然不大，却也显示出不凡的气度。

这位十四五岁的少年名字叫载钊，其来历可不小，曾祖父是清高宗乾隆皇帝的五阿哥永琪，永琪被封为荣亲王，谥号为"纯"。在现在的80后、90后乃至00后眼里，五阿哥永琪说不定比太子名气还要大，这要拜一部曾经红透半边天的电视剧所赐——《还珠格格》。琼瑶阿姨的《还珠格格》中，塑造了一个不但文武双全、才华横溢，而且还多情、痴情、专情、深情的五阿哥永琪。这位五阿哥和还珠格格小燕子发生了一段轰轰烈烈、吵吵闹闹的旷世之恋，还上演了一出为爱情而逃出宫廷、宁可放弃皇位继承权也要和小燕子天涯海角去流浪的浪漫剧情。

当然，《还珠格格》的情节纯属虚构，历史中真实的五阿哥永琪可没那么浪漫，他的福晋是清初著名的大学士鄂尔泰第三个儿子鄂弼的女儿，并非来自民间的还珠格格小燕子。载钊就是五阿哥永琪的曾孙，他这次来到大南峪是为了给他的父亲奕绘扫墓。奕绘是五阿哥永琪的孙子，袭封多罗贝勒。载钊身边那位面容悲戚却仍不失大家风范的中年女子，便是他的母亲、多罗贝勒奕绘的遗孀顾太清。

顾太清本名春，字梅仙，号太清。因她经常以"太清春"自署，习惯上人们以顾太清来称呼她。因为电视剧《还珠格格》的走红，说起五阿哥永琪可能是无人不知、无人不晓，可是说起顾太清，其名气就远远不如永琪了。其实在清代文学史上，顾太清的名气才真的是家喻户晓，她被誉为是"清代第一女词人"，与纳兰性德双峰并峙，堪称清代词坛上的"绝代双骄"。清代词学家况周颐曾说"男中成容若，女中太清春"（《蕙风词话》），认为清代男性词人中数纳兰性德第一，女性词人中顾太清首屈一指。能与纳兰性德齐名，其地位可见一斑。

道光十九年清明节这一天，四十一岁的顾太清携十五岁的长子载钊来为先夫奕绘扫墓。这是奕绘去世之后的第一个清明节，也是顾太清结婚后第一次没能与丈夫共同度过的清明节。在奕绘的陵寝前，载钊搀扶着脸色苍白的母亲。顾太清勉强抑制着心中的剧痛，她不愿让儿子看出她内心极度的脆弱，然而她那明显瘦弱的身体、憔悴的面容，其实已经让她的悲伤无法掩饰。她支撑着病弱的身体，一丝不苟地完成了祭奠的所有程序，没有出现任何纰漏和瑕疵。然后，在祭祀仪式的最后，她在先夫奕绘的墓碑前，郑重地放上了一束雪白的海棠花。

载钊看着那束海棠，洁白的花朵掩映在浓密翠绿的海棠叶中，花瓣上、绿叶上缀满了晶亮的雨珠，显得楚楚动人。他再抬头看母亲，母亲一动不动地伫立在父亲的陵寝前，眼里分明有泪珠在打转，看得出母亲在拼命忍住，然而泪水还是禁不住扑簌簌落下，落在海棠花上，分不清哪些是雨珠、哪些是泪珠。

十五岁的载钊虽然还不能完全明白海棠花对于母亲和父亲的意义，但他却深深了解母亲和父亲之间深厚的感情，也深深明白自父亲去世之后的几个月来母亲内心承受的悲恸。他轻轻地对母亲说："额娘，时间不早了，孩儿还是先陪您回去吧。"

顾太清没有说话，呆呆地凝视那束海棠花半晌之后，才在儿子的搀扶下缓缓移步，离开了丈夫的陵寝。

奕绘贝勒去世于道光十八年也就是1838年七月七日。道光十九年农历三月，这是顾太清与奕绘天人永隔之后的第一个清明节，太清留下了这首痛彻心扉的七律《己亥清明率载钊恭谒先夫子园寝痛成一律》：

> 入谷惟闻春草馨，苍苍松桧护佳城。
> 林泉已遂高人志，俎豆难陈寡妇情。
> 近日忧劳成疾病，经年魂梦却分明。
> 伤心怕对闲花柳，泪洒东风不欲生。

大南峪的春光正好，春花春草的芬芳，在山谷中弥漫，沁人心脾，四季常青的松柏、桧树如同一排排站得笔直的守陵护卫，苍翠挺拔，日日夜夜守护着这片庄严肃穆的皇家陵寝。奕绘贝勒就仿佛是世间的高人雅士，终于如愿以偿归隐林泉，却留下了妻子顾太清，独自一人承受着世间的凄冷炎凉。整整齐齐排列在墓碑前祭奠亡灵的礼器虽然华贵，瓜果食品虽然极其精美，供奉的祭品虽然都经过了精心地准备，却冰冷得没有一点温度，又如何能够尽情倾诉太清满腹的辛酸和思念呢？

丈夫一去，不仅将中年孤独的寡妇遗留在人世上，还留下了四个未成年的孩子，这一切，都要顾太清去面对。"近日忧劳成疾病，经年魂梦却分明"，除了抚养四个孩子的责任，顾太清还承受了太多的压力和人生变故，她不愿意向丈夫诉苦，然而不到一年的时间，积劳成疾已经让她的身体濒临崩溃，她只能在那日复一日漫长而冰冷的黑夜里，无数次在梦中与丈夫相会，好像他们还和从前一样。

从前，每到清明时分，正是海棠花开得最美的时候，太清和丈夫静静依偎在天游阁的窗前（天游阁是顾太清在荣王府的居所），他们看着庭院里一起种下的海棠花，在蒙蒙细雨中盛开，红的娇艳，白的清雅。梦中的情景还那么清晰，那么温馨，让她怎么愿意相信和丈夫竟然已经天人永隔？每次从梦中醒来，她都忍不住泪流不止、心痛不止。

又是一个春天来了，又是一个清明节，海棠花又盛开了，可是谁还能陪她一起赏花、一起吟诗唱和呢？"伤心怕对闲花柳，泪洒东风不欲生"。以前顾太清最喜欢的时光就是海棠花开的清明时节，花红柳绿，东风送暖，尤其是他们一起在天游阁前亲手种下的海棠花，更是承载着他们淳厚的伉俪深情。可如今，海棠花开变成了她最害怕面对的风景，因为海棠花开得越美，越提醒着她美好时光的永远逝去，海棠花成了她心中对丈夫奕绘最美、也最痛的祭奠。

顾太清还清楚地记得，五年前，也就是道光十五年（1835），就在清明前一天，她还和丈夫奕绘一起，亲手移植了几株海棠花种在他们的庭院中。为此，她专门填了一阕《临江仙·清明前一日种海棠》词：

> 万点猩红将吐萼，嫣然迥出凡尘。移来古寺种朱门。明朝寒食了，又是一年春。　　细干柔条才数尺，千寻起自微因。绿云蔽日树轮囷，成阴结子后，记取种花人①。

"移来古寺种朱门"，海棠花是从一座古寺里移栽过来的，如今种在了王府这样的朱门贵族府邸。青翠的绿叶中，星星点点隐藏着红艳艳的花蕾，娇媚得仿佛是万朵红霞，又好像是少女明媚的笑靥，是那么超凡脱俗，美得一派天然高贵。"明朝寒食了，又是一年春"，寒食过后便是清明节，这已是农历三月的暮春，可在顾太清看来，海棠花含苞待放的明艳，才昭示着春天的真正到来，有海棠花盛开的季节，才是真正的春天。

别看刚刚种下的海棠还显得有些纤细柔弱，但"千寻起自微因"。寻是长度单位，八尺为一寻。海棠花在他们夫妻的细心照料下，日后等它们长得高大粗壮、绿叶成阴、开花结子的时候，可一定要记得当年种花的这对恩爱夫妻啊："成阴结子后，记取种花人。"清明节前一天移植海棠花，这虽然只是日常生活中再普通不过的一件小事，但不仅顾太清写了这首《临江仙·清明前一日种海棠》专门记录下来，她的丈夫也与她互相唱和，写下了《绮罗香·种棠》词和

---

① 轮囷：盘曲硕大的样子。成阴结子：杜牧《怅诗》："狂风落尽深红色，绿叶成阴子满枝。"记取种花人：刘克庄《临江仙·县圃种花》："手插海棠三百本，等闲装点芳辰。他年绛雪映红云。丁宁风雨月，记取种花人。"本文顾太清所有作品注释，均出自金启孮、金适校笺《顾太清集校笺》，中华书局 2012 年版。

《种棠歌》记录同一件事情。

为什么这么一件小事，值得一对皇室贵族夫妻反复吟咏、再三唱和呢？难道在府中移栽几株海棠花有什么特别值得纪念的重要意义吗？

要回答这个问题，我们必须先来回顾一下奕绘和顾太清夫妻来之不易的婚姻生活。

如果说在电视剧和琼瑶小说《还珠格格》里，五阿哥永琪与还珠格格小燕子的爱情故事堪称虚构的旷世绝恋的话，那么在真实的历史中，永琪的孙子奕绘与顾太清之间的爱情婚姻，才算得上是真正的旷世绝恋。

奕绘和顾太清同年，都出生于清仁宗嘉庆四年（1799）。奕绘的出身就不用说了，爷爷是五阿哥荣纯亲王永琪；父亲绵亿袭封荣郡王，谥"恪"，世代皇亲。世子奕绘降袭多罗贝勒，赏戴三眼花翎[1]。

说来也巧，奕绘于嘉庆四年正月十六生于北京太平湖畔的荣王府，顾太清的生日则是嘉庆四年正月初五，同年同月生，似乎命中注定两人有前世未了的缘分。但在他们出生的时候，各自的家庭环境却有着天壤之别，奕绘一出生便是钟鸣鼎食的皇室贵胄，顾太清早年的人生却显得有些凄凉。

顾太清本来并不姓顾，她本姓西林觉罗氏，名春，本名应该是西林春才对，满洲镶蓝旗人。她的祖父鄂昌是清初著名大学士鄂尔泰的侄子，鄂昌曾官居甘肃巡抚。可是乾隆二十年（1755）的时候，发生了一场震惊朝野的文字狱——胡中藻《坚磨生诗钞》案，因胡中藻是鄂尔泰的门生，鄂昌也因此被牵连获罪，赐死，家产被悉数籍没，显赫一时的西林觉罗氏鄂尔泰家族就此家道中落。顾太清一出生就戴着"罪人之后"的帽子，她的父亲鄂实峰是鄂昌的独生子，一

---

[1] 奕绘、顾太清主要生平经历，参阅金启孮《满洲女词人顾太清和〈东海渔歌〉》一文（《顾太清集校笺·附录》）。金启孮，奕绘、顾太清五世孙，清史学家。

生不能做官，只能靠为他人做幕僚勉强维持一家的生计。

鄂实峰后来把家搬到北京西郊的香山，娶了香山富察氏之女为妻，生下一子二女，顾太清便是鄂实峰与富察氏的长女。鄂实峰虽是罪人之后，毕竟有着与生俱来的贵族血脉，书香门第的家风并未中断。顾太清与兄弟姐妹们从小就受到了良好的教育，成年之后的顾太清，更是满洲贵族圈子里颇受关注的大才女。

然而，尽管顾太清才名远播，且品貌双全，可是因为那顶"罪人之后"的帽子，她的婚姻之路并不顺利。直到二十三岁，顾太清仍然待字闺中，没有合适的定亲对象。就在她二十三岁这年，也就是道光元年（1821），她走进了五阿哥永琪的荣亲王府。这一年，正是她命运转折的一年，因为她在这一年遇见了五阿哥永琪的孙子、荣王府的世子爱新觉罗·奕绘。

五阿哥永琪的福晋西林氏，是鄂尔泰三子鄂弼的女儿，也就是说顾太清是永琪福晋的侄女儿，她就是以这层身份被永琪福晋也就是自己的堂姑聘为荣王府的家庭教师，主要工作是教荣府的格格们读书认字、诗词唱和。

这一年，不仅是顾太清命运的转折点，也是奕绘爱情之门真正打开的一年。同样二十三岁的奕绘，早在九年前也就是十五岁的时候（嘉庆十八年，1813）已经被指婚赫舍里氏，福晋名霭仙，字妙华，人称妙华夫人，比奕绘大一岁，两人已经育有一子一女。然而，懵懵懂懂进入婚姻的奕绘，其实并没有遭遇过真正的爱情，直到顾太清出现在荣王府，一切才发生了翻天覆地的变化。

顾太清出类拔萃的才华，清新绝俗的容颜，甚至眼神中永远抹不去的那缕淡淡的忧郁，都让奕绘心跳不已。虽然顾太清的身份是格格们的家庭教师，但奕绘总是能够找到这样那样的理由去见她。有时他混在格格们中间，与顾太清一起吟诗唱和；有时却只能远远地看一眼太清。这分隐藏在心中的深深爱恋，折磨得奕绘寝食难安。

而这一年，从未涉足过爱情的顾太清，也感受到了奕绘灼热的眼光，情窦初开的少女心忍不住砰砰直跳。有时她和格格们说着话，眼睛的余光却情不自禁地瞥向奕绘所在的方向。如果奕绘和格格们一起谈笑，甚至主动要求加入格格们唱和的队伍，太清会红着脸低下头去……她心里不得不承认：自己也深深爱上了这个男人。

　　奕绘确实是个值得认真爱、深深爱的男人。这种值得，不是因为奕绘是五阿哥永琪的孙子、是荣王府的世子、爵位的世袭子弟；不是因为奕绘潇洒俊逸、风度翩翩，而是因为奕绘浑身散发出来的书香气质。他不仅是一个高贵的贝勒爷，骑射俱佳，更是一名温润儒雅的学者、诗人、词人、书画家，著作等身，藏书万卷，还对西洋文化颇有研究，精通数学，甚至向西洋传教士学习了拉丁文。这样一分诗意温雅、积极向上的气质，同样深深吸引着太清。尽管两个人地位相差悬殊，一个贵为皇室子弟，一个却是罪人之后，但在最初的犹豫、焦虑甚至恐惧过后，这两个气质相近、学识相当的同龄人迅速坠入了爱河。

　　也许对一个女人来说，许诺婚姻才是对爱情负责的最好体现。奕绘虽然已有妻室儿女，但此时的他，其实才刚刚品尝到爱情真正的滋味。那分眼波交汇的甜蜜，那分一日不见如隔三秋的渴望，那分患得患失的焦虑，让他感受到了从未有过的情感的温度与力度。他决定：此生一定要娶太清为妻，他要与她光明正大地生活在一起，以夫妻的名义，朝朝暮暮，长相厮守。

　　可是，当奕绘提出要娶太清为侧福晋的要求时，荣王府顿时炸开了锅。反对尤为强烈的还并不是他的嫡妻妙华夫人，而是他的母亲、太福晋王佳氏。太福晋反对的理由让奕绘无言以对：因为按照清朝的规定，皇室子弟王、公、贝勒、贝子如果要纳侧福晋，人选只能从本府中各家包衣女子中厘定，太清显然不在此列。更何况，太清家族的罪名并未平反，罪人之后的身份，让她无论如何都没有资格入荣王府为奕绘的侧福晋。

这两条反对的理由非常正当而且充分，奕绘和顾太清的爱情不仅遭遇了巨大的阻力，而且因为这段恋情的公开，他们的相处也遭遇了强大的阻碍。顾太清迫于荣府压力，为了避嫌，不得不离开荣王府，回到香山的旧居。

这一年，顾太清和奕绘都是二十四岁。

刚刚上升到沸点的爱情突然被迫中止，无论对奕绘还是对顾太清，都是难以承受的痛苦，从此他们只能通过频繁的鸿雁传书来倾诉彼此刻骨铭心的思念。对奕绘来说，这分姗姗来迟的爱情弥足珍贵，他可以藐视王族出身，可以对功名富贵淡然处之，但是他绝不愿意放弃太清。在他生活的这个圈子里，从来都不缺少锦衣玉食的天潢贵胄，唯独缺少一个与他心心相印的知己。而这分心意相通的感觉，只有太清能够给他。

多亏了奕绘对于爱情的这一分执念，也多亏了奕绘特殊身份赋予他的聪明，在一年漫长的相思与煎熬之后，奕绘终于想到了一个绝妙的办法：他求助于荣王府的一名老仆——二等护卫顾文星家，希望太清能假冒顾家包衣的女儿，纳为侧福晋。

主人的意愿，顾家当然不好违抗，可是这个办法依然遭到了荣王府家人及亲友的劝阻——他们警告奕绘：万一穿帮了，这个罪名谁能承担得起？难道你要让荣王府世代英名毁在一个罪人之女身上吗？

奕绘好不容易想出来的办法，再一次遭遇"滑铁卢"。奕绘颇有心力交瘁之感，甚至因此而大病一场。

然而，不能成为合法夫妻的现实，并不能阻止奕绘和太清熊熊燃烧的爱情之火。奕绘的坚持最终让荣府家人做出了让步，道光四年（1824），也就是奕绘和太清二十六岁这年，荣王府终于同意了奕绘的请求：让太清冒充顾姓包衣的女儿，呈报宗人府备案，遴选为奕绘的侧福晋。

三年艰难的爱情长跑终于修成正果，只是这门特殊的婚姻，使得太清的官方身份从此不再是西林觉罗氏，她的名字不再是"西林春"，而是改名为顾春。又因为奕绘号太素，为了与丈夫彼此呼应，她也号为太清。

　　爱情以摧枯拉朽的力量冲破了一切艰难和障碍，太清和奕绘从此成了一对彼此珍惜、彼此爱重的夫妻。尤其是太清，虽然此前遭遇了荣王府的强烈反对，但她入府之后，依然不计前嫌，细心体贴地侍奉太福晋，尊重妙华夫人，尤其赢得了丈夫奕绘全身心的爱恋。

　　太清与奕绘的婚姻，是顾太清一生中最幸福、最美好的年华。入府之后，太清居住在天游阁，太清的诗集就取名为《天游阁集》。奕绘回忆他们坎坷的爱情经历时，曾万分感慨地为妻子太清写下这样的词句：

　　　　　此日天游阁里人，当年尝遍苦酸辛。定交犹记甲申春。　旷劫因缘成眷属，半生词赋损精神。相看俱是梦中身。（《浣溪沙·题天游阁三首》其二,《南谷樵唱》卷1）

奕绘对太清的无限怜惜溢于言表。"当年尝遍苦酸辛"，作为罪人之后，太清享受不到无忧无虑的童年，成年之后她无法像其他女孩一样享受正常的爱情和婚姻，直到二十三岁才终于邂逅她的"真命天子"——奕绘。可是因为她特殊的身份，爱情又遭到百般拦阻，二十六岁才终于冲破一切阻碍结为夫妻："定交犹记甲申春。"他们结婚的道光四年，正是甲申年。在那个年代，对于女性来说，二十六岁才终于走进婚姻，这样的幸福实在来得太晚太晚！谁又能想到，现在荣王府天游阁里享受着幸福婚姻的女子，当年也曾经尝尽人间无数的悲酸苦辛，当年也曾痛苦无助到了绝望的地步！

　　奕绘曾集二十三岁至二十七岁五年间的九十三首词为《写春精

舍词》，取这个集名是因为太清名"春"，这些词大半为抒发他与太清相恋的种种曲折与情绪，只是当时他们的爱情遭遇阻挠而无法公诸于众，所以情感的抒发也含蓄幽微、不能明言。

　　好在这一切都结束了。"旷劫因缘成眷属"，无论经历多么漫长、多么艰辛的劫难，好在，有情人终于成了眷属。顾太清是一个如水般清澈灵动的女子，而奕绘则是如山一般坚实厚重的男子，他给了任何男人都不能给予顾太清的承诺与守护。从此之后，他们一起看花开花谢，一起听风声雨声，一起迎日出日落。寒食清明时节，他们一起去郊外踏青，欣赏花红柳绿；九九重阳，他们一起登高望远，采菊东篱；即便是寒冬腊月，他们也可以在一起拥裘围炉、品读诗意词情。

　　道光十三年（1833）清明节，奕绘带着太清一起游北京畅春园宫门西边的双桥寺，夫妻双双写下了唱和诗篇。奕绘《清明双桥新寓二首》其一，这样描述着北京清明节双桥寺的清新春景：

> 小寺双桥接，红墙绿水湾。
> 买鲜湖岸侧，系马柳林间。
> 客寓新移榻，禅扉远见山。
> 清明春雨足，闸口听潺潺。

妻子顾太清随即步奕绘原韵唱和，《次夫子清明日双桥新寓原韵》其一这样写道：

> 萧寺垂杨岸，明湖第几湾？
> 去来今日事，二十五年间。（余二十五年前侍先大人曾游此寺）
> 碧瓦凄春殿，玉峰看远山。
> 僧窗对流水，欲往听潺潺。

　　　　　　　　　　华年锦瑟谁与度——杨雨讲诗歌里的爱与情

诗题中的双桥新寓就是双桥寺。嘉庆十四年，十岁的顾太清曾陪着她的父亲鄂实峰游览过双桥寺；二十五年后，她又陪着深爱的夫君再次游览双桥寺。两个她生命中最重要的男人，一个生她养她，一个给了她全部的爱情生命。清明时分，春雨潺潺，红墙绿水，远山含黛，禅房幽深，也许令人流连忘返的并不是如此美丽的春光，而是奕绘与太清琴瑟和鸣的美满婚姻吧！

这样的诗词唱和在奕绘与太清的婚姻中，简直成了他们的"家常便饭"。比如说，道光六年（1826）清明节，顾太清陪同太福晋和妙华夫人去郊外春游，写了一首《丙戌清明雪后侍太夫人夫人游西山诸寺》，奕绘马上就和了一首《清明后太福晋携家人稚子游潭柘戒台诸胜遇雪夜晴侧室太清赋诗纪游因次其韵》。又比如说，道光十三年（1833）年清明节，太清写了一首《二月十五清明前一日雨中作》，丈夫奕绘马上就唱和一首《清明前一日雨次太清韵》。至于生日，更是要互相庆祝了。如道光十七年（1837）正月十六，也就是元宵节后一天是奕绘三十九岁生日，太清写了《上元后一日夫子诞辰观剧诗以为寿》为丈夫祝贺生日，而奕绘又立即写了《生日次太清韵》来应和……在他们的日常生活中，几乎是不可一日无诗，而无论是谁写了诗，另一半也多半会赋诗酬唱。

尽管顾太清早在少女时期就已才名远扬，但她学识、才华的厚积薄发还是在与奕绘相识、相恋和成婚之后，奕绘渊博的学识、对太清的爱重，才真正全方面提升了顾太清的文学修养。夫妻间的频繁唱和，不仅创造了清代文坛上最令人瞩目、令人艳羡的一段佳话，而且即便是放眼整个中国文学发展的历史上，"奕绘、太清夫妇的诗词唱和之多"，也"堪称诗坛之最"（奕绘、太清六世孙女金适《顾太清集校笺·前言》）。顾太清这个名号，也渐渐上升为清代女性词坛上最为耀眼的一颗明星。

太清的爱情如此浪漫，甚至她和丈夫的第一个儿子，也出生在一个浪漫的日子：结婚的第二年，也就是道光五年（1825）七月初七，她们的长子载钊诞生。奕绘一生育有九个子女（五男四女），四个为妙华夫人所生，五个为顾太清所生。最为难得的是，妙华夫人三十三岁去世之后，奕绘从此再未续弦，也没有纳妾，太清"九年占尽专房宠"[①]，代行所有嫡妻的权利，荣王府的嫁娶等一应大事均由太清主理。

顾太清与奕绘的婚姻几乎可以说是清朝皇室贵族中的另类，然而奕绘丝毫不在意外界的议论纷纷，他把太清当成唯一的妻子来对待，将他全部的爱情毫无保留地奉献给了太清。奕绘用情之专、用情之深，在清朝皇室子弟中几乎可以说是绝无仅有。

顾太清和奕绘的婚姻生活中有太多太多温馨的细节，然而太清印象最为深刻的，还是他们一起在天游阁庭前亲手种下海棠花的那个清明节。"万点猩红将吐萼，嫣然迥出凡尘。移来古寺种朱门"。因为共同的对海棠花的酷爱，他们一起从寺庙里移来海棠花，一起亲手种在庭院中，"明朝寒食了，又是一年春"，一番劳累之后，他们依偎在一起欣赏着自己的劳动成果，在绿叶红花中看到了寒食节之后又一个温暖宜人的春天。"绿云蔽日树轮囷，成阴结子后，记取种花人"，一起种下海棠花还只是一个开始，他们还能一起迎接一个又一个春天，一起看着海棠树茁壮成长，绿叶成荫，繁花盛开，子满枝头。

这不仅仅只是几株普通的海棠花，更是他们幸福爱情的见证。

其实，海棠花作为见证顾太清爱情的重要意象，并不仅仅出现在这首《临江仙·清明前一日种海棠》词中，在奕绘和顾太清的诗词集中，海棠花频频出现在他们婚姻生活的各个阶段，以海棠为主题的夫妻唱和也极为频繁。荣王府太平湖邸中观古斋、得一龛、天游阁前，到处种有海棠，可见他们对海棠的情有独钟。

① 冒广生：《读太素道人〈明善堂集〉感顾太清遗事辄书六绝句》，见《小吾亭诗》，光绪刊《冒氏丛书》本。

华年锦瑟谁与度——杨雨讲诗歌里的爱与情

就在顾太清写下这首《临江仙·清明前一日种海棠》词差不多同时，丈夫奕绘也写下了一首《恋绣衾·海棠》词：

> 海棠未开颜太娇。碎春心，随风荡摇。莫道开时更好，正愁人、一片粉飘。　夜深自起移灯照，影玲珑，丰韵最饶。待到花飞子结，尚思量、红萼翠翘。

"海棠未开颜太娇"，"莫道开时更好，正愁人、一片粉飘"，描绘的正是海棠花尚未盛开、含苞待放的娇羞模样；"夜深自起移灯照，影玲珑，丰韵最饶"①，分明显现出奕绘对海棠花的偏爱，深夜时分都忍不住高举灯烛细细欣赏；而"待到花飞子结，尚思量、红萼翠翘"，也与太清"成阴结子后，记取种花人"的句子相映成趣。

这一年三月，顾太清和奕绘除了分别写有《临江仙》和《恋绣衾》咏海棠词外，顾太清还写下了《海棠春·海棠》词②：

> 扶头怯怯娇如滴，照银烛、千金一刻。叶补翠云裘，花缀胭脂色。　华清浴罢疑无力，更生受、东君护惜。亭北牡丹花，试问谁倾国？

词中"扶头怯怯娇如滴，照银烛、千金一刻"，显然与奕绘《恋绣衾》词中的"夜深自起移灯照"彼此呼应。"华清浴罢疑无力，更生受、东君护惜"，将楚楚动人的海棠花，比作是华清池温泉浴后娇弱无力的杨贵妃，连太阳神——东君都要格外怜惜她、呵护她。顾太清在词的结句甚至不无自豪地反问了一句：如此倾城倾国的美色，

---

① 典出苏轼《海棠》诗："只恐夜深花睡去，故烧高烛照红妆。"
② 《海棠春》，词调名，秦观《淮海词》因词有"试问海棠花，昨夜开多少"句，故取作调名。

即便是牡丹花与之相比，恐怕也要自惭形秽了吧？

不知在潜意识中，顾太清是否也会以海棠花自拟？她自信于倾国倾城的才貌，自信于自己对丈夫一往情深的爱恋，也深深感动于丈夫对自己如"东君"对海棠花般的格外怜爱、呵护。她对海棠花的珍惜，一如对这分来之不易的爱情的珍惜，她希望这分爱情能够海枯石烂，能够天荒地老。

太清是如此，奕绘对这段婚姻的态度，又何尝不是如此？奕绘道号太素，妻子就取道号太清；奕绘的词集名《南谷樵唱》，妻子的词集就取名《东海渔歌》；妻子种下海棠，夫妻便以海棠为题再三唱和……他们生活中的一切一切，都紧密联系在一起，仿佛是同一个人一般，水乳交融，心心相连。

顾太清是这个世界上最幸运的女子，因为她赢得了一个最优秀的男人最真挚的爱情。因此即便这段婚姻只持续了十五个年头，在她的回忆中，这十五年的婚姻，就是她整个的一生。

道光十八年（1838）七月七日，奕绘贝勒逝世。这一年，奕绘和太清都是四十岁。

奕绘的去世，成为顾太清人生的又一个转折点，甜蜜的婚姻生活戛然而止。她还未从丧夫的剧痛中缓过来，紧接着就遭遇了激烈的家庭矛盾。太福晋本来就不满意顾太清罪人之后的身份，只是因为奕绘的坚持才松了口。太清入府后无论是侍奉婆婆与妙华夫人，还是主持家务、善待嫡生子女，尤其是对奕绘的照顾体贴，都表现得无可挑剔，太福晋才渐渐接受了这个儿媳。可是奕绘一走，在太福晋看来，家庭矛盾立时浮出水面，而且不可调和。妙华夫人所出嫡长子载钧因早年丧母，府中诸事均由太清主持，太福晋生怕侧福晋太清庶出的儿子载钊无端生出"夺嫡"的非分之想。

为了维护嫡长子载钧的继承权，太福晋宣称庶出的载钊出生日子不吉利，有"克父"的嫌疑：奕绘去世于七月七日，而这一天恰好是顾太清长子载钊的生日，于是这一极其偶然的巧合，成了嫡庶矛盾的直接导火索。太福晋以此为理由，将顾太清和所生子女赶出了荣王府。载钊的生日，从此也改为了七月九日。

顾太清母子被赶出王府的那一天，是道光十八年（1838）十月二十八日，离奕绘去世不过三个月。丈夫尸骨未寒，妻子太清的人生已是天地变色、阳光不再。

不知她离开王府的那一天，可曾留心看过天游阁前他们夫妻亲手种下的海棠是否已憔悴凋零？

顾太清的中晚年，没有了奕绘贴心的陪伴，海棠花却依然是她的心头挚爱。奕绘去世之后，太清还曾写过一首《减字木兰花·春雨次韵》词：

> 柳丝长短，约住春阴人意懒。夜雨凄凄，不许催归杜宇啼。　清明时候，料峭清寒偏迤逗。九十春光，花信才传到海棠。

依然是清明时候，依然是杨柳依依的春天，可是太清却"约住春阴人意懒"，没有了最爱的人在身边，她丝毫提不起踏春的兴致，只是独自聆听着窗外凄凄的风雨声，倾听着杜鹃鸟儿悲切的鸣叫声："夜雨凄凄，不许催归杜宇啼。"杜宇也就是杜鹃鸟儿，相传杜鹃是古蜀国望帝杜宇的化身，因国亡身死而悲鸣啼血，鲜血甚至染红了漫山遍野的杜鹃花。因此杜鹃啼血一旦出现在古典诗词中，往往就是凄切悲苦的象征。明明已是暮春三月，可顾太清听到的只有杜鹃悲啼，感受到的只是料峭春寒，"清明时候，料峭清寒偏迤逗"，仿佛温暖的时光迟迟不肯到来。

"九十春光，花信才传到海棠"，春季三个月足足九十天，"九十春光"的意思，就是春季的九十天都快要过完了，海棠花季却迟迟没有来临。

其实，并不是海棠花信比往年姗姗来迟，而是顾太清寥落凄苦的心绪投射到了自然景物上，连海棠花也蒙上了一层浓厚的悲情。海棠花季本就应是在清明前后，往年的这个时候，海棠花开意味着明媚温暖的春光，意味着"明朝寒食了，又是一年春"；可是此刻，形单影只、衰老迟暮的顾太清，感觉一切都是那么凄凉，连海棠花仿佛都深深怜惜着她的清苦寂寞，迟迟不肯绽放出娇美的笑靥。

　　是的，与往年相比，海棠花季并没有什么变化，变化的只是作者的心境而已。太清被赶出荣王府后，曾暂时租住到西城养马营。虽不至于流落街头、缺衣少食，可是生活境况与从前相比不啻天壤之别，她甚至不得不经常当掉一些贵重的衣服、首饰来维持孩子们的生活。顾太清写过一首诗，从诗题就可以看出他们一家生活的凄惶困顿：《七月七日先夫子弃世，十月廿八奉堂上命携钊、初两儿，叔文、以文两女移居邸外，无所栖迟，卖以金凤钗购得住宅一区，赋诗以纪之》。顾太清卖掉了珍贵的金凤钗，才能买下一处合适的住处，从养马营迁居到西四砖塔胡同房。刚刚经历丧夫之剧痛，又承受着被驱逐的巨大屈辱，可想而知太清此时的心境该是何等悲凉！

　　然而即便生活如此磨难，顾太清身上依然延续着贵族知识女性的从容优雅，她的才情与气质就像一个巨大的磁场，吸引着当时的名媛名士们与之唱和往来，围绕在她的周围，形成了一个类似于文化沙龙的"朋友圈"，大量经典诗词作品诞生在这个文化沙龙中，创造了清代词坛的一段佳话。然而，也许只有顾太清知道，无论她的生命中还能邂逅多少优秀的名士才子，还能创作多少精彩的诗词名句，但再没有人可以替代奕绘，再没有人可以像奕绘那样向她奉献全部的爱情和尊重，再没有人能和她一起让那些清词丽句从心底汩汩流出，无须刻意雕饰，却承载着一分天然醇厚的情感。她将这分回忆深藏在心底，就好像清明时节的海棠花，所有的美丽，都只为她和奕绘盈盈开放。

这样的岁月一直持续到太清五十九岁那年。清文宗咸丰七年（1857）六月十六日，奕绘与妙华夫人的嫡长子固山贝子载钧去世，年仅四十，袭爵二十年。载钧无子，按清朝惯例，以奕绘与顾太清的长子载钊的儿子溥楣入嗣，袭爵镇国公。七月，溥楣迎祖母太清夫人重入荣府。这年十二月，顾太清次子载初也被封为辅国将军，赏二等侍卫。

　　时隔二十年，太清再一次入住荣王府，而且这一次身份更为尊贵，荣王府也依旧富贵煊赫。然而，在顾太清眼中，物是人非的荣王府是否还能再如当年那般令她感到温暖？天游阁庭院中的海棠花，是否还能如当年那般带给她春天的欣喜？

　　无论如何，令人略感欣慰的是，历经嘉庆、道光、咸丰、同治、光绪五朝的顾太清，虽然一生经历过太多的波折磨难，但几个子女在她的精心教养下，成年后都颇有出息，晚年也老有所养。

　　清德宗光绪三年（1877）十一月初三，七十九岁的顾太清去世，与奕绘合葬于大南峪。"入谷惟闻春草馨，苍苍松桧护佳城"，不仅大南峪的苍苍松桧见证了奕绘与顾太清天荒地老的爱情；一年一度的清明节，"绿云蔽日树轮困，成阴结子后，记取种花人"，荣王府天游阁前脉脉绽放的海棠花，也仍然在幽幽诉说着奕绘与顾太清当年的旷世绝恋。